林格伦作品选集·美绘版

亲爱的所有中国孩子：

　　我多么想给你们每一个人都直接写信，表达对你们阅读我的书的喜悦。但是此时此刻，我只能说：祝你们阅读愉快。继续读吧，直到把我的书全部读完。

致热烈的问候！

阿斯特丽德·林格伦

LINGELUN
DINGDANGXIANGDEDAJIE
MeiHuiBan

叮当响的大街

〔瑞典〕阿斯特丽德·林格伦 ◆ 著
〔瑞典〕伊隆·维克兰德 ◆ 画
〔瑞典〕英格丽德·万·尼曼 ◆ 画
李之义 ◆ 译

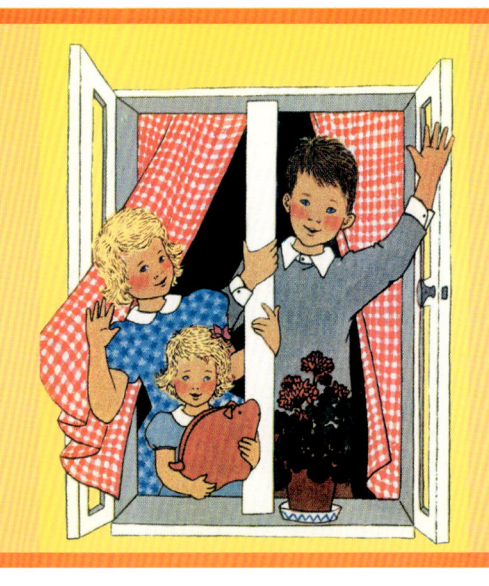

中国少年儿童新闻出版总社
中国少年儿童出版社
北京

叮当响的大街

林格伦作品选集【美绘版】

〔瑞典〕阿斯特丽德·林格伦 ◆ 著
〔瑞典〕伊隆·维克兰德 ◆ 画
〔瑞典〕英格丽德·万·尼曼 ◆ 画
李之义 ◆ 译

原版书名：*Boken om Lotta pa Bråkmakargatan (Barnen pa Bråkmakargatan, Lotta pa Bråkmakargatan); Kajsa Kavat; Nils Karlsson-Pyssling*
原出版人：Rabén & Sjögren Bokförlag AB, Stockholm, Sweden；
© Saltkråkan AB / Astrid Lindgren 2005 (1958, 1961), 1950, 1949；
Illustrations Nils Karlsson-Pyssling © Ilon Wikland
Illustrations Kajsa Kavat © Ingrid Vang Nyman
Illustrations Boken om Lotta pa Bråkmakargatan © Ilon Wikland
Illustrations Sunnanäng © Ilon Wikland
All foreign rights are handled by Saltkråkan AB, Sweden, info@saltkrakan.se
For information about Astrid Lindgren's books see www.astridlindgren.com

图书在版编目（CIP）数据

叮当响的大街 /（瑞典）林格伦（Lindgren,A.）著；李之义译. —北京：中国少年儿童出版社，2012.8（2020.12 重印）
（林格伦作品选集）
ISBN 978-7-5148-0771-4

Ⅰ．①叮… Ⅱ．①林…②李… Ⅲ．①儿童文学-短篇小说-小说集-瑞典-现代 Ⅳ．①I532.84

中国版本图书馆 CIP 数据核字 (2012) 第 164586 号
著作权合同登记　图字：01-2012-4828

DING DANG XIANG DE DA JIE
（林格伦作品选集）

出版发行：	中国少年儿童新闻出版总社 中国少年儿童出版社	
出 版 人：孙　柱		
执行出版人：马兴民		

策　　划：缪　惟　高秀华	版权引进：孟令媛	责任校对：赵聪兰
责任编辑：高秀华　唐威丽	装帧设计：缪　惟	责任印务：厉　静
美术编辑：缪　惟		

社　　址：北京市朝阳区建国门外大街丙 12 号	邮政编码：100022
总 编 室：010-57526070	发 行 部：010-57526568
官方网址：http://www.ccppg.cn	编 辑 部：010-57526320
印　　刷：中青印刷厂	
开　　本：880mm×1230mm　1/32	印　　张：14.25
版　　次：2012 年 8 月第 1 版	印　　次：2020 年 12 月北京第 16 次印刷
字　　数：180 千字	印　　数：116001—121000 册
ISBN 978-7-5148-0771-4	定　　价：33.00 元

图书出版质量投诉电话 010-57526069，电子邮箱：cbzlts@ccppg.com.cn

序

在当今世界上,有两项文学大奖是全球儿童文学作家的梦想:一项是国际安徒生文学奖,由国际儿童读物联盟(IBBY)设立,两年颁发一次;另一项则是由瑞典王国设立的林格伦文学奖,每年评选一次,奖金500万瑞典克朗,是全球奖金额最高的奖项。

瑞典儿童文学大师阿斯特丽德·林格伦女士(1907—2002),是一位著作等身的国际世纪名人,被誉为"童话外婆"。林格伦童话用讲故事的笔法、通俗的风格和神秘的想象,使作品充满童心童趣和人性的真善美,在儿童文学界独树一帜。1994年,中国少年儿童出版社把引进《林格伦作品集》列入了"地球村"图书工程出版规划,由资深编辑徐寒梅做责任编辑,由新锐画家缪惟做美编,并诚邀中国最著名的瑞典文学翻译家李之义做翻译。在瑞典驻华大使馆的全力支持下,经过5年多的努力,1999年6月9日,首批4册《林格伦作品集》(《长袜子皮皮》《小飞人卡尔松》《狮心兄弟》《米欧,我的米欧》)在瑞典驻华大使馆举行了首发式,时年92岁高龄的林格伦女士还给中国小读者亲切致函。中国图书市场对《林格伦作品集》表现了应有的热情,首版5个月就销售一空。在再版的同时,中国少年儿童出版社又开始了《林格伦作品集》第二批作品(《大侦探小卡莱》《吵闹村的孩子》《疯丫头马迪根》《淘气包埃米尔》)的翻译出版。可是,就在后4册图书即将出版前夕,2002年1月28日,94岁高龄的阿斯特丽德·林格伦女士

在斯德哥尔摩家中,在睡梦中平静去世。2002年5月,中少版《林格伦作品集》第二批4册图书正式出版。至此,中国少年儿童出版社以整整8年的时间,完成了150万字之巨的《林格伦作品集》8册的出版规划,为广大中国少年儿童读者奉献了一套相对完整、系统的世界儿童文学精品巨著,奉献了一个美丽神奇的林格伦童话星空。

由地球作为载体的人类世界是千姿百态、丰富多彩的。可以是物质的,也可以是精神的;可以是科学的,也可以是文学的。少年儿童作为人类的未来和希望,从小就应该用世界文明的一流成果来启蒙,来熏陶,来滋润。让中国的少年儿童从小就拥有一个多彩的"文学地球",与国外的小朋友站在阅读的同一起跑线上,是我们中国少年儿童出版社的神圣职责。在人类进入多媒体时代的今天,中国少年儿童出版社倾力打造了高格调、高品质的皇冠书系,该书系的图书均以"美绘版"形式呈献。皇冠书系"美绘版"图书自上市以来迅速得到了广大青少年读者的认可,取得了良好的社会效益和经济效益。今天,中国少年儿童出版社将《林格伦作品选集》纳入皇冠书系,以"美绘版"形式再次出版林格伦女士最具代表性的作品,它们分别是《长袜子皮皮》《淘气包埃米尔》《小飞人卡尔松》《大侦探小卡莱》《米欧,我的米欧》《狮心兄弟》《吵闹村的孩子》《疯丫头马迪根》《绿林女儿罗妮娅》《海滨乌鸦岛》《叮当响的大街》《铁哥们儿擒贼记》《小小流浪汉》《姐妹花》。此次中国少年儿童出版社倾力打造的"美绘版"《林格伦作品选集》,就是要让世界名著以更美的现代化形式走近少年儿童读者,就是要让林格伦的童话星空更加绚丽多彩。

愿《林格伦作品选集》(美绘版)陪伴广大的少年儿童朋友快乐成长,美丽成长。

林格伦和她创造的儿童世界

——李之义——

早在世纪之初著名作家埃伦·凯伊(1849——1926)就曾预言，20世纪将成为儿童世纪。这句话是否应验，这里不去讨论，但是林格伦在1945年步入儿童文坛就标志着世纪儿童已经诞生。这就是皮皮露达·维多利亚·鲁尔加迪娅·克鲁斯蒙达·埃弗拉伊姆·长袜子。起这个名字的人是林格伦的女儿卡琳。1941年女作家七岁的女儿卡琳因肺炎住在医院，她守在床边。女儿每天晚上请妈妈讲故事。有一天她实在不知道讲什么好了，就问女儿："我讲什么呢?"女儿顺口回答："讲长袜子皮皮。"是女儿在这一瞬间想出了这个名字。她没有追问女儿谁是长袜子皮皮，而是按着这个奇怪的名字讲了一个奇怪的小姑娘的故事。最初是给自己的女儿讲，后来邻居的小孩也来听。1944年卡琳十岁了，林格伦把这个故事写出来作为赠给女儿的生日礼物。后来她把稿子寄给伯尼尔出版公司，但是被退了回来。此举构成了这家最大的瑞典出版公司最大的失误。1945年作者对故事做了一些修改，以它参加拉本和舍格伦出版公司举办的儿童书籍比赛，获得一等奖。《长袜子皮皮》一出版立即获得成功，此事绝非偶然。当时关于瑞典儿童的教育问题的辩论正进行得如火如荼——以昔日的权威性教育为一方，以现代自由教育思想为另一方。早在20世纪30年代，人们就开始对童年教育感兴趣，并有新的儿童教育信号出现。很多人提出，对儿童进行严厉、无条件服从的教育会使儿童产生压抑和自卑感。人们揭露和批判当局推行的类似德国纳粹主义和意大利法西斯主义的绝对

权威和盲从的教育思想。

《长袜子皮皮》这部作品讲一位小姑娘,她一个人住在一栋小房子里,生活完全自理,富得像一位财神,壮得像一匹马。她所做的一切几乎都违背成年人的意志,不去学校上学,满嘴的瞎话,与警察开玩笑,戏弄流浪汉。她花钱买一大堆糖果,分发给所有的孩子。她的爸爸有点儿不可思议,是南海一个岛上的国王。这位小姑娘自然成了孩子们的新偶像。关于皮皮的书共有三本,多次再版,成为瑞典有史以来儿童书籍中最大的畅销书。目前该书已出版90多种版本,总发行量达到1.3亿册。对全世界的儿童来说,皮皮是一个令人喜爱、近乎神秘主义的形象,可与福尔摩斯、唐老鸭、米老鼠、小红帽和白雪公主相媲美。

在2004年5月26日阿斯特丽德·林格伦儿童文学奖第二次颁奖大会上,瑞典首相约兰·佩尔松在致辞时这样评论《长袜子皮皮》这部作品:"长袜子皮皮之书的出版带有革命性的意义。林格伦用长袜子皮皮这个人物形象在某种程度上把儿童和儿童文学从传统、迷信权威和道德主义中解放出来,在皮皮身上很少有这类东西。皮皮变成了自由人类的象征。"

在儿童文学领域里,林格伦创造了两种风格:通俗和想象,两种风格以不同的方式体现她的创作特征。通俗的故事有时候接近琐碎,有时候带有喜剧色彩。比如以女作家自己的成长环境和自己的兄弟姐妹为原型的《吵闹村的孩子》《吵架人大街》和《疯丫头马迪根》。富于想象的作品是以《尼尔斯·卡尔松-小精灵》为开端。主人公是个小精灵,住在地板底下,后来成了一位孤单的小男孩的好伙伴,使阴郁、沉重的生活变成多彩的梦幻之国。《南草地》中的故事采用民间故事的创作手法,把昔日人间的残酷、疾病和忧伤变成了想象中的美

梦、善良和温暖。

但是用富于想象的手法创作的作品应首推三部伟大的小说:《米欧,我的米欧》(1954)、《狮心兄弟》(1973)和《绿林女儿罗妮娅》(1981)。第一部作品表面上非常通俗,主人公布·维尔赫尔姆·奥尔松是一位被领养的小男孩。他坐在长凳上,想着自己极不温暖的家庭生活。突然他的梦变成了现实,他搬到了童话世界——玫瑰之国,他的父亲是那里的国王,他变成了米欧王子。他用一把带魔法的宝剑把他父亲的臣民从残暴的骑士卡托的统治下解救出来。作品有着民间故事的所有特征。《狮心兄弟》也描写善与恶的矛盾。主人公是一位胆小的小男孩斯科尔班,但是在危险时刻他克服了自己的恐惧,勇敢地与邪恶进行斗争,并取得了胜利。斯科尔班身体虚弱、胆小怕事,这一点与他和哥哥一起把南极亚拉从暴君滕格尔、恶魔卡特拉手里解放出来的壮举形成鲜明对比。作品中有这样的情节:兄弟俩从悬崖上跳下去,以便从南极亚拉到另一个国家南极里马。他们去了另外一个世界以后变得强壮、勇敢和健康。一部分人把这一描写解释成儿童自杀,但多数人把这段解释成一种故事情节的升华,由一个想象的世界到另一个想象的世界。我还听到有第三种解释,即瑞典是一个福利社会,人们没有物质生活方面的困难,老人和孩子都很怕死。老人可以用基督教的来世梦想和进入天国之类的事求得安慰。孩子们怎么办?他们经常给报社或电视台写信、打电话,问"人为什么要死?"专家们用科学的方法给孩子们讲解生与死的辩证关系、新陈代谢等,说明死并不都是坏事。作家通过自己富于想象的作品不是也可以起到相同的作用,甚至效果更好吗?《绿林女儿罗妮娅》比上边提到的两部作品有更多的现实主义成分,书中所描写的问题有更多的可能性。女孩罗妮娅和男孩毕尔克分属两个世代为仇的绿林家庭。两个人对自己家庭传统进行造

反,一种真挚的友谊在他们之间迅速建立,他们拒绝再过到处抢劫的绿林生活。人们称这部作品为瑞典式的《罗密欧与朱丽叶》。两个孩子在山洞里过着与世隔绝的生活,这也有点儿像《鲁滨孙漂流记》。但作品有着林格伦自己的特征:紧张的情节、通俗的现实主义和幽默风趣。罗妮娅和毕尔克生活在充满可怕和喜剧性生灵的世界里,如人面野鹰和小人熊等。他们的父亲都是魁梧、健壮、心地善良的绿林首领,但他们不知道除了劫富济贫的绿林生活外,还有其他什么选择。

林格伦的另一部分作品介于通俗与想象两种风格之间。《淘气包埃米尔》(1963)中很多故事相当粗犷和非理性,有着伟大的喜剧风格,但一切都植根于世纪之交的斯莫兰的日常生活。一部分内容有点儿像古代的英雄萨迦,如埃米尔在风雪中把病入膏肓的阿尔弗雷德送到医院,以及请穷苦的人们吃圣诞饭。

当《小飞人卡尔松》(1955)中的卡尔松飞进小弟的中产阶级家庭生活时,起初人们都把他看作是孤单儿童的虚幻中的伙伴。但卡尔松是一个极富有个性的小家伙,有着人类的各种特征——他爱说大话、自私自利、不诚实和爱翻别人的东西,还不停地给小弟制造麻烦。但是小弟和其他读过这本书的孩子都喜欢他——"不胖不瘦、风华正茂"。如果人们偶尔还把他当作虚幻的人物的话,那么在小弟把他介绍给其他家庭成员时,这种感觉马上消失了,他成了一个实实在在的人。

林格伦的作品还包括侦探小说,如《大侦探小卡莱》(1946);专门描写女孩子的作品,如《布丽特-马利亚心情舒畅了》(1944)、《夏士婷和我》(1945)。作品幽默、大方,很少有道德说教。

林格伦1907年出生在瑞典斯莫兰省一个农民家里。20世纪20年代到斯德哥尔摩求学,毕业后做过一两年秘书工作。她有30多部作品,获得过各种荣誉和奖励。1950年获瑞典图书馆协会颁发的

"尼尔斯·豪尔耶松金匾"，1957年获瑞典"高级文学标准作家"国家奖；1958年获"安徒生金质奖章"，1970年获瑞典《快报》"儿童文学和促进文学事业金船奖"，1971年获瑞典文学院"金质大奖章"。此外，她还获得过1959年《纽约先驱论坛报》春季奖和1957年德国青年书籍比赛的特别奖。她在1946年—1970年将近1/4世纪里担任拉本和舍格伦出版公司儿童部主编，对创造这个时期的瑞典儿童文学的黄金时代做出了很大贡献。

2002年，林格伦女士以94岁高龄辞世，瑞典为她举行了国葬，人们称她为民族英雄。在我送的花圈上写着："你的中文译者向你致最后的敬意！"她走了，却给世界留下了宝贵的文学遗产。她的作品被译成多国文字，发行量达到1.3亿册。把她的书摞起来有175个埃菲尔铁塔那么高，把它们排成行可以绕地球三圈。

瑞典文学院院士阿托尔·隆德克维斯特在1971年瑞典文学院授予她"金质大奖章"的授奖仪式上说：

> 尊敬的夫人，在目前从事文艺活动的瑞典人中，大概除了英玛尔·伯格曼之外，没有一个人像您那样蜚声世界。
>
> 您在这个世界上选择了自己的世界，这个世界是属于儿童的，他们是我们当中的天外来客，而您似乎有着特殊的能力和令人惊异的方法认识他们和了解他们。瑞典文学院表彰您在一个困难的文学领域里所做的贡献，您赋予这个领域一种新的艺术风格，即充分的心理描写、幽默和叙事情趣。

目录

尼尔斯·卡尔松-小精灵 / 1

尼尔斯·卡尔松-小精灵 / 3

朦胧之国 / 26

彼得与彼特拉 / 40

奇妙杜鹃 / 52

米拉贝尔 / 63

五月的一个夜晚 / 74

不喜欢玩玩具的公主 / 86

最最亲爱的姐姐 / 99

林格伦作品选集

目录

森林里没有强盗 / 107

卡伊萨·卡瓦特 / 123

卡伊萨·卡瓦特 / 125

斯莫兰斗牛士 / 138

心肝宝贝 / 144

萨默尔·奥古斯特的小故事 / 157

有生命的圣诞礼物 / 169

从最高处往下跳 / 180

大姐姐与小弟弟 / 190

目录

佩勒离家出走 / 197

梅丽特 / 204

晚安，流浪汉先生！ / 214

叮当响的大街 / 227

洛塔真幼稚 / 229

我们整天做游戏 / 234

洛塔拧得像一只老山羊 / 241

天底下最慈爱的贝里阿姨 / 247

我们去野游 / 254

目录

我们去外祖母、外祖父家 /265

洛塔差点儿说脏话 /272

洛塔的倒霉日子 /281

洛塔是黑奴 /288

快快乐乐过圣诞节 /297

大家怎么对洛塔都不好 /309

洛塔离家出走 /320

洛塔到哪里去 /323

洛塔有客人来访 /339

目录

"我只得一个人过夜……" / 343

南草地 / 351

南草地 / 353

我的菩提树演奏乐曲吗?

我的夜莺歌唱吗? / 371

咚,咚,咚 / 389

容克尼尔斯·埃卡 / 406

译者后记 / 438

尼尔斯·卡尔松－小精灵

〔瑞典〕阿斯特丽德·林格伦 著
〔瑞典〕伊隆·维克兰德 画
李之义 译

叮当响的大街
Dingdangxiangdedajie

尼尔斯·卡尔松——小精灵

伯迪尔站在窗前往外看。天开始黑了，大街上雾气蒙蒙，显得阴冷可怕。伯迪尔等着爸爸妈妈下班回家。他等呀等呀，他们就是不出现在远处的路灯底下，他平时等他们回家的时候，他们就出现在那里。今天这么可怕，这么奇怪。在多数情况下，妈妈总是比爸爸先回来一会儿。当然工厂不下班他们谁也不能回来。爸爸妈妈每天都上班，只有伯迪尔一个人待在家里。妈妈给他准备好饭，他饿的时候就吃。妈妈下班回家以后，他再吃晚饭。一个人单独吃饭一点儿意思也没有。最糟糕的是，一个人待在家里，不能跟任何人说话，真是太枯燥了，太没意思了。他可以到大街上去玩，如果他愿意的话，但此时是秋天，天气非常不好，没有孩子出来玩。

啊，真是度日如年！他百无聊赖，不知道干什么好，自己的玩具也早就玩够了。再说啦，他也没有几样玩具。家里的几本书他从头到尾翻了很多遍。他现在还不能读书，因为他只

有六岁。

屋里很冷。爸爸早晨生起了壁炉，但是到了下午，炉子里几乎一点儿热气都没了，伯迪尔感到身上很冷。墙角开始变得黑糊糊的。但是他觉得开灯也没什么意思，反正没有任何事情可做。一切显得那么不开心。他决定在床上躺一会儿，想想到底怎么会变得这样不愉快。他过去不是这样孤单，他有过一个姐姐，她叫梅塔。但是有一天，她放学回家以后就病倒了。

她病了一个星期,后来就死了。当他想到这件事,想到如今自己多么孤单时,眼泪开始往下流。

就在这个时候他听到了一种声音。他听到床底下有细碎的脚步声。

"是闹鬼吧。"他一边想一边趴在床边往下看。这时候他看见一个非常奇怪的小东西正站在床底下。一个……啊,样子跟普通的小男孩完全一样,只是比一个大拇指大不了多少。

"你好!"那个小男孩说。

"你好!"伯迪尔说,口气有点儿紧张。

"你好,你好!"小男孩又说了一遍。

然后就是一阵沉默。

"你是什么人?"伯迪尔说,"你在我床底下做什么?"

"我叫尼尔斯·卡尔松-小精灵,"那个男孩说,"我就住在这里。啊,确切地说不是在你的床底下,而是在楼梯下边。你可以看到远处墙角的门。"

说完他用手指了指伯迪尔床底下的一个很大的老鼠洞。

"你在这里住很久了吗?"伯迪尔问男孩。

"没有,一两天吧。"小男孩说,"我过去住在利尔延森林里的一个树根底下,但是如你所知,秋天到了,应该结束夏令营生活,我想搬到城里来住。真走运,我从一个老鼠那里租下了这间房子,它搬到斯德哥尔摩南边的南台里叶,到它的姐姐

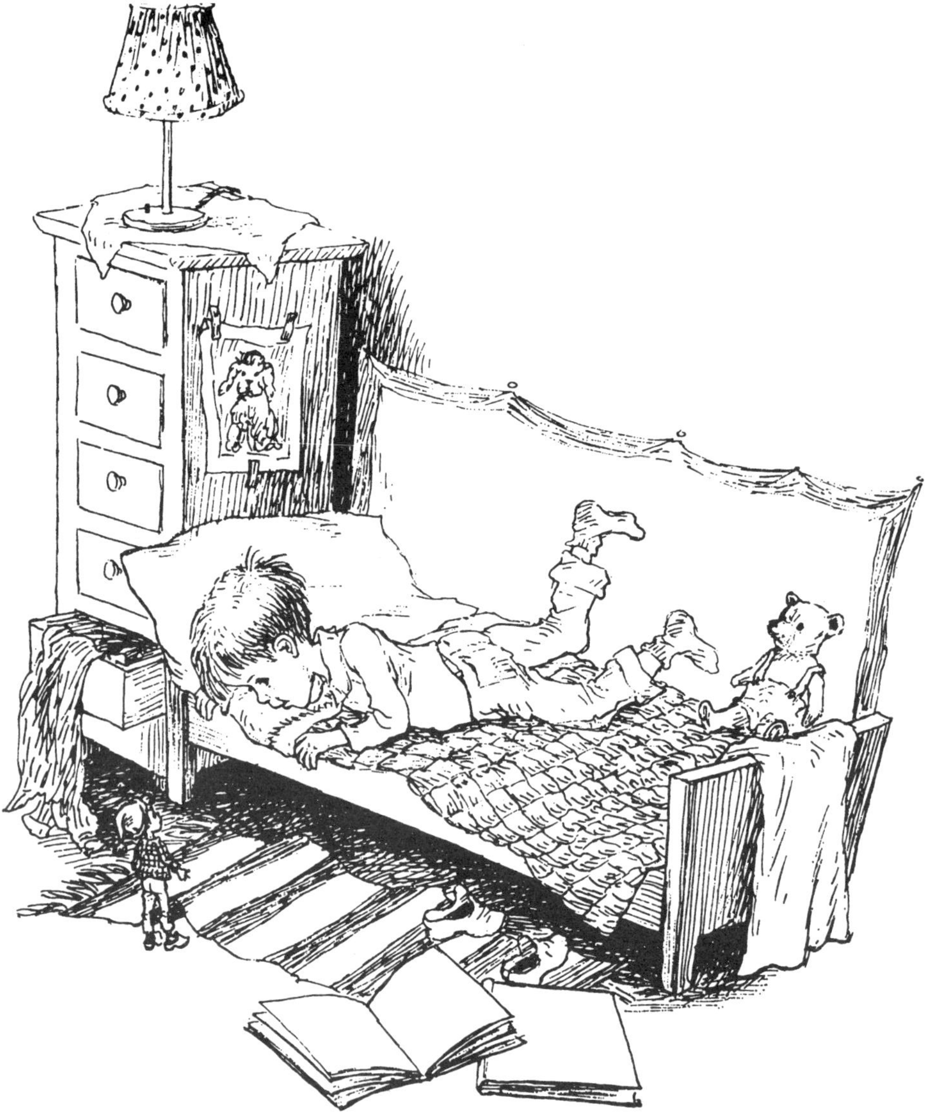

家去住了。你知道，平时小户型的房子特别紧缺。"

对，伯迪尔听人说过。

"我租的当然是不带家具的。"小精灵解释说。"至少应该有几件自己的家具，这样最好。"过了一会儿他补充说。

"这么说你有了？"伯迪尔问。

"没有，苦就苦在我没有。"小精灵一边说一边露出不安的表情。

他打了个寒战。

"哎呀，我下边的房子里特别冷。"他说，"不过你这里也好不了多少。"

"啊，一点儿不假。"伯迪尔说，"我冻得像一只狗。"

"我那里确实有壁炉，"小精灵说，"但是我没有木柴。如今木柴太贵了。"

他双臂交叉抱在胸前，试图使身体暖和一些。他用明亮的大眼睛看着伯迪尔。

"你白天都干什么？"他问。

"干什么，无所事事。"伯迪尔说，"确实没什么特别要做的。"

"我也是。"小精灵说，"整天一个人待在家里，你不觉得特无聊吗？"

"无聊到家了。"伯迪尔说。

"你不想下楼到我那里看看吗?"小精灵热情地问。伯迪尔笑了起来。

"你真的相信,我能穿过那个老鼠洞吗?"他说。

"这不费吹灰之力。"小精灵说,"你只要摸一下那个钉子,你看,就在老鼠洞旁边,说'渴了闻杯',你就会变得跟我一样大小。"

"真的行吗?"伯迪尔问,"不过等我爸爸妈妈下班回家时,我还能再变大吗?"

"没问题。"小精灵说,"你只要再摸一下那个钉子,再说一遍'渴了闻杯'就行。"

"奇怪,"伯迪尔说,"你也能变得跟我一样大吗?"

"不能,我做不到。"小精灵说,"真糟糕!但是,如果你能到我那里看看,还是会很开心的。"

"马上就去!"伯迪尔说。

他钻到床底下,把食指放在钉子上,说了一声"渴了闻杯"。真灵验!他站在老鼠洞前面,个子变得跟小精灵一样小。

"我说得没错吧!我叫尼尔斯,爱称尼塞。"小精灵一边说一边伸出手,"来吧,请到我的寒舍去。"

伯迪尔感到,一件紧张有趣、不可思议的事情正在发生。他满怀激情地走进那个黑洞。

"下台阶小心点儿。"尼塞说,"有一个地方扶手坏了。"

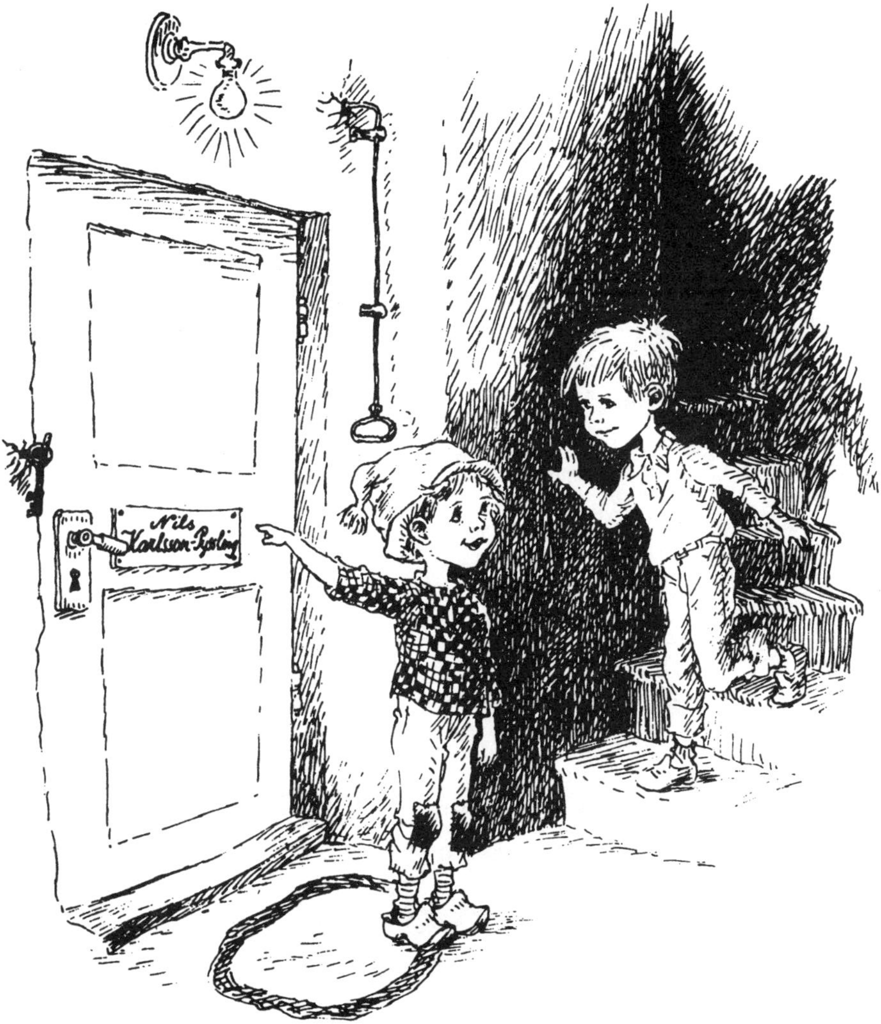
Nils
Karlsson-Pyssling

伯迪尔小心翼翼地从一个小石头台阶走下去。哎呀，他过去根本不知道，那里还有一个台阶！台阶一直通到一个紧闭的门附近。

"请等一下，我开灯。"尼塞一边说一边拧开关。门上贴着一个名片，上面工工整整地写着"尼尔斯·卡尔松－小精灵"。

尼塞打开门，拧开另一个开关。伯迪尔走了进去。

"这里显得乱七八糟的。"尼塞抱歉地说。

伯迪尔朝四周看了看。这是一间空荡荡的小屋子，有一个窗子，在一个墙角有一个涂成蓝色的壁炉。

"啊，还挺温馨的。"他用讨好的语气说，"夜里你睡在什么地方？"

"地板上。"尼塞说。

"哎呀，难道不冷吗？"伯迪尔说。

"要是不冷就好了！冷，你说得没错。这里很冷，冷得我每小时都得起来跑一跑，免得被冻死。"

伯迪尔特别可怜尼塞，他自己起码不会在夜里挨冻。突然他心生一计。

"我怎么这么笨。"他说，"我很容易弄来木柴。"

尼塞用力握住他的手。

"你真的能？"他激动地说。

"那还用说！"伯迪尔说完却显得很不安，"不过最糟糕的

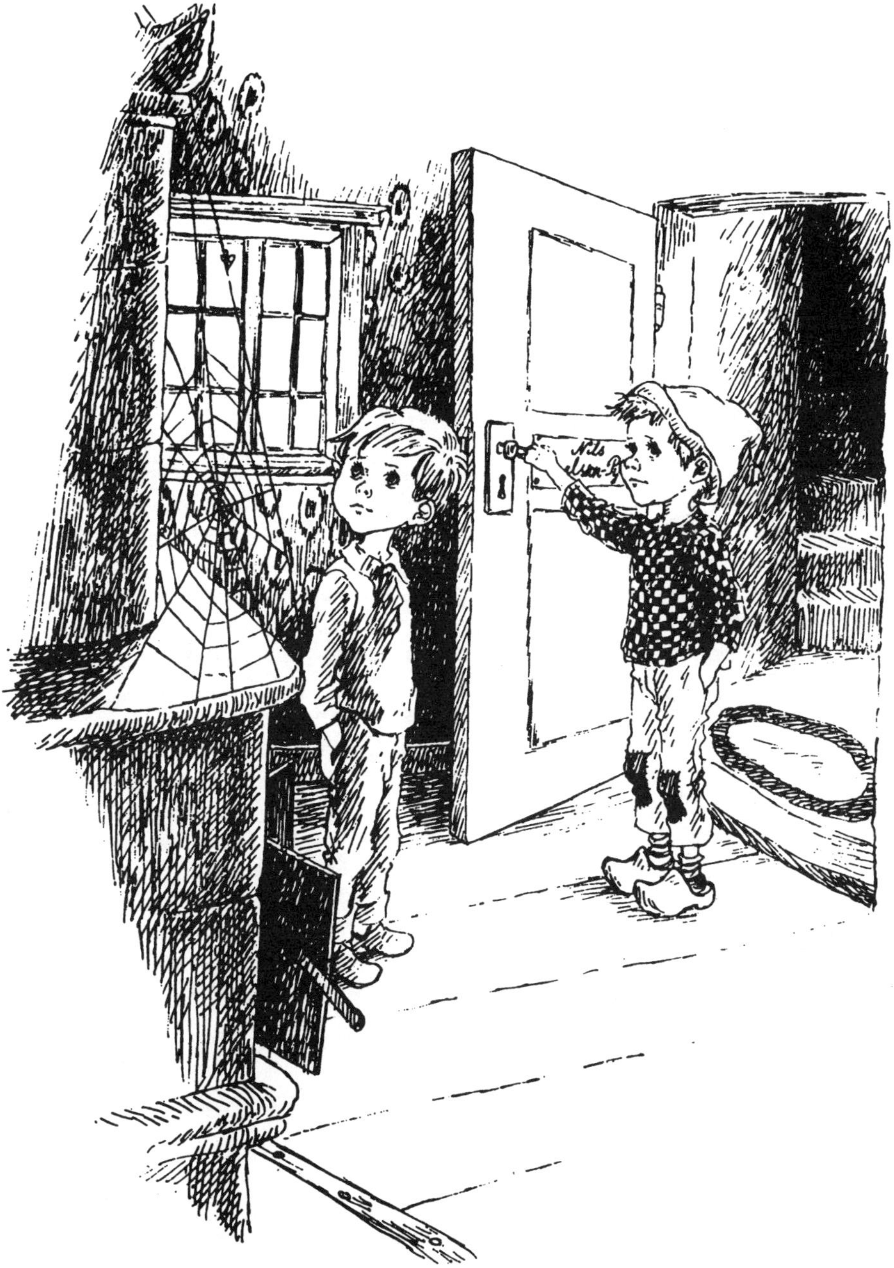

是，我不会划火柴。"

"小事一桩！"尼塞满有把握地说，"只要你能弄来木柴，我就会把火生起来。"

伯迪尔跑上台阶。他摸了一下钉子——但是他忘了应该说什么。

"我应该说什么来着？"他高声问尼塞。

"'渴了闻杯'，知道了吧？"尼塞说。

"渴了闻杯，知道了吧？"伯迪尔对钉子说。但是没什么动静。

"哎呀，只说'渴了闻杯'就够了。"尼塞在下边高声说。

"只说渴了闻杯。"伯迪尔说。还是没有动静。

"哎呀，哎呀！"尼塞喊叫着，"除了'渴了闻杯'以外，别的什么也别说。"

这时候伯迪尔终于明白了，他说完"渴了闻杯"，自己马上又变大了。这变化太快，他的头一下子撞到床底。伯迪尔以最快的速度跑到做饭的炉灶跟前，那里有一大堆用过的火柴棍。他把它们折成一小段一小段的，再把它们拿到老鼠洞旁边。然后他又使自己变小，高声对尼塞喊：

"快来帮我运木柴！"

因为此时他已经变小，一个人搬不动那么多木柴。尼塞跑过来，他们合力把木柴顺着台阶抱进房间，再抱到壁炉跟前。

尼塞高兴极了,他跳着说:

"精品木柴,"他说,"确实是精品木柴。"

他把壁炉填满木柴,还剩下一些,他细心地把剩下的木柴堆在旁边的角落。

"你等着看吧。"尼塞说。他坐在壁炉前往里边吹气。突

然，壁炉里的火噼里啪啦地燃烧起来！

"太神了！"伯迪尔说，"这样可以节省很多木柴。"

"没错，没错！"尼塞说，"多旺的火，多旺的火！"他继续说，"从去年夏天以来，我从来没有像现在这样暖和过。"

他们坐在地板上，前面是熊熊燃烧的炉火，他们把冻得发紫的双手在火上舒舒服服地烤着。

"我们还剩下很多木柴。"尼塞满意地说。

"对，用完了我再去拿，要多少有多少。"伯迪尔说。他也显得很满意。

"今天夜里我就不会挨冻了。"尼塞说。

"你平时吃什么？"过了一会儿伯迪尔问。尼塞脸红了。

"啊，什么都吃一点儿。"他含含糊糊地说，"找到什么吃什么。"

"你今天吃什么啦？"伯迪尔问。

"今天？"尼塞说，"今天我什么也没吃，如果我没记错的话。"

"啊，那你一定很饿很饿了。"伯迪尔吃惊地说。

"是呀！"尼塞犹豫了一下说，"我确实很饿很饿了。"

"你怎么不早说呀，傻瓜！我马上去拿。"

尼塞激动得直喘粗气。

"如果你能的话，"他说，"如果你真能给我拿来吃的东

西,我一辈子都会喜欢你。"

说话间伯迪尔已经到了台阶处。他迅速地说了"渴了闻杯",又迅速地跑到食品柜跟前。他从那里拿了一块很小很小的奶酪,在一块很小很小的面包上涂上黄油,又拿了一个肉丸子和两粒葡萄干。他把所有的东西放在老鼠洞旁边,然后把自己变小,接着高声喊:

"快过来帮我拿饭菜!"

其实用不着他喊,尼塞早就在那里等着他。他们把吃的东西搬下去,尼塞的双眼像星星一样闪亮。伯迪尔感到,他自己也饿了。

"我们先吃肉丸子。"伯迪尔说。

肉丸子差不多跟尼塞的脑袋一样大。他们从各自那边开始吃,看谁先吃到中间。尼塞先吃到中间。然后他们吃奶酪三明治。那块很小很小的面包此时大得像一个大三明治。尼塞想留下那块奶酪不吃。

"你看,我每月要给那只老鼠一小块奶酪作为房租,"他说,"不然我就得被赶走。"

"这件事我们肯定要安排,"伯迪尔说,"现在吃奶酪吧,没关系。"

他们把那块奶酪吃完了。随后他们开始吃自己的那粒葡萄干。但是尼塞说,他想留下半粒明天再吃。

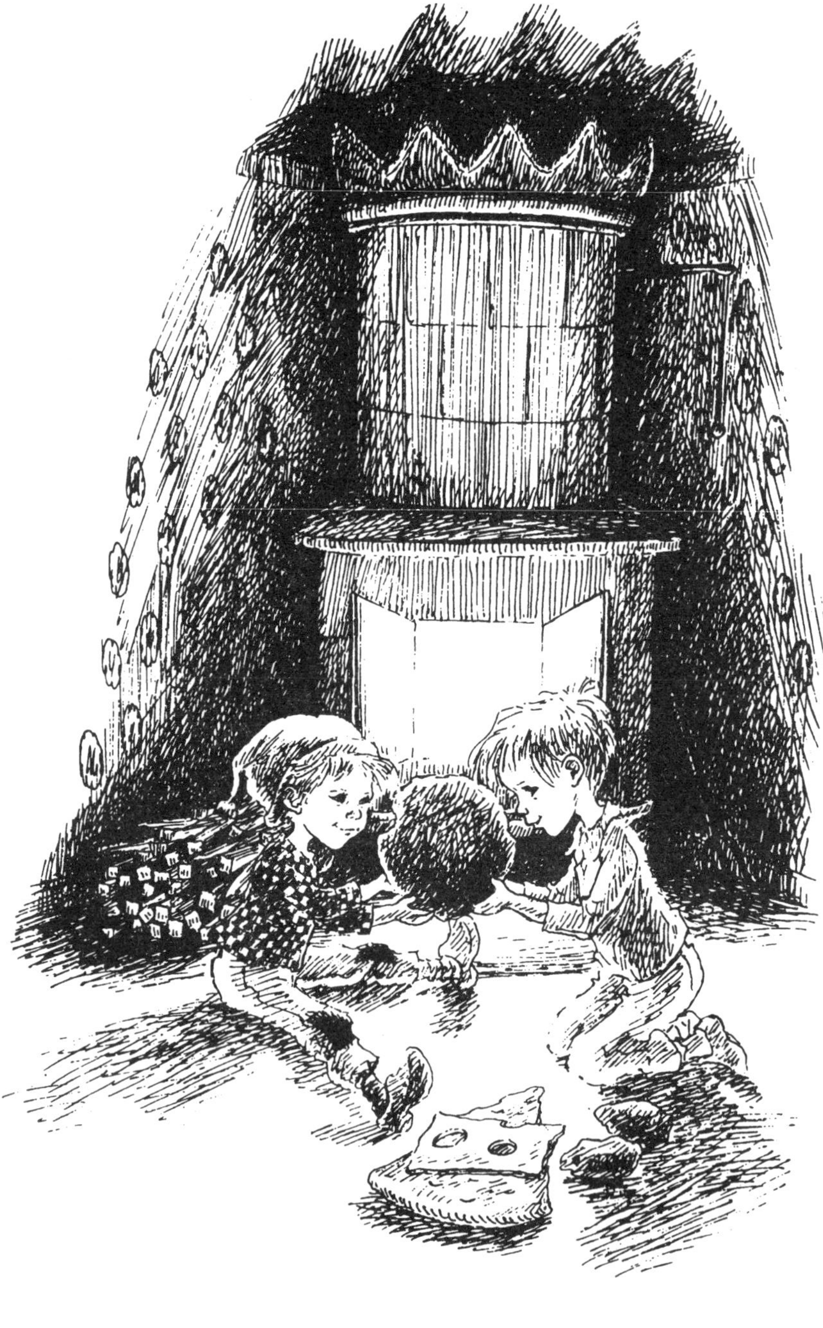

"明天醒来的时候，我好有东西吃。"他说，"我想睡在壁炉前边，那里最温暖。"

这时候伯迪尔突然叫了起来。

"哦，我现在知道了！我知道有个东西特别好。"

转眼间他就消失在台阶上。过了好长时间，尼塞才听到他喊话：

"快过来，帮我抬床！"

尼塞立即跑过去。伯迪尔站在那里，带来一张令人喜爱的白色小床，他是从梅塔的旧玩具箱里拿出来的。她的最小的玩具娃娃就睡在这张床上，但是现在尼塞更需要它。

"我带来了棉花，你可以铺在床上。还有一块绿色的法兰绒，妈妈打算为我做新睡衣，你可以把它当被子。"

"啊！"尼塞说，"啊！"他激动得只能说出一个字，多了说不出来。

"我还把布娃娃的睡衣拿来了。"伯迪尔说，"你对穿着一件布娃娃的睡衣睡觉也许不会反感吧？"

"不反感，为什么反感呢？"尼塞说。

"好，你知道，这里有很多这类女孩子的东西。"伯迪尔抱歉说。

"但是很暖和。"尼塞一边说一边用手满意地摸了摸那件布娃娃睡衣，"我从来没睡过什么床，我想马上就睡到上边去。"

"好,你去睡吧。"伯迪尔说,"爸爸妈妈随时都可能回来,我无论如何该走了。"

这时候尼塞迅速脱掉自己的衣服,穿上睡衣,跳到床上,把头扎到棉花里,盖上法兰绒被子。

"啊!"他又说了一次,"我吃得太饱了。真暖和,也真困死了。"

"再见。"伯迪尔说,"我明天再来。"但是没听见尼塞说什么,他已经睡着了。

第二天伯迪尔几乎等不到爸爸妈妈上班就想去找尼塞。他们怎么这样磨蹭!平时伯迪尔都要站在衣帽间说再见,并且显得很伤心。但是他今天没有。衣帽间的门刚一关上,他就钻到床底下,去找尼塞。尼塞已经起床了,把壁炉的火也生好了。

"这没关系吧?"他对伯迪尔说。

"没关系,你愿意把火生多冲就生多冲。"伯迪尔说。然后朝屋子四周看了看。

"你知道吗?这里需要打扫一下。"他说。

"好,打扫一下没什么不好的。"尼塞说,"看样子,地板从来没有擦过。"

伯迪尔已经走到台阶处。他需要一把大刷子和一个擦地板

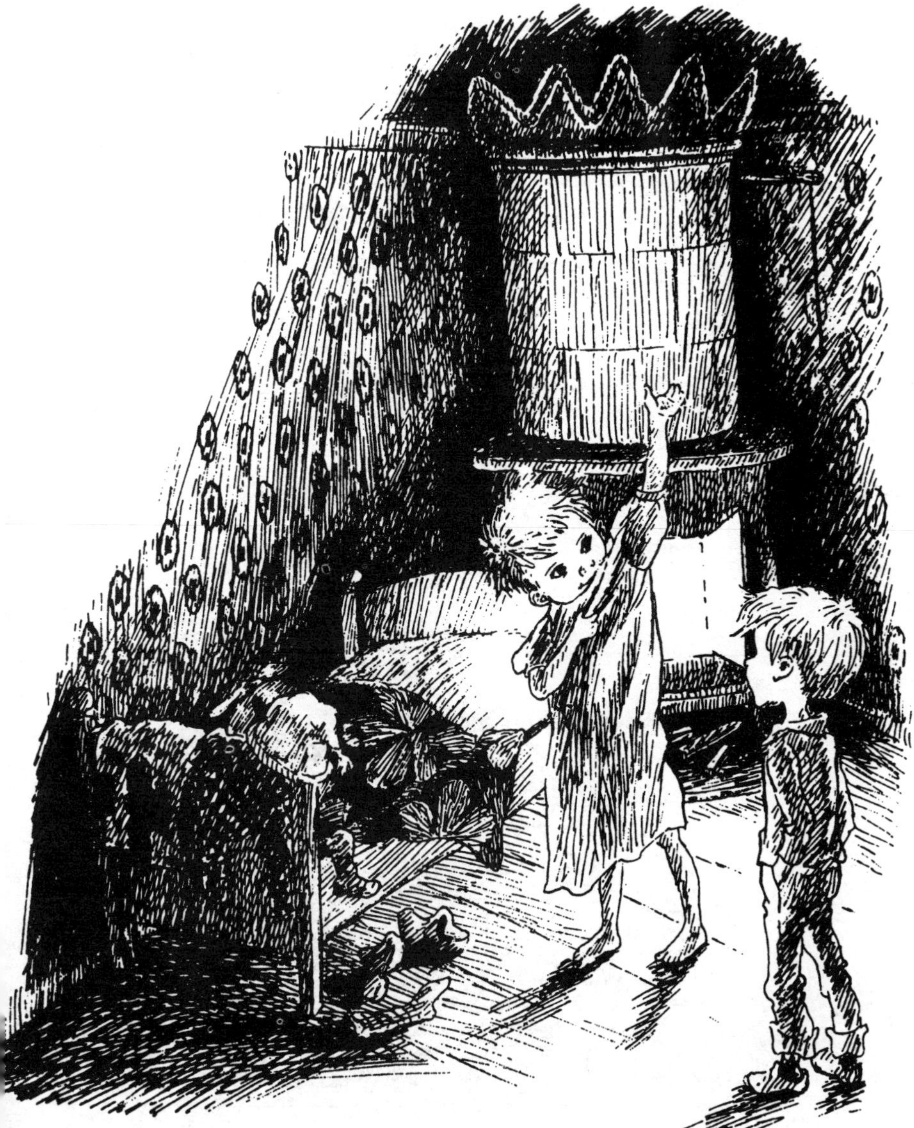

用的大盆。厨房的洗碗池里放着一把用坏了的旧牙刷。他拿起这把牙刷,把把儿掰掉,然后他打开碗柜看了看。里边有一个很小很小的碗,妈妈经常用它盛果冻。他从炉子旁边的热水罐里弄了点儿热水倒在里边,然后放一滴洗涤液。他还从储物室里的拖布上撕下一小条布。他把这一切都放在老鼠洞旁边,尼塞帮他一起拿下去。

"这是一把非常大的刷子。"尼塞说。

"对,一定很好用。"伯迪尔说。

然后他们开始擦地板。伯迪尔在前边用刷子刷,尼塞在后

边用布擦干。碗里的水很快就变黑了，而地板很快就变干净了。

"现在请你坐在台阶旁边，"伯迪尔说，"你看了会大吃一惊。捂上眼！你不许看。"

尼塞捂上眼睛，他听见伯迪尔在楼上叮里咣当地搬东西。

"现在你可以看了。"伯迪尔说。尼塞睁开眼一看，啊，面前放着一张桌子、一个角柜、两把带扶手的小椅子和两个木制小板凳。

"我从来没见过这么好的东西！"尼塞高声说，"你会变魔术？"

伯迪尔当然不能。所有的东西都是他从梅塔的玩具箱里拿来的。他还拿来一个地毯——一个花格子布条地毯，这是梅塔用玩具织布机编织的。

他们先把地毯打开，地毯几乎占了整个地板。

"哎呀，看起来多温馨呀！"尼塞说。

当角柜摆好，地板中央放好桌子，桌子旁边放好带扶手的椅子，壁炉前放上那两个板凳的时候，这间屋子看起来更温馨了。

"真难以想象，我可以住得这么好！"尼塞感叹说。伯迪尔也认为这里非常漂亮，比楼上自己的家还要好。

他们坐在各自带扶手的椅子上，有说不完的话。

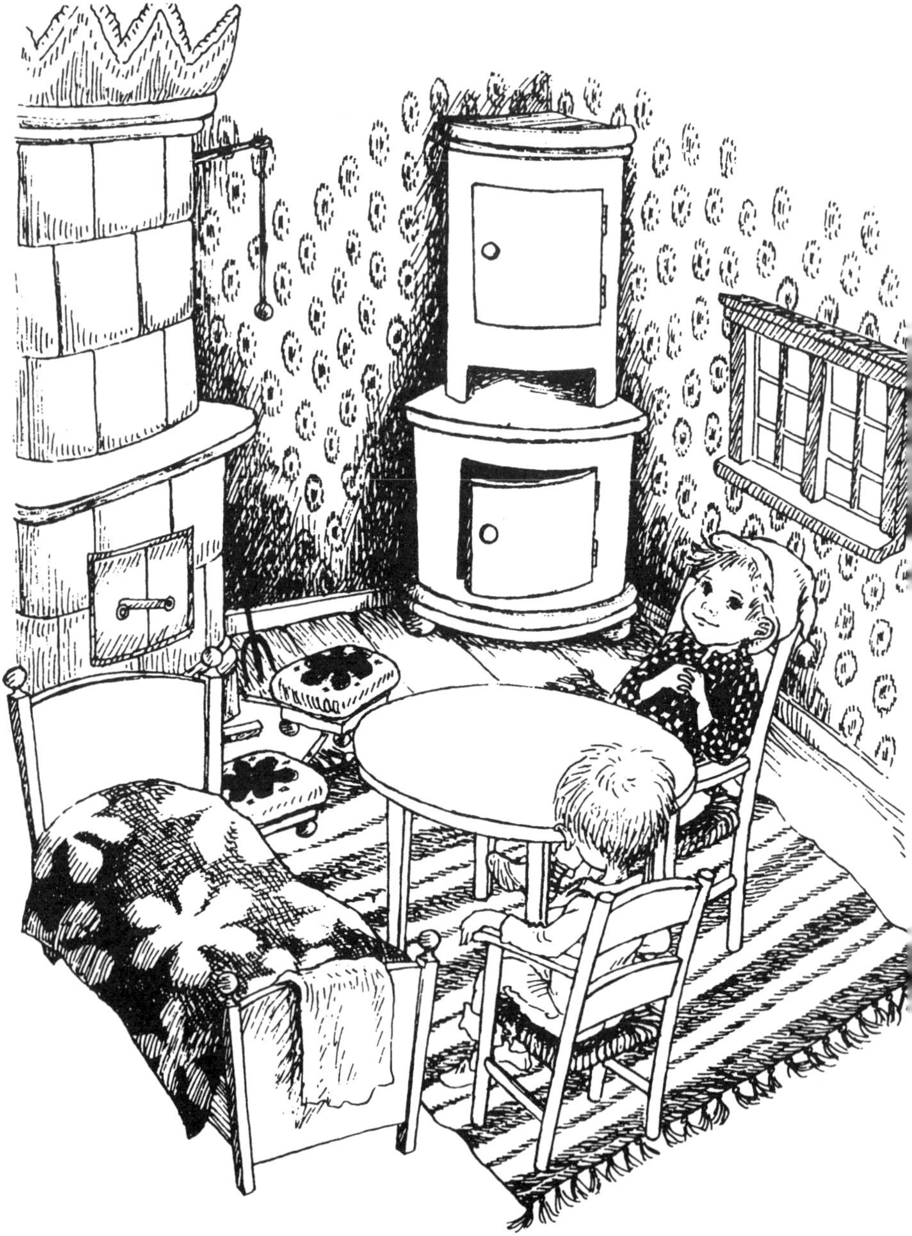

"好啦,现在我们自己也应该干净干净了。"尼塞说,"不能像我这样脏。"

"那我们洗一洗澡吧?"伯迪尔建议。

果冻碗里很快就放满了干净的热水,一块破旧的纱布毛巾变成了舒服的浴巾。尽管他们溅到台阶上很多水,但剩下的水也足够他们洗澡用的。他们很快脱光衣服钻到浴缸里,真舒服!

"给我搓一搓背。"尼塞说。

伯迪尔给他搓。然后尼塞给伯迪尔搓。他们互相撩水,弄得地板上都是水。不过没关系,因为旁边就有吸水毯,水很快就干。洗完澡后,他们裹上浴巾,坐在壁炉前边的板凳上,

天南海北地聊个不停。伯迪尔还跑上去取来糖和一片很小很小的苹果,他们在炉子上烤着吃。

突然伯迪尔想起来,爸爸妈妈很快就要回家了。他赶忙穿上衣服,尼塞也穿上自己的衣服。

"如果你跟我上去,那一定很有意思。"伯迪尔说,"你可以藏在我的毛衣里边,爸爸妈妈看不到你。"

尼塞认为,这是一个非常刺激有趣的建议。

"我藏在里边不说话。"他说。

"我的天啊,你的头发怎么湿了?"当全家人坐在餐桌旁边吃晚饭的时候妈妈说。

"啊,我洗过澡了。"伯迪尔说。

"洗过澡了?"妈妈说,"在什么地方洗的?"

"在那里边。"伯迪尔一边说一边指了指桌子上盛满果冻的碗,脸上露出一点儿怪笑。

爸爸妈妈明白了,他只不过是在开玩笑。

"真让人高兴,伯迪尔的情绪又好起来了。"爸爸说。

"啊,我可怜的孩子。"妈妈说,"真可怜,他整天要一个人待在家里。"

伯迪尔感觉到,有什么东西在毛衣里边动,那个东西热乎乎的,热乎乎的。

"妈妈用不着伤心。"他说,"因为我一个人待在家里有意思极了。"

随后他把食指伸到毛衣下边,轻轻地抚摩着尼尔斯·卡尔松－小精灵。

朦胧之国

有的时候妈妈显得很伤心。就是因为我的腿,我腿疼的毛病到现在已经整整一年了。这么长时间我一直躺在床上,完全不能走路。妈妈对我的腿显得很无奈。有一次我听妈妈对爸爸说:

"你知道吗,我觉得约朗再也不能走路了。"

我当然是无意中听到的。

我整天躺在床上,不是读书、画画就是组装各种模型。天色变得朦胧时,妈妈走进来说:

"你愿意现在开灯,还是像往常一样,让屋子保持朦胧?"

这时候我说,我愿意像往常一样,保持朦胧。于是妈妈回到厨房。就在这个时候,里尔雍克瓦斯特先生敲窗子。里尔雍克瓦斯特先生属于朦胧人。他住在朦胧之国,也叫虚无之国。每天晚上我都跟里尔雍克瓦斯特先生到朦胧之国去。

我永远忘不了他第一次接我的情形,正好那天妈妈说我再

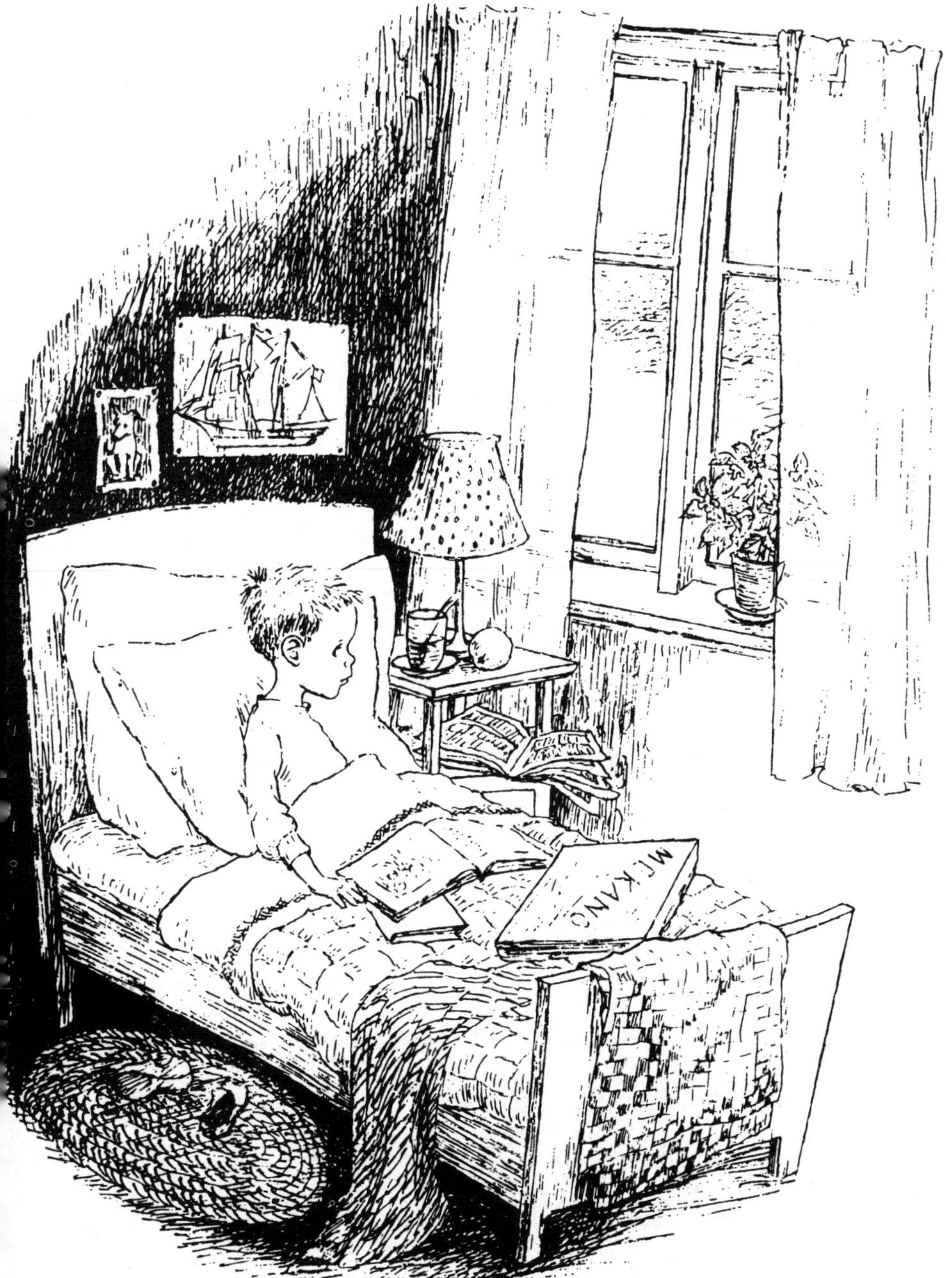
MEKANO

也不能走路了。事情的经过是这样：

那是一个朦胧的时刻，远处墙角都很黑。我不想开灯，因为我刚好听完妈妈在厨房里对爸爸说了那样的话。我躺在床上思考，我真的再也不能走路了吗？我在想那根钓鱼竿，那是我去年生日时得到的礼物，我大概永远都无法使用了吧——啊，很有可能！为此我哭了一会儿。这时候我听见有人敲窗子。我们住在卡尔贝里路一栋房子的第三层，所以我听到有人敲窗子时感到很吃惊。我的天啊，谁能敲窗子呢？啊，不是别人，正是里尔雍克瓦斯特先生。他从窗子直接走进来，尽管窗子是关着的。他是一位个子很小的先生，身着花格子西装，头上戴着又高又黑的帽子。他脱帽行礼，我也尽量在床上向他回礼。

"我的名字叫里尔雍克瓦斯特。"他说，"我在每家的窗台上溜了一圈，看一看有没有孩子想跟我到朦胧之国去。你大概愿意吧？"

"我哪儿都无法跟你去，"我说，"因为我腿疼。"

但是这时候里尔雍克瓦斯特先生直接朝我走过来，抓住我的手。

"没关系，"他说，"在朦胧之国这点儿困难不算什么。"

就这样，我们没开窗子就出去了。我们站在窗台上，朝四周看了看。整个斯德哥尔摩都处在朦胧之中，一种轻柔的蓝色

朦胧。大街上看不到行人。

"现在我们飞起来。"里尔雍克瓦斯特先生说。我们真的飞起来,一直飞到克拉拉教堂的钟楼。

"我必须先跟教堂的风向鸡①说几句话。"里尔雍克瓦斯特先生说。但是那只风向鸡不在那里。

"他做朦胧巡视去了。"里尔雍克瓦斯特先生说,"他在克拉拉街区巡视,看有没有孩子需要到朦胧之国去。走吧,我们继续飞。"

我们降落在皇冠山公园,那里的树上长满了红色和黄色的糖果。

"吃吧。"里尔雍克瓦斯特先生说。

我真的吃了起来。我从来没吃过这么好吃的糖果。

"你有兴趣开一开电车吗?"里尔雍克瓦斯特先生问。

"我不会开。"我说,"我从来没试过。"

"没关系。"里尔雍克瓦斯特先生说,"在朦胧之国这点儿困难不算什么。"

我们降落在圣埃里克大街上,走上最前面的标有四号的站台。电车上没有人,我的意思是说没有普通的人。但是那里坐了很多奇特的小个子老头儿和老太太。

---

① 鸡形的风向标。

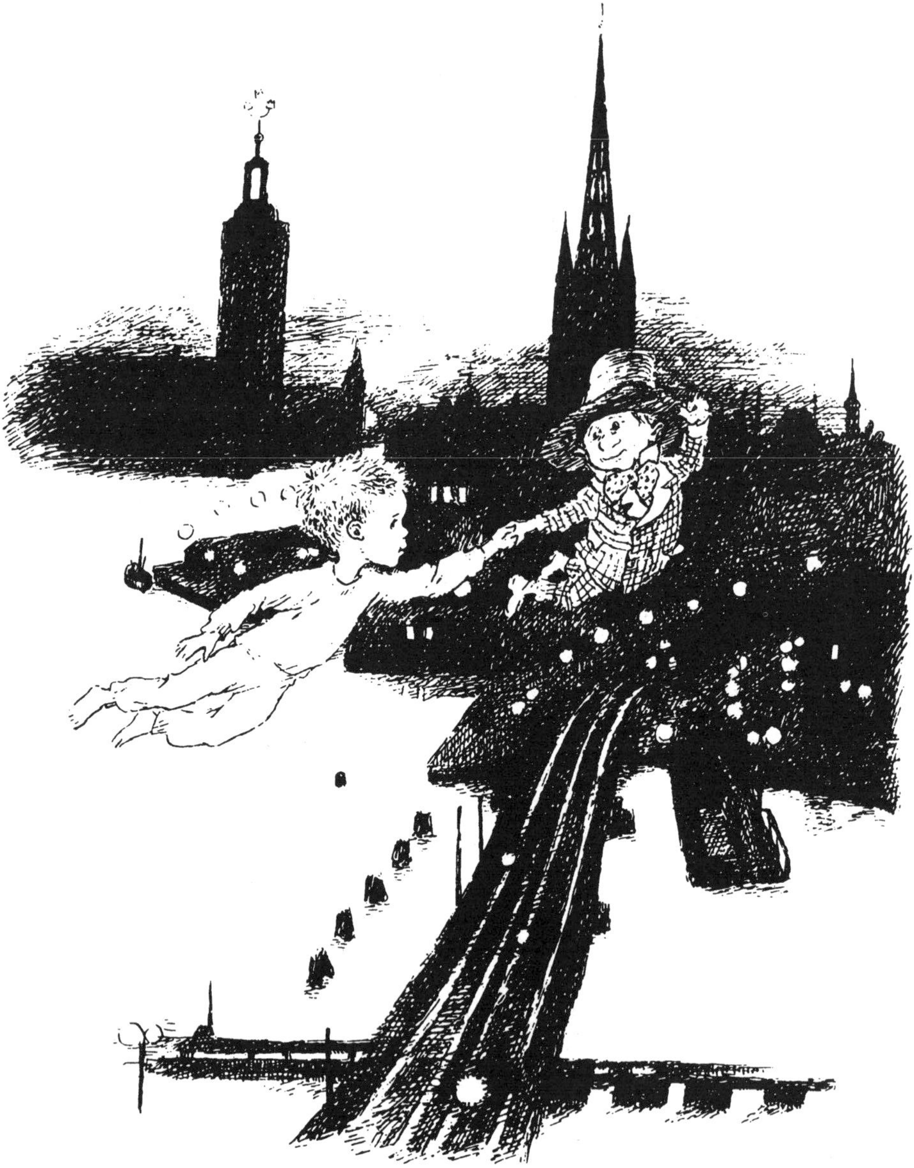

"他们都属于朦胧人。"里尔雍克瓦斯特先生说。

也有一些孩子坐在那里。我认出一位姑娘,在我还能上学的时候,她跟我是一个学校的。当时她比我低一个年级,我记得,她总是显得很和善。现在她还是那个样子。

"她在朦胧之国已经很长时间了。"里尔雍克瓦斯特先生说。

我开动了电车。电车开起来非常轻松。鸣笛以后,电车隆隆地跑起来。我们没停什么车站,因为沿途没有人下车。大家坐车就是为了玩,没有人要在特定的车站下车。我驶过西大桥,这时候电车突然脱轨,掉进水里。

"哎呀,这是怎么回事?"我高喊着。

"没关系。"里尔雍克瓦斯特先生说,"在朦胧之国这点儿困难不算什么。"

电车在水里行驶得比在陆地上更好。开电车真有意思。我们在北大桥下边上岸,电车一下子又跳到陆地上。我还是看不到任何人。空荡荡的街道和那种奇妙的蓝色朦胧让人感到非常奇怪。

里尔雍克瓦斯特和我在皇宫附近下了电车。后面由谁开这辆电车,我不知道。

"现在我们去拜见国王。"里尔雍克瓦斯特先生说。

"好吧。"我说。

我想当然地认为，那是位普通的国王，但不是。我们走进一个大门，登上一个台阶，来到一个大厅里。在那里，金色宝座上坐着一位国王，银色宝座上坐着一位王后。国王穿着金质华服，王后穿着银质华服。而他们的眼睛，啊，没有人可以描述他们的眼睛！当他们看我时，我感到脊背冰火两重天。

里尔雍克瓦斯特先生深深地鞠躬，然后说：

"啊，朦胧之国国王陛下，虚无之国王后陛下，让我介绍一下卡尔贝里路来的约朗·彼得松。"

国王开始对我讲话。他的话听起来就像一个大瀑布，但是我已经记不得他到底讲了些什么。在国王和王后周围站着一大排男女宫廷侍从，他们突然开始唱歌。那些歌我在斯德哥尔摩城从来没听过。我听歌的时候，脊背上冰火两重天的感觉更加强烈。

国王点头说：

"在朦胧之国我们就是这样唱歌，在虚无之国我们就是这样唱歌。"

过了一会儿，里尔雍克瓦斯特先生和我又回到了北大桥下边。

"你已经被介绍到宫廷，"里尔雍克瓦斯特先生说，"现在我们去斯康森民俗园。你有兴趣开一开公共汽车吗？"

"我不知道我能不能开。"我说。因为我觉得开公共汽车

比开电车难得多。

"没关系，"里尔雍克瓦斯特先生说，"在朦胧之国这点儿困难不算什么。"

突然，我们面前停了一辆红色公共汽车，我们上了车。我握住方向盘，脚踩油门。我开得非常好，比任何平常人都开得快。我使劲鸣笛，听起来就像急救车一样。

进了斯康森民俗园大门，我们看到左首不远处的山坡上是艾尔沃玫瑰园。那是一个令人喜欢的古老花园，四边有厢房，前面有一片温馨的草地。最初这个花园在海尔叶山谷，是后来移过来的。

当里尔雍克瓦斯特先生和我来到艾尔沃玫瑰园的时候，一位姑娘正坐在前廊的台阶上。我们走过去向她问好。

"你好，克里斯蒂娜！"里尔雍克瓦斯特先生说。

克里斯蒂娜穿着特别奇特的衣服。

"她为什么穿这个样子的衣服？"我问。

"过去当克里斯蒂娜住在海尔叶山谷时，那里的人就这样穿戴。"里尔雍克瓦斯特先生说。

"过去？"我说，"过去她不住在这里？"

"只有在朦胧的时刻她住在这里，"里尔雍克瓦斯特先生说，"她属于朦胧人。"

花园里有人在演奏乐器，克里斯蒂娜请我们进去。那里有

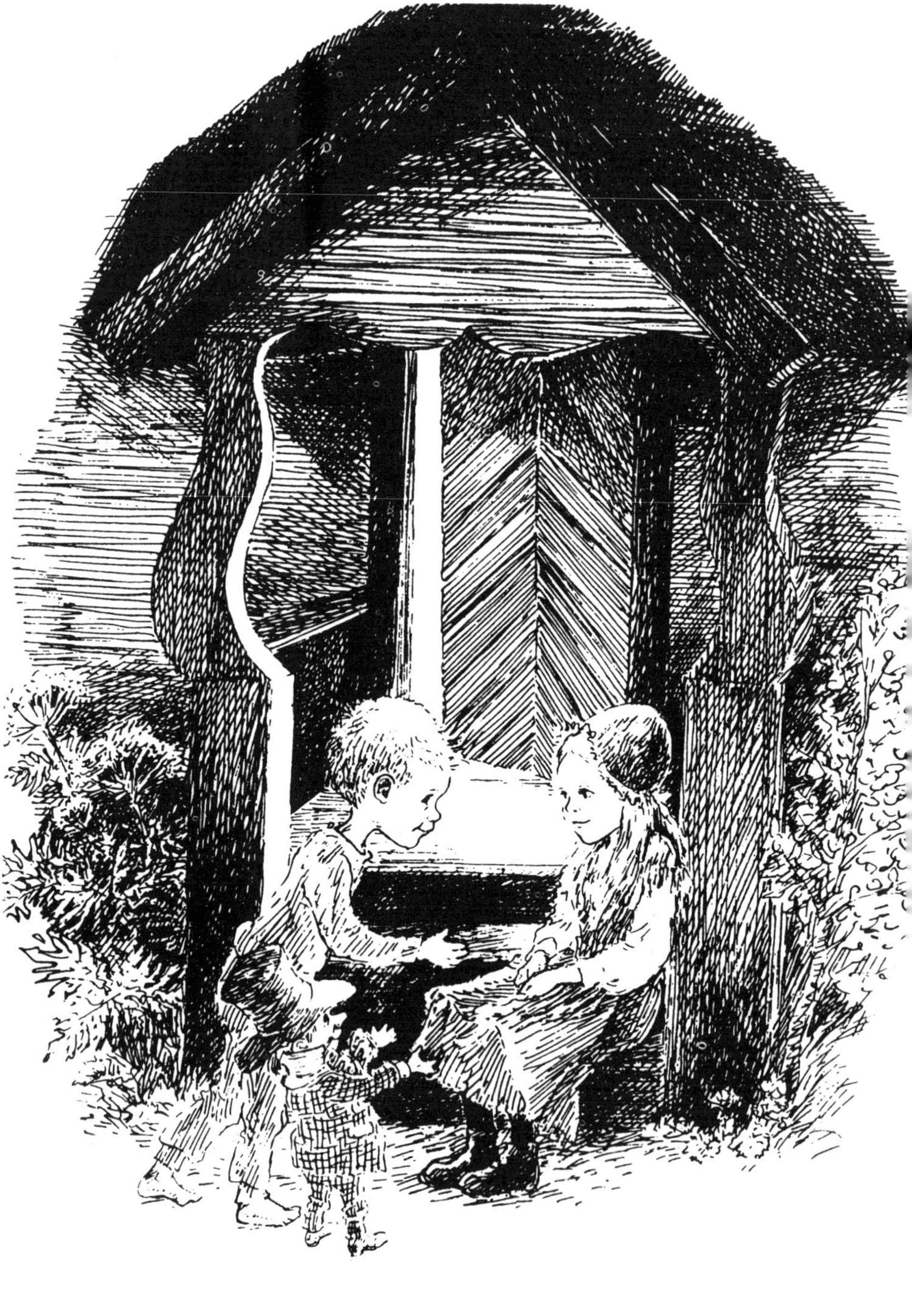

三个乐手在拉小提琴,很多人随着乐曲跳舞。开口炉子里炉火熊熊。

"这是些什么人?"我问。

"古时候他们都曾住在艾尔沃玫瑰园。"里尔雍克瓦斯特先生说,"现在他们在朦胧时刻来这里聚会联欢。"

克里斯蒂娜邀请我跳舞。哎呀,我的腿能跳舞了,而且跳得很好!

跳完舞我们吃了很多摆在桌子上的好东西。有薄面包、山羊奶酪和烤鹿肉,还有很多食品我叫不上来名字。我吃得很香,因为我已经很饿了。

但是我想多了解一些斯康森里的事情,里尔雍克瓦斯特先生便带着我继续往前走。在艾尔沃玫瑰园对面,大摇大摆地走过来一只驼鹿。

"怎么回事?"我说,"它从圈里跑出来了?"

"在朦胧之国,所有的驼鹿都可以自由走动。"里尔雍克瓦斯特先生说,"在虚无之国,没有任何一只驼鹿关在圈里。"

"没关系。"那只驼鹿说。

它能讲话,对此我一点儿也不感到奇怪。

正在这时候,在一个叫"高空"的地方,走过来两只可爱的熊宝宝。我腿没毛病的时候,星期天爸爸妈妈和我经常到那里喝咖啡。熊宝宝们坐在一张桌子旁边,高喊着要喝汽水。

这时候，一大瓶汽水从空中传过来，落在熊宝宝们前边的桌子上。它们轮流喝汽水。其中一个熊宝宝还拿起汽水瓶往另一个熊宝宝头上哗哗地浇。尽管那只熊宝宝浑身都被浇湿了，但它一边笑一边说：

"没关系。在朦胧之国这点儿困难不算什么。"

里尔雍克瓦斯特先生和我在里边转了很长时间。我们看到，所有的动物都可以随心所欲地走动。这里看不到人，我的意思是看不到普通的人。

最后里尔雍克瓦斯特先生问我，想不想到他的住处看一看。

"想看，谢谢！"我说。

"那我们继续往布洛克胡斯岬角飞。"他说。

说飞我们就飞。

在布洛克胡斯岬角附近，有一个与众不同的很小很小的黄色房子，周围有一道紫丁香花树篱，人们根本无法从大路上看到它。有一条羊肠小路从门廊直通海边，那里有一个码头，码头旁边停着一只船。整个房子、船和其他的一切都比通常的要小很多。因为里尔雍克瓦斯特先生就是一个身材很小很小的先生。这时候我才注意到，我自己也很小。

"这是一个非常有意思的小地方。"我说，"叫什么名字？"

"叫里尔雍宜人别墅。"里尔雍克瓦斯特先生说。

紫丁香散发着香味。阳光明媚，海水冲击着堤岸，码头上

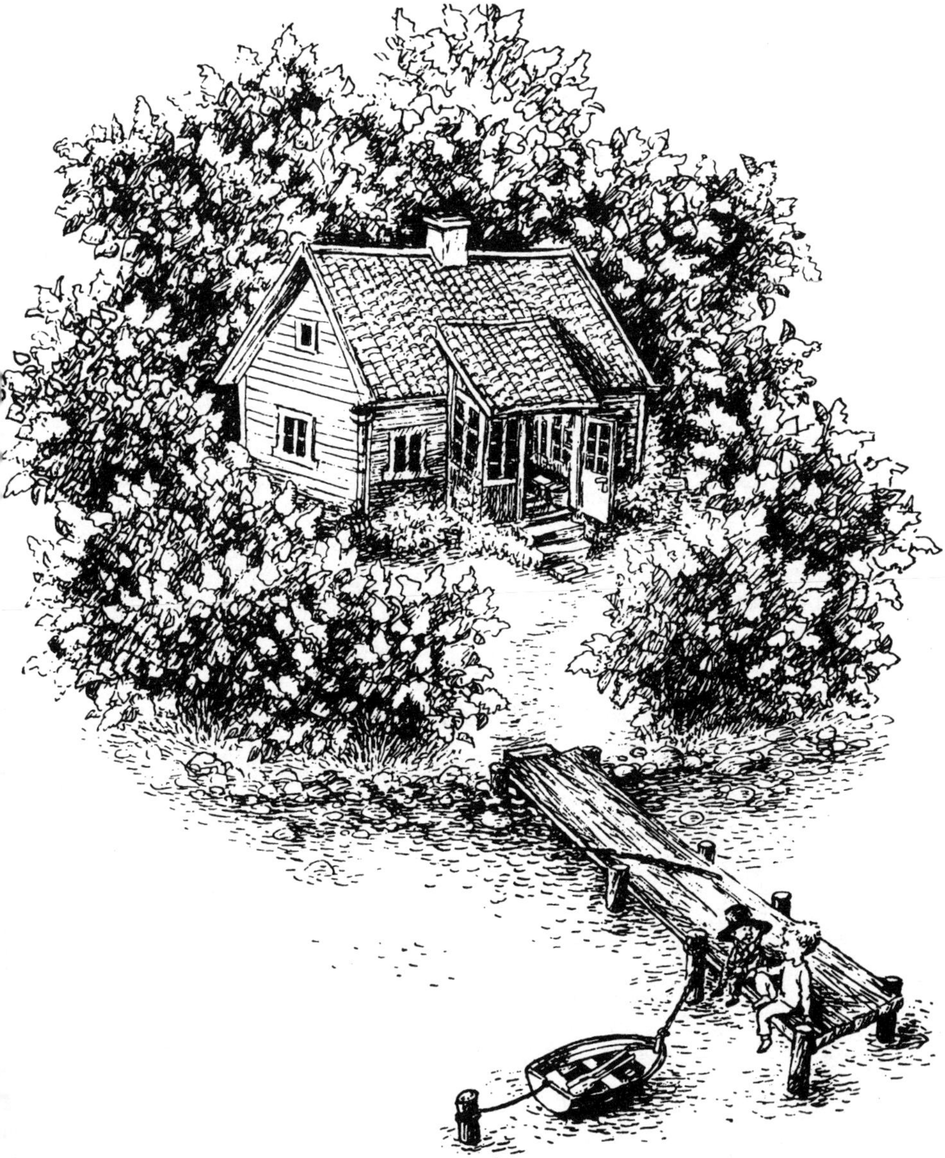

有一根钓鱼竿。啊,阳光明媚,难道不奇怪吗?我透过丁香花树篱往外看,外边依然是蓝色的朦胧。

"里尔雍宜人别墅上空的太阳永远不落。"里尔雍克瓦斯特先生说,"紫丁香花永远开不败。码头那边鲈鱼不停地上钩。你想偶尔来这儿钓鱼吗?"

"好啊,我当然愿意!"我说。

"改天吧。"里尔雍克瓦斯特先生说,"朦胧的时刻马上就要结束了,我们必须飞回卡尔贝里路。"

我们立即行动。我们飞过动物园的橡树林,又高高地飞过布伦斯海湾明亮的海水上空和万家灯火的斯德哥尔摩。我从来不知道,我脚下的斯德哥尔摩是那么的美。

人们正在修建卡尔贝里路下面的地铁。有的时候爸爸把我抱到窗子跟前,以便我能看到那些巨大的铲车从很深的地下挖沙石和泥土的情形。

"你想开铲车挖一点儿石子吗?"当我们回到卡尔贝里路的时候,里尔雍克瓦斯特先生问。

"我不相信我能掌握机械性能。"我说。

"没关系。"里尔雍克瓦斯特先生说,"在朦胧之国这点儿困难不算什么。"

我当然能驾驭机械,开铲车很容易。我一大铲接一大铲地铲起石子,放到停在旁边的卡车上。真是太有意思了!但是我

突然看到，有几个奇怪的红眼睛小老头儿正从地下的一个洞里往外看。地铁将经过那里。

"他们是地下人。"里尔雍克瓦斯特先生说，"他们也属于朦胧人。在地下，他们有闪闪发光的黄金大厅和钻石大厅。下次我带你到那里去。"

"不过想想看，如果地铁钻进他们的大厅怎么办？"我说。

"没关系，"里尔雍克瓦斯特先生说，"在朦胧之国这点儿困难不算什么。需要的话，地下人能搬走他们的大厅。"

然后我们直接飞进我家关着的窗子，我咚的一声落在自己的床上。

"明天朦胧时刻见。"里尔雍克瓦斯特先生说。随后他就消失了。就在这个时候，妈妈走进来开了灯。

这是我第一次见到里尔雍克瓦斯特先生的情形。现在他每天都来接我到朦胧之国去。啊，那真是一个美妙的国度！待在那里舒服极了。你腿疼，没关系。因为在朦胧之国的人能够飞翔的。

彼得与彼特拉

去年在斯德哥尔摩的古斯塔夫·瓦萨人民学校里,发生了一件不同寻常的事情。事情发生在某个星期一,一个一年级的新生班正在上阅读课。这时候有人敲门,敲门的声音很低很小。

"请进。"女老师说。

但是没有人进来,反而又敲了一下。

"去看一看是谁。"女老师对坐在离门最近的那个男孩说。顺便说一句,他叫格纳尔。

格纳尔把门打开。门外站着两个很小很小的孩子,一个男孩和一个女孩。他们俩比一对玩具娃娃大不了多少。他们径直地走进教室,来到女老师跟前。男孩子鞠躬,女孩子行屈膝礼。随后他们说:

"我们想问一下,我们能不能在这个学校上学呀?"

女老师一开始惊奇得不知道如何回答,但是最后她说:

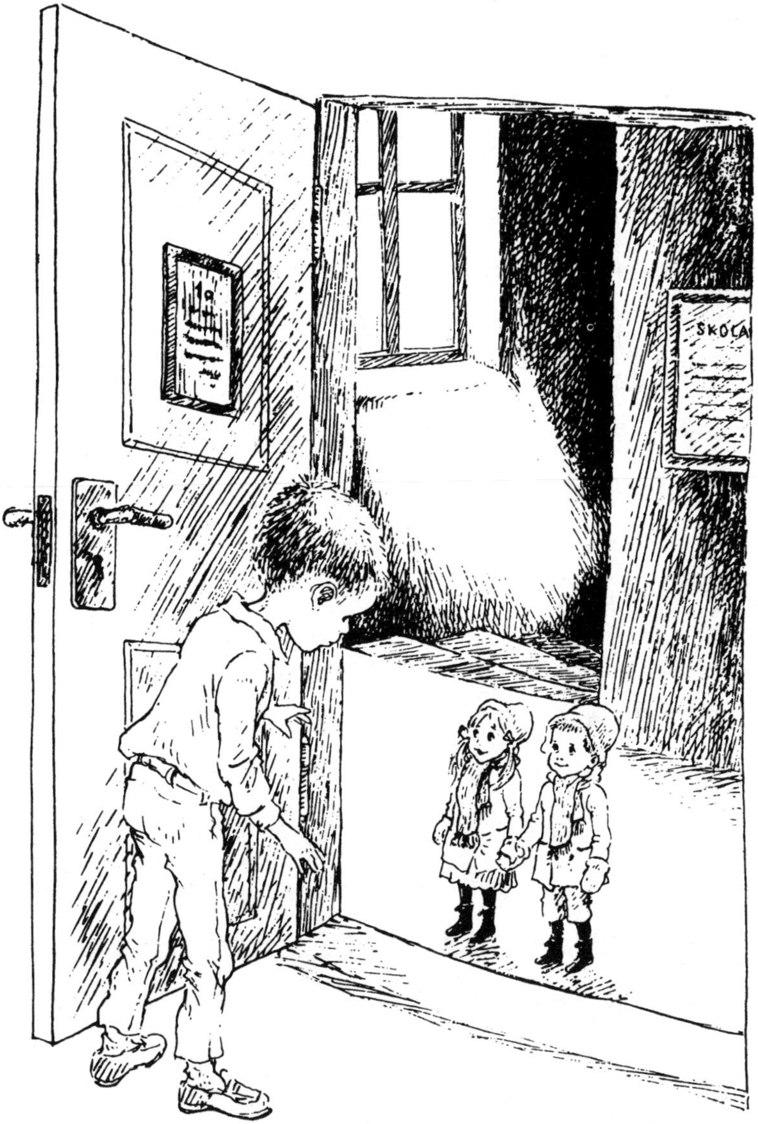
1a
SKOLA

"你们到底是什么人?"

"我们叫彼得和彼特拉。"男孩说。

"我们是小人国的。"女孩说。

"爸爸妈妈认为,小人国的人也需要掌握知识。"男孩说。

"你们住在什么地方?"女老师问,"你们能确定你们属于应该在这所学校上学的孩子吗?"

"我们住在瓦萨公园里。"彼得说。

"那就应该属于古斯塔夫·瓦萨人民学校。"彼特拉说。

对呀,女老师只得承认,他们说得对。

全班同学都伸长了脖子,想看清楚彼得和彼特拉。他们认为,这是一个极不平常的有趣的星期一,他们很愿意有彼得和彼特拉做同班同学。

"好啦,亲爱的孩子,那就请坐下吧。"女老师说。

但是他们坐在哪里呢?教室里没有任何椅子,小到适合这么小的人坐。

"那就让他们坐到我那里吧。"格纳尔热情地高声说。

于是,彼得和彼特拉朝格纳尔的位子走去。格纳尔把他们一个接一个地抱到自己前边的书桌盖上。然后他指着书,告诉彼得和彼特拉,他们已经读到什么地方。女老师让格纳尔读,格纳尔读了起来。

"外祖母很可爱。"他读道。

彼得和彼特拉边听边点头，似乎明白了。尽管他们暂时还不明白，书中丝般的黑色小字母怎么就变成了"外祖母很可爱"。

那天放学的时候，彼得和彼特拉已经学会了很多东西。除了那句"外祖母很可爱"之外，他们也知道了2+3=5，他们还学会唱"小青蛙，小青蛙，看着乐哈哈"这首歌。

格纳尔与彼得、彼特拉结伴回家，因为他们回家是朝同一个方向走。穿过大街时，他们一直紧紧地互相挽着手，小心地朝四周看。

"我们穿过奥丁大街时最害怕，"彼特拉担心地说，"因为那里的车太多。"

"我一定会帮助你们。"格纳尔说。他带着彼得和彼特拉穿过奥丁大街。当一辆汽车驶过来时，格纳尔就伸出手，做了一个停止的手势，跟真警察完全一样。

"谢谢，再见吧！"彼得和彼特拉一边说一边向格纳尔挥手。然后他们就径直地走进瓦萨公园。

每天彼得和彼特拉都来上学。班里的孩子对他们一直不厌其烦地看。女老师非常善良，她让一位木匠做了两套适合彼得和彼特拉用的课桌椅，放在讲台的前面。女老师还让人在走廊里安了两个离地面很近的挂衣钩，不然的话彼得怎么挂他漂亮的大衣，彼特拉怎么挂她漂亮的披肩呢？当彼得和彼特拉在

黑板上做算术演算题时，女老师把他们抱到一个高椅子上；上朗读课时，他们总是被允许站在格纳尔的书桌盖子上；轮到他们朗读时，他们只好站在书里边。全校所有的孩子都认为他们的样子很可爱。女老师说，彼得和彼特拉确实很优秀，他们肯定能取得好成绩。

临学期快结束时，天气一下子变冷了。像往常一样，瓦萨公园里有了一个滑冰场。格纳尔做完作业以后，经常到那里去滑冰。这时候他仍然不知道，彼得和彼特拉住在瓦萨公园的什么地方，但是他想去看一看。有一天晚上，他脱了冰鞋正准备回家的时候，他决定去找一找他们。他四处寻找，在公园最里边的一个隐蔽的角落，从一棵杉树底下，露出一缕微弱的灯光。他走过去。看到那棵杉树底下有一个地洞，地洞有一个小窗子，灯光就来自那里。格纳尔跪下来，从窗子往里边看。彼得和彼特拉坐在里边的圆桌旁边正在做算术作业。他们的爸爸坐在一把摇椅上看报纸，他们的妈妈站在远处的炉子旁边煮咖啡。他们没有电灯，而是一盏煤油灯，温馨亲切的灯光照着彼得和彼特拉低着的脑袋。

格纳尔轻轻地敲了敲窗子。转眼间地洞的小门开了，彼得站在那里。

"你好。"格纳尔说，"是我。"

"你好。"彼得说，"你来得正是时候。你可以告诉我吗，

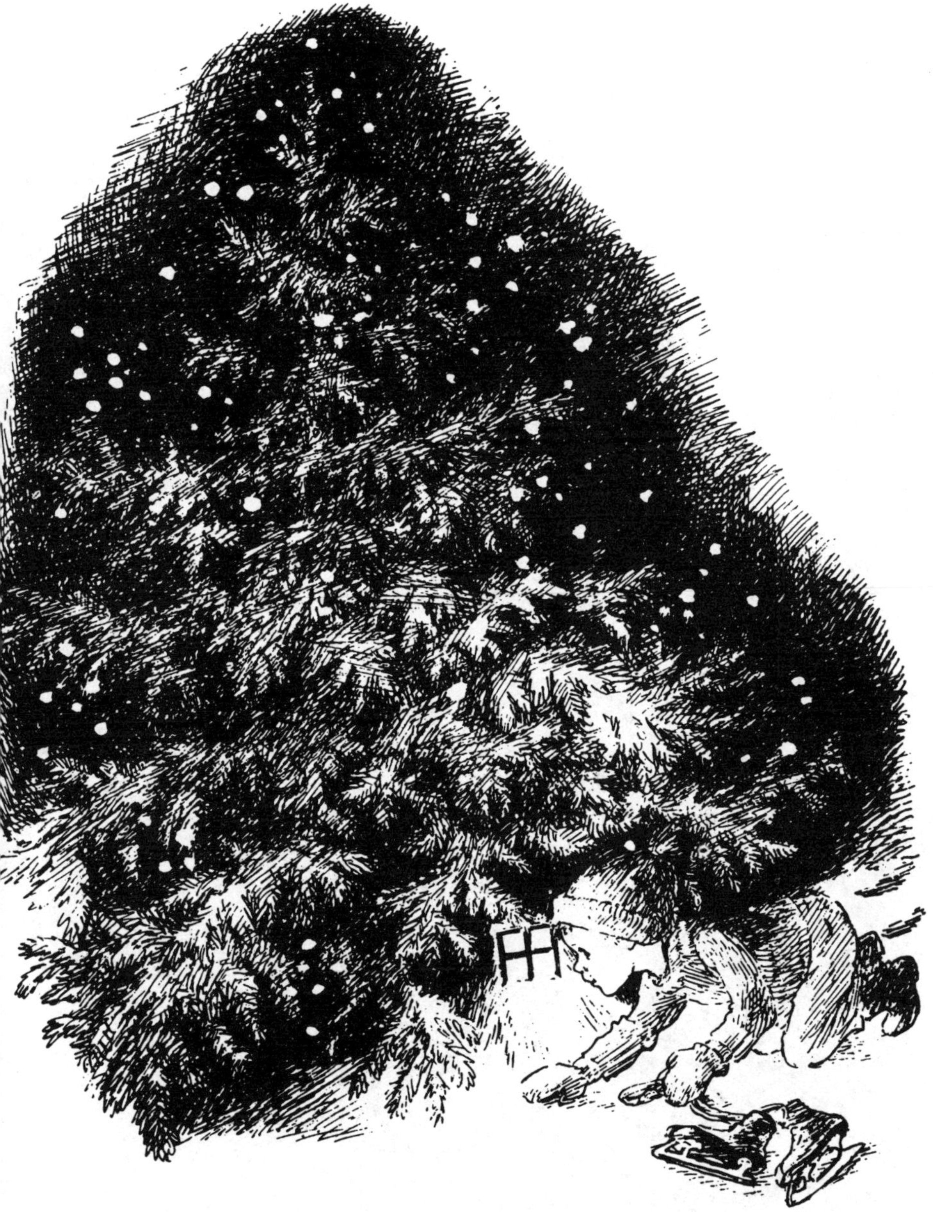

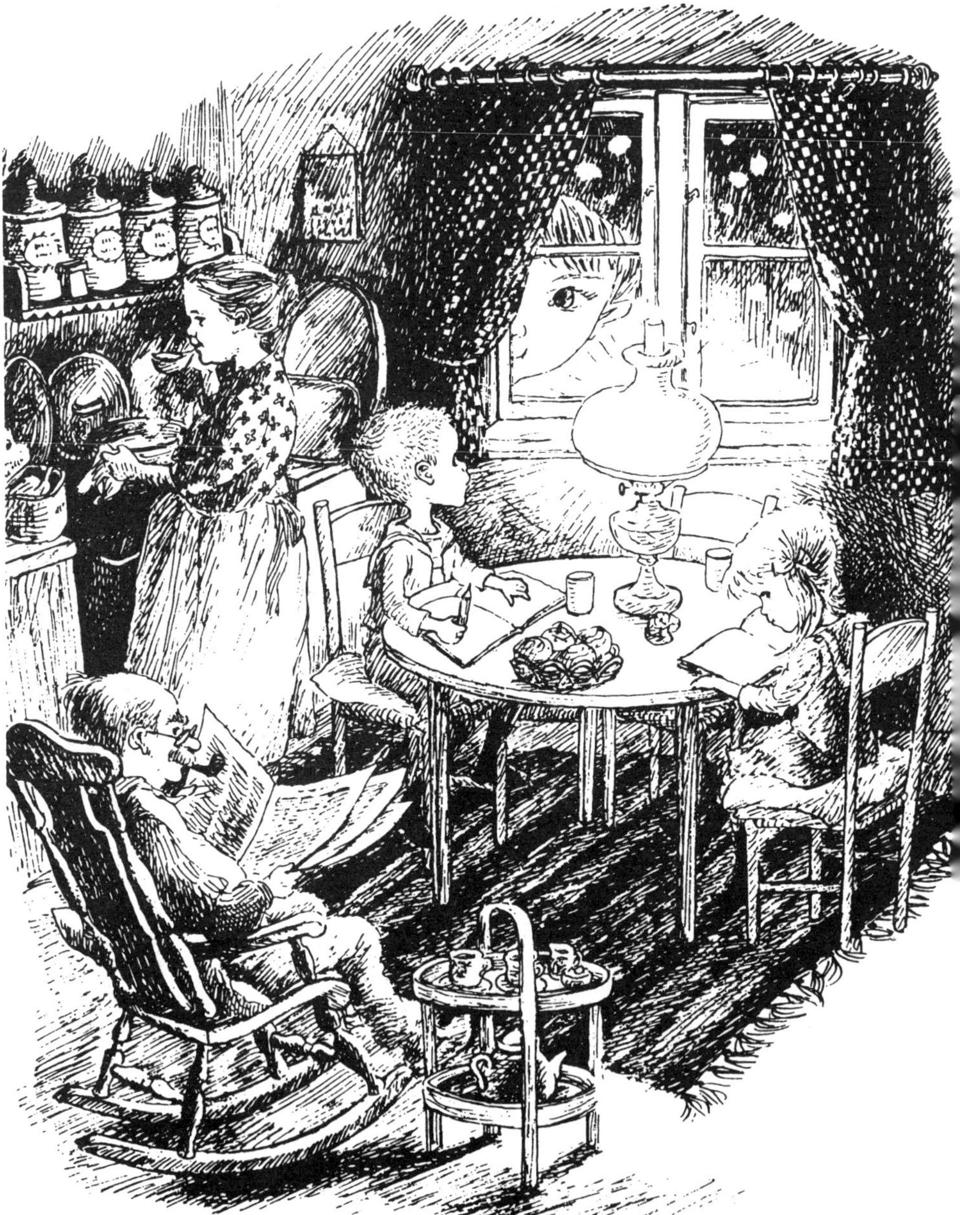

17减9等于多少?"

"8。"格纳尔说。

"外边是谁呀?"彼得的爸爸高声问。

"是我们班的一位同学。"彼得高声回答。

这时候彼特拉也走了过来。

"你溜冰了吧?"她问。

"如果你能等到晚上溜冰场关大门的话,就可以看到彼特拉和我溜冰。"彼得说,"有大个子孩子在时,我们不敢在那儿溜冰。"

"很遗憾,我们无法请你进来,"彼特拉说,"你的个子太高了。不过你可以从窗口往里边看一看。"

格纳尔又跪下来,从窗口往里边看了看。洞里那个小屋很

温馨。彼得和彼特拉站在窗子旁边,向他做鬼脸。他们在一张纸上写着什么,然后冲着窗子举着。呵呵,上面用印刷体字母写着:

你是一位热心的小伙子,格纳尔!

随后他们笑了起来,彼得和彼特拉在屋里笑,格纳尔在外边笑。过了一会儿彼得指了指挂在墙上的钟。格纳尔明白,他的意思是,现在滑冰场已经关门了。彼得和彼特拉赶紧拿出溜冰鞋,穿上大衣,戴上帽子和手套,向他们的爸爸妈妈挥手告别,朝格纳尔跑过来。

溜冰场很黑,空荡无人。彼得和彼特拉很快穿上冰鞋——很小很小的冰鞋。他们一起在冰上旋转、跳舞,以最优美、最神奇、最出神入化的动作飞旋在冰场。他们跳舞的时候,周围有一道朦胧的光。格纳尔好像听到有音乐从远处传来,不过这只是一种幻觉。格纳尔屏住呼吸,这是他看到过的最优美的冰上舞蹈。他想,他会永远永远记住,一辈子也不会忘掉。

彼得和彼特拉神采奕奕。当他们最后手拉着手一起来到格纳尔身边的时候,彼得说:

"我们溜得还不错吧?"

"每天夜里大个子人睡觉时,我们就在这儿练习一会儿。

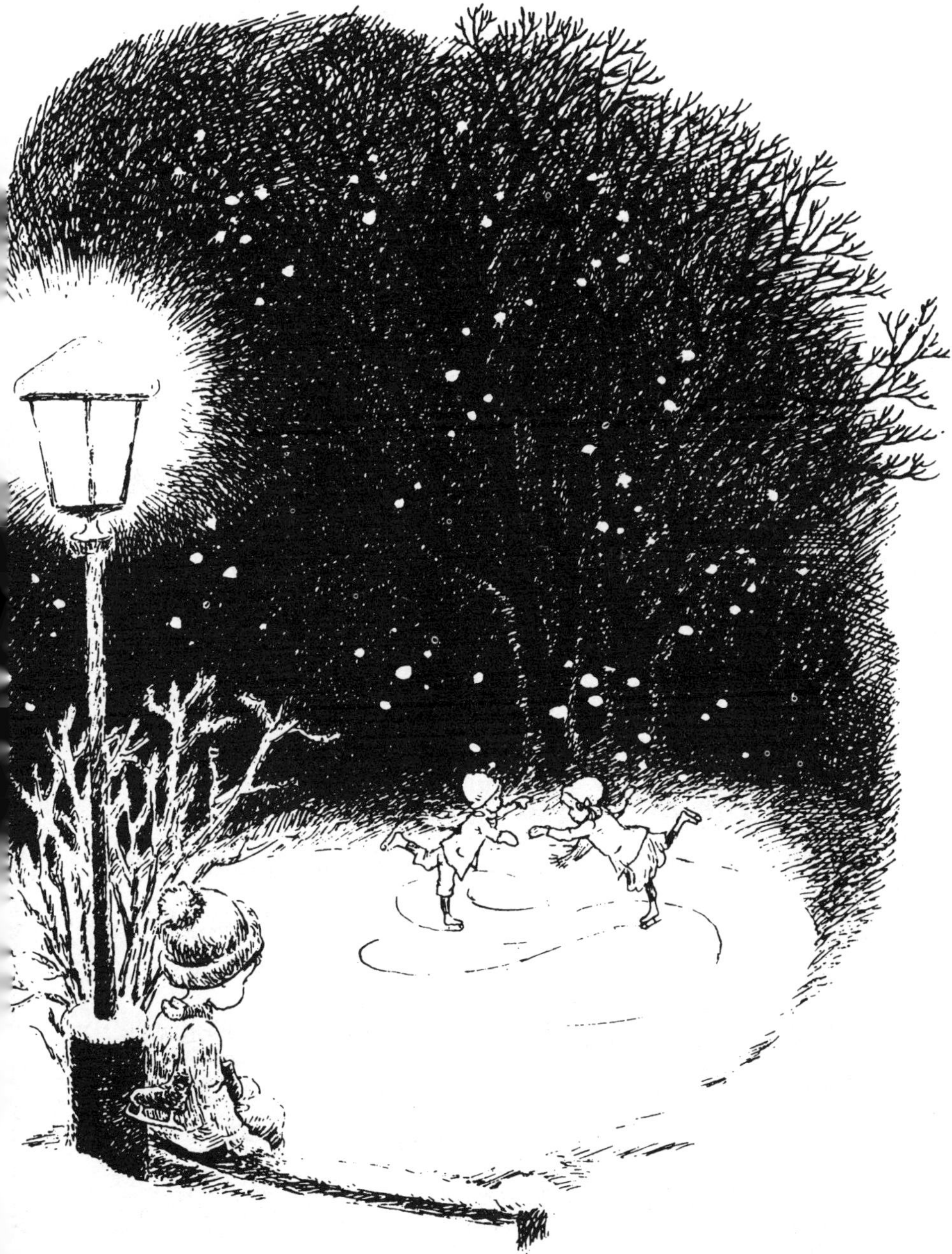

这是最有意思的时刻。"彼特拉说。

晚上格纳尔背着冰鞋回家的时候,不由自主地为自己哼起了歌。他感到很高兴,他对彼得和彼特拉产生了很大的好感。

圣诞节很快就要到了,有一天学校停了课,这个学期结束了。彼得和彼特拉确实取得了好成绩。女老师在一张很小很小的纸上,用最小的字体写上了他们的成绩。彼特拉的阅读课得了 B^+,对此她感到很自豪。彼得只得了 B。

格纳尔将要到斯莫兰外祖母和外祖父家过圣诞节。当他像往常那样送彼得和彼特拉过奥丁大街的时候,他说:"再见,彼得;再见,彼特拉。我们下学期再见!"

"再见,格纳尔。"彼得和彼特拉说,"你是一位很热心的小伙子!"

然后他们就消失在瓦萨公园里。

"我们再见!"他们一边说一边招手。

但是彼得和彼特拉再也没有回来。圣诞节假期结束、学校开学时,他们也没露面。所有的孩子都等呀等呀,等待他们轻轻地敲门。格纳尔等得最心急,但是他们没有来。女老师讲台前小课桌椅仍然放在那里,但是没有彼得和彼特拉。走廊里的小衣架也空空的。

后来有一天,格纳尔的信箱里放着一封很小很小的信,是彼得和彼特拉写来的。信上写着:

心(亲)爱的格那(纳)尔,我们已经伴(搬)到堤尔普,因为妈妈说,我们在那里可以得到更好的方(房)子。不过这里没有留(溜)冰场,我们在一个小胡(湖)里留(溜),可能比在瓦萨公园里留(溜)更好。你好吗?格纳尔,你是一位热心的小伙子。

彼得和彼特拉

每到冬季的晚上,格纳尔仍然去瓦萨公园溜冰。但是有的时候,他只是站在那里看。他似乎看到了一个很小很小的男孩和一个很小很小的女孩,伴随着远处传来的音乐在冰上翩翩起舞。

奇妙杜鹃

"我再也忍受不了啦!"格纳尔和格妮拉的妈妈圣诞节前一天突然说。

"啊,我也是!"格纳尔和格妮拉的爸爸说。

格纳尔和格妮拉躺在儿童卧室里把这一切听得清清楚楚。他们心里很明白,妈妈和爸爸说忍受不了是指什么事,他们是忍受不了格纳尔和格妮拉。因为他们生病躺在床上已经有四个星期了。他们不是病得非常厉害,只是必须在自己的床上静躺。他们不停地喊妈妈。四星期有很多天,有很多很多小时,有很多很多分钟。几乎每一分钟格纳尔和格妮拉都要喊妈妈,让她给他们拿水来,给他们讲故事,给他们整理床铺,因为他们把面包渣洒在上面了。格纳尔和格妮拉认为,日子过得漫长而无味,当他们实在找不出什么可以打扰妈妈的事情时,他们就扯开嗓子喊:

"妈妈,现在几点钟啦?"

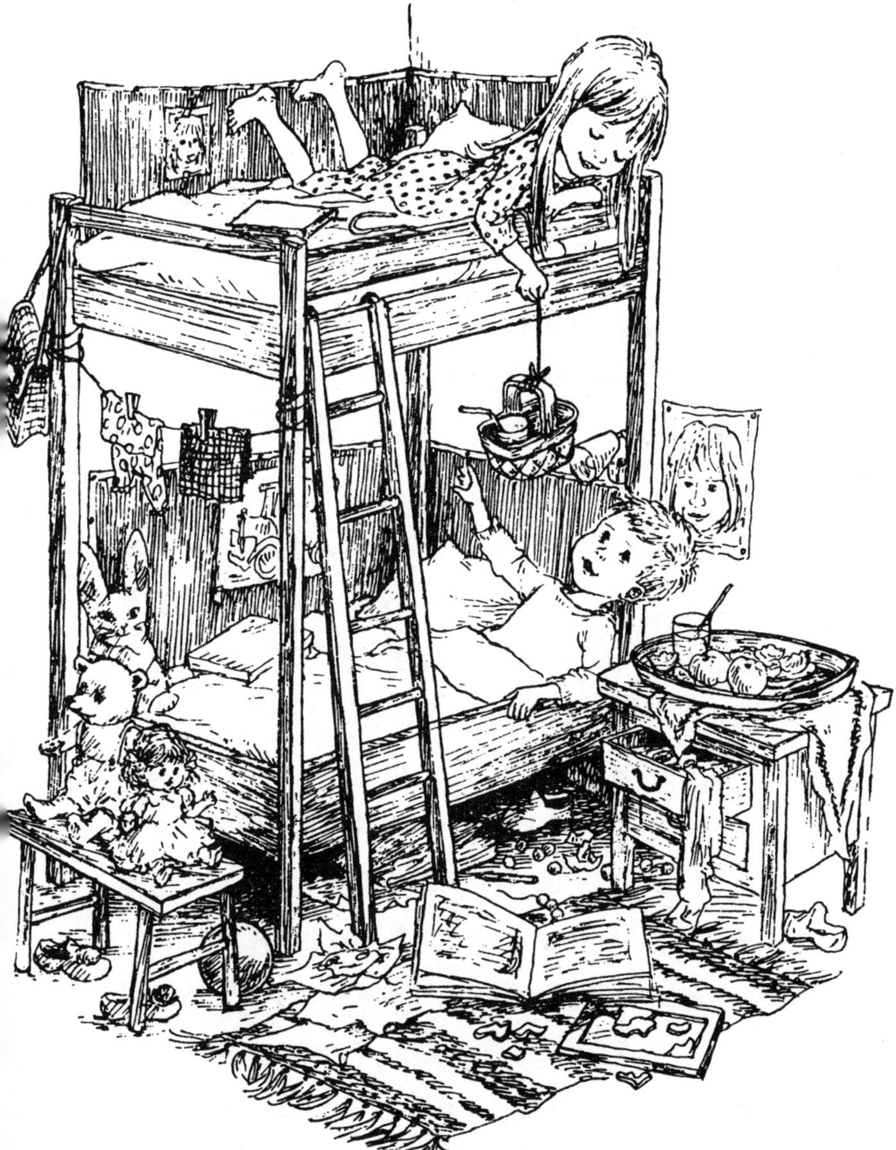

就是想听一听，到没到快乐的时刻，比如该喝果汁啦，该吃蛋糕啦，或者爸爸该从银行下班回家啦。

但是现在爸爸说了，他也不能再忍受了。

"我现在想给小家伙们自己搞一个钟，"他说，"明天就去买。这样至少可以免去他们躺在床上乱喊几点钟了。"

第二天对格纳尔和格妮拉来说是一个紧张又有趣的日子。他们比平时更难以静静地躺在床上。

"我正在想，我们会得到什么样的钟。"格纳尔说。

"可能是一个闹钟，"格妮拉说，"或者是一个达拉那钟。"

但是当爸爸最后总算回家并打开带回来的包时，包里装的既不是闹钟，也不是瑞典达拉那省制造的钟，而是一个杜鹃钟。爸爸把这个钟挂在儿童卧室的墙上。就在他刚刚挂完的时候，六点钟到了。而这时候——从来没见过——挂钟的门打开了，从里边走出来一只木制杜鹃。它清脆地叫了六声，是想让人知道，此时是六点钟，不多也不少。随后它又消失在挂钟里，钟的门在它身后关上。爸爸向孩子们解释木制杜鹃出来报时的机械原理，还告诉他们这类杜鹃挂钟是瑞士制造的。

格纳尔和格妮拉认为，这是一件非常奇妙的礼物。躺在床上等着挂钟报七点、八点、九点和十点，真是太有意思了！啊，实际上十点钟的时候他们还没睡着，尽管妈妈早就进屋跟他们道晚安并关了灯。不过儿童卧室不是特别黑，因为窗子外

边正好有一盏路灯,格纳尔和格妮拉都觉得,他们真走运。

十点钟的时候,杜鹃走了出来,连续叫了十次,别提多清楚了。

"你真的相信,它能准确地知道应该叫几次?"格妮拉问。

"哎呀,这当然是因为爸爸说的那个机械原理。"格纳尔说。

但是就在这个时候,发生了一件奇特的事情。挂钟的门又打开了,那只小杜鹃走了出来。

"机械原理,机械原理!"它气愤地叫着,"那里还有一种叫做数字感应的东西,那就是我。那意味着,我在运算。绝对是这样!"

格纳尔和格妮拉直愣愣地坐在床上。他们以为在做梦。

"它……它能讲话。"格妮拉小声说。

"我当然能讲话。"杜鹃说,"你真的以为,我只会叫?"

"不,"格纳尔搭讪地说,"不过……"

"我是一只非常能干、素质高的杜鹃。"那只小杜鹃说着飞下来,落在格纳尔的床边上,"我曾经周游世界,见多识广。想到这一点,我就有些陶醉。"

格纳尔和格妮拉的眼睛越睁越大。

"你不是被固定在钟里吗?"格妮拉很有礼貌地问。

"当然不是。"杜鹃更正说,"这只是人们的想象。"

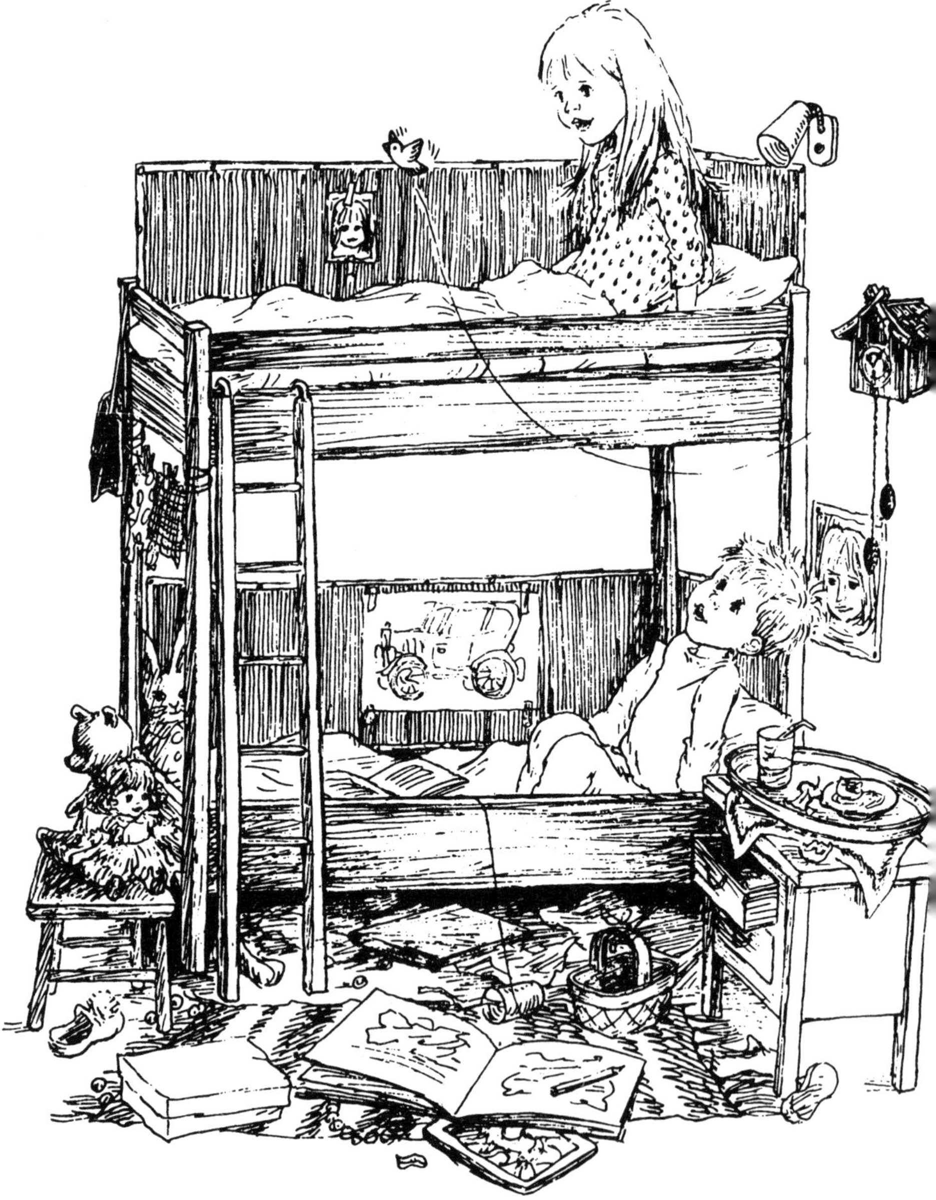

就在这个时候妈妈走进来,质问为什么儿童卧室还不安静下来。

杜鹃迅速消失在挂钟里,挂钟的门随后咚的一声关上了。妈妈走了很久以后它才又出来。

"哦,为什么不让妈妈看见你是有生命的?"格妮拉说。

"这是一个秘密。"杜鹃说,"这是一个只有孩子才能知道的秘密,大人无论如何都不相信。他们认为,所有杜鹃报时钟里的杜鹃都是木头的。哈哈哈,他们自己才是木头呢,他们真的是。说句实话吧,我叫奇妙杜鹃。"

奇妙杜鹃,格纳尔和格妮拉都认为这是一个恰当的名字。他们对自己的新挂钟越来越感到满意。

奇妙杜鹃在与他们快乐交谈的时候,满屋子飞来飞去。

"请发誓,你们永远不告诉任何人我是有生命的。"它说,"因为,如果你们说了,我就再也不说一句话,只是鸣叫报时。顺便说一句,"它继续说,"我们最好现在就钻进被窝睡觉,不然的话,我担心会睡过头,误了报时。夜里三点钟的时候,我很难起床报时。实际上我才需要有一个闹钟。"奇妙杜鹃说完就消失在那个小门里。

第二天早晨,格纳尔和格妮拉像往常那样在床上喝茶。他们喝的时候,妈妈坐在他们旁边,奇妙杜鹃出来叫了八声。但是它当然什么话也没说,只是朝孩子们挤了一下眼。格纳尔

和格妮拉会意地互相看了看。他们不是在做梦,它确实是有生命的。太奇妙了,它有着美好的生命!

从那天起,格纳尔和格妮拉的妈妈越来越惊奇。儿童卧室里再也没有要水或者要听故事的喊叫声,只是不时能听到一种神秘和满意的窃笑。有的时候她到儿童卧室去,想看一看到底发生了什么事。但是孩子们乖乖地坐在床上,只是脸颊有一点儿不同寻常的红,看起来神秘兮兮的。究竟是怎么回事,他们的妈妈不得而知。她回到厨房,百思不得其解。

啊,她当然不知道,奇妙杜鹃正在给格纳尔和格妮拉做飞行表演!它一边全力鸣叫,一边从他们床的上空飞下来,在空中翻跟头。真是太有意思了,格纳尔和格妮拉高兴得叫起来。

尔后奇妙杜鹃坐在窗台上,一边看着大街,一边讲述它看到的事情。外边在下雪,景色非常漂亮;圣诞节马上就到了,很多孩子匆匆忙忙地走过去,手里拿着很多礼物。

格纳尔和格妮拉叹息着。

"今年我们无法去买圣诞礼物了。"格纳尔伤心地说。

"是呀,因为要到平安夜我们才能下床行走。"格妮拉说。

"这事由我来办。"奇妙杜鹃说,"只要你们给我打开窗子,我就立即行动。"

"可是我们没有钱呀!"格纳尔说。

"只有一点点。"格妮拉说。

"这事我也能解决。"奇妙杜鹃说,"我能下金蛋,每天晚上能下三枚。金蛋都在挂钟里。"

说完它就飞进挂钟里,叼出来一枚非常漂亮的小金蛋。它把金蛋放在格妮拉手里,格妮拉认为,这是她见过的最漂亮的金蛋。

"请收下吧。"它说,"我慢慢地还会下新的。请打开窗子,我去圣诞老人那里取圣诞礼物。"

"斯德哥尔摩可能没有圣诞老人。"格妮拉用怀疑的口气说。

"我不相信你们真的知道斯德哥尔摩到底有什么。"奇妙杜鹃说,"你们有眼看不见,有耳听不着,这是全部错误所在。不然的话,你们可以看月光女妖在赫姆勒公园跳舞,看圣诞节之前圣诞老人在旧城的车间里怎么制造礼物。"

"啊!真的吗?"格纳尔和格妮拉问。

随后他们赶紧打开窗子,以便让奇妙杜鹃飞到旧城,到圣诞老人的车间去买圣诞礼物。

整整一天,它都带着金蛋和礼物飞来飞去。它真够辛苦的,因为它必须要安排好时间,还要准点报时。格纳尔和格妮拉都认为它取回的东西非常奇特:有给妈妈的胸针和手镯,有给爸爸的钱包和铅笔刀,以及给住在奥丁大街的表兄弟姐妹的一大堆玩具。唯一让他们感到不安的是,平安夜时他们怎么向爸爸妈妈解释这一切。但是他们达成一致意见——只是神神秘秘地说,这是个大秘密。至于爸爸妈妈怎么想,那是他们的事。

晚上快到八点钟的时候,妈妈走了进来,对一整天都规规矩矩的孩子们说晚安。奇妙杜鹃此时玩意正浓,在它飞进挂钟关上门之前,它对孩子们小声说:

"我们现在可以与你们的妈妈开一开玩笑。"

当妈妈哄着他们准备睡觉时,她这样说:

"你们现在该睡觉了,已经八点钟了。"

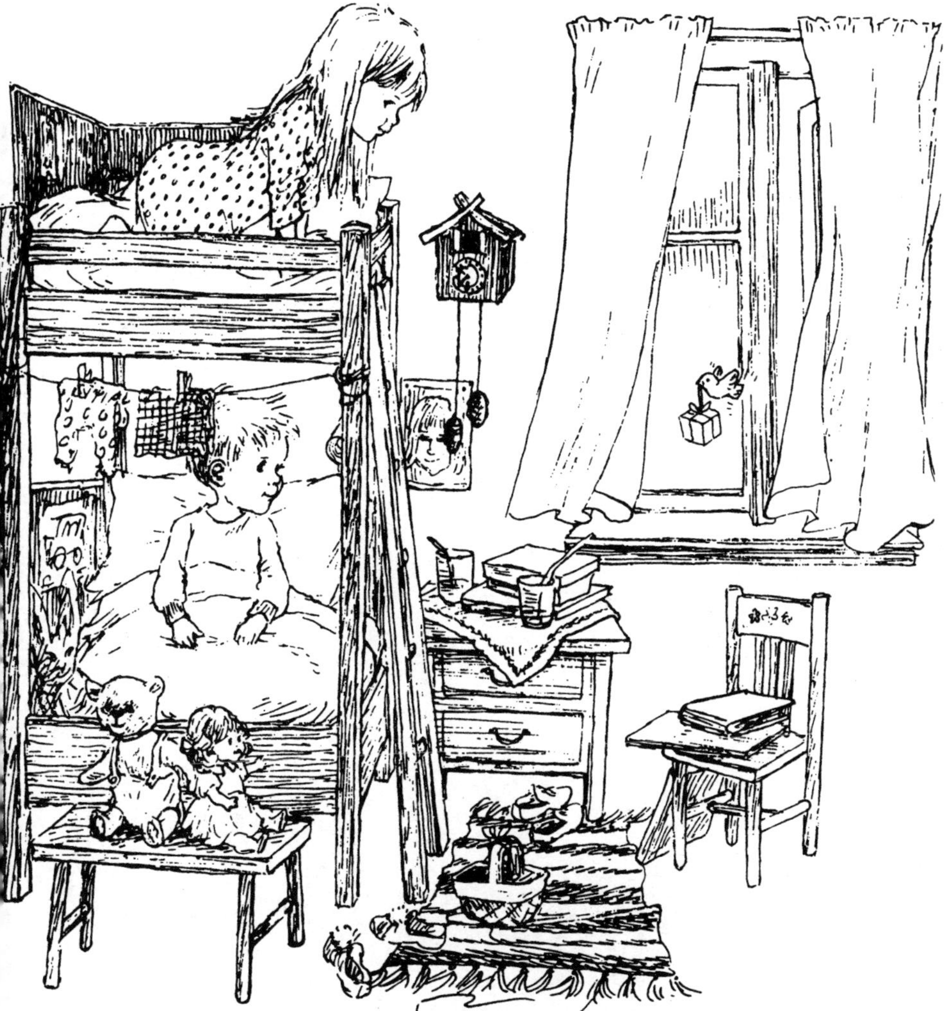

就在这个时候，杜鹃挂钟的门开了。那个木制小杜鹃边朝外看，边叫了起来。它叫啊，叫啊，叫啊，叫啊！不是八声，它一连叫了二十六声！妈妈惊得目瞪口呆。

"我的天啊！"她说，"这个机械装置肯定出了毛病。"

"是啊，"格纳尔和格妮拉说，"这个机械装置可能出了毛病。"

然后他们钻到被子底下，放声笑了起来，笑得没完没了。

米拉贝尔

我现在要讲一讲,我一生中经历的最奇特的故事。事情发生在两年前。我当时只有六岁。现在我已经八岁。

我叫布丽达-卡伊萨,尽管这跟我讲的故事没什么关系。爸爸、妈妈和我住在一个很小很小的房子里,周围有一个很小很小的花园。我们的房子很偏僻,附近没有其他人居住。但是在房子外面有一条很小很窄的马路,而在马路的尽头——很远很远的地方——有一座城市。爸爸是园艺师。每到星期三和星期六他都要到城里的市场去卖青菜和鲜花。我们以此为生。但是卖的钱不是很多。妈妈说,卖菜卖花得来的钱远远不够家用。有一个时期——一两年前吧——我特别、特别想有一个布娃娃。有的时候我跟爸爸妈妈进城赶集。城里的集市附近有一家很大的玩具商店,每次我走近玩具商店的时候,都要停下来看一看里边的玩具,特别希望能买一个。但是妈妈说,不可能,我们要用爸爸卖青菜得来的钱买食品、衣服和其他必需

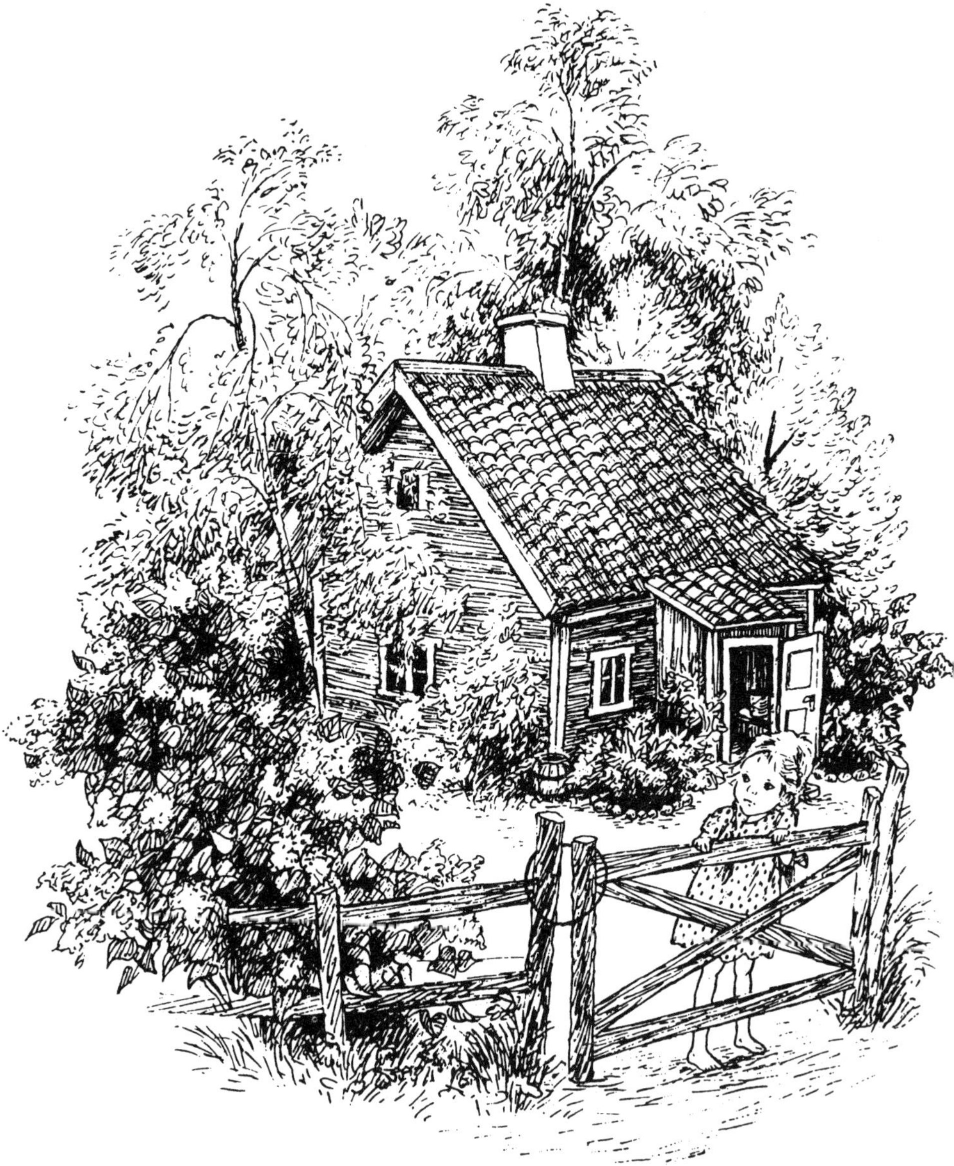

品。我知道，对我来说买个布娃娃完全没有希望，但是我无论如何都不死心。

现在我很快就要讲到那件奇怪的事情。两年前的春天，有一天，爸爸和妈妈带着金莲花和桦树青枝叶到城里去赶集，不知道什么原因我没有去，一个人待在家里。多亏那次我待在家里。傍晚，天渐渐变黑，我走到花园里，想听一听爸爸妈妈是不是已经到了山坡下面。那是一个非常奇怪的晚上。花园、我们的房子和蜿蜒曲折的路都显得很奇怪。空中也有一种奇怪的东西。啊，到底怎么个奇怪法，我也解释不了。就在我朝马路那边看时，我听见有一辆马车过来。我马上高兴起来，因为我以为是爸爸妈妈回来了。但是来的不是他们。在远处马路的

拐弯处，一个奇怪的小老头儿赶着马车过来了。我站在花园里，看着马车逐渐靠近，我赶快跑过去，为他打开路上的栅栏门，免得他自己下车开门。因为我们住的地方离路上的一个栅栏门很近，我经常为路过的车辆开门，有的时候我会因此得到一枚开门硬币。当我为这个奇特小老头儿开门时，我还有点儿害怕，因为当时就我一个人，周围没有其他人，我无法知道他是不是一位和善的老头儿。但是他看起来很和善。当他进了栅栏门以后，他让马停下来，看着我笑了笑。他说：

"按道理你应该得到一枚开门硬币，但是我没有钱，不过你可以得到其他东西。把手伸出来！"

我伸出手。这位奇怪的小老头儿把一枚很小的金色种子放到我的手里。种子闪着金光。

"把这粒种子种在你的花园里，每天要好好浇水，你会看到有奇迹发生。"老头儿说。

随后他啪地抽了一鞭子，过了一会儿马车就消失了，再也看不到踪影。但是我在那里站了好半天，听车轮滚滚离去，马在远方嗒嗒奔跑。这一切是那么奇怪。

最后我走到自家屋子后的苗圃，播下那粒我得到的种子。我找到自己那个绿色的小水桶，认真地给我种下的种子浇水。

后来有很长一段时间，我每天都去浇水，好奇地等待着，到底会长出什么来。我想，大概是一株玫瑰，或者其他好看的

花。但是我无论如何无论如何都猜不出，它到底是什么。

有一天早晨，我像往常那样去浇水。我看到，从地里长出一个红色的东西，一个很小很小的东西。那个红色的东西一天天长大，最后我看清楚了。你能猜得出是什么吗？是一顶红色的布娃娃帽子！布娃娃帽子戴在布娃娃头上。啊，一个布娃娃正在我的苗圃里往上长，难道不奇怪吗？猜一猜，我浇水有多么带劲儿！我早晨浇，中午浇，晚上浇。爸爸妈妈说：

"好孩子，你怎么老浇水呀！胡萝卜不需要浇那么多水！"

但是他们从来没有走过来看一眼，因为我的花圃在一个僻静处。

有一天早晨，我看到了整个娃娃的头。这是一个漂亮的女娃娃，她闭着眼睛，她是我看到过的最漂亮的娃娃。红色的帽子下，她长着浅色的卷曲的头发、粉色的面颊和红色的小嘴。

后来，她整个身体都逐渐长成了，她穿着与她的帽子一样布料的极其可爱的红色连衣裙。当这个布娃娃长到膝盖的时候，我跟爸爸妈妈说，他们应该来看一看我的苗圃到底长出了什么。他们肯定认为，不过是胡萝卜或者菠菜之类的东西，但是他们还是来了。当他们看到布娃娃时，我从来没看到过爸爸妈妈露出如此惊愕的表情。他们目瞪口呆地站了很长时间。爸爸说：

"我现在算是开眼了，举世无双！"

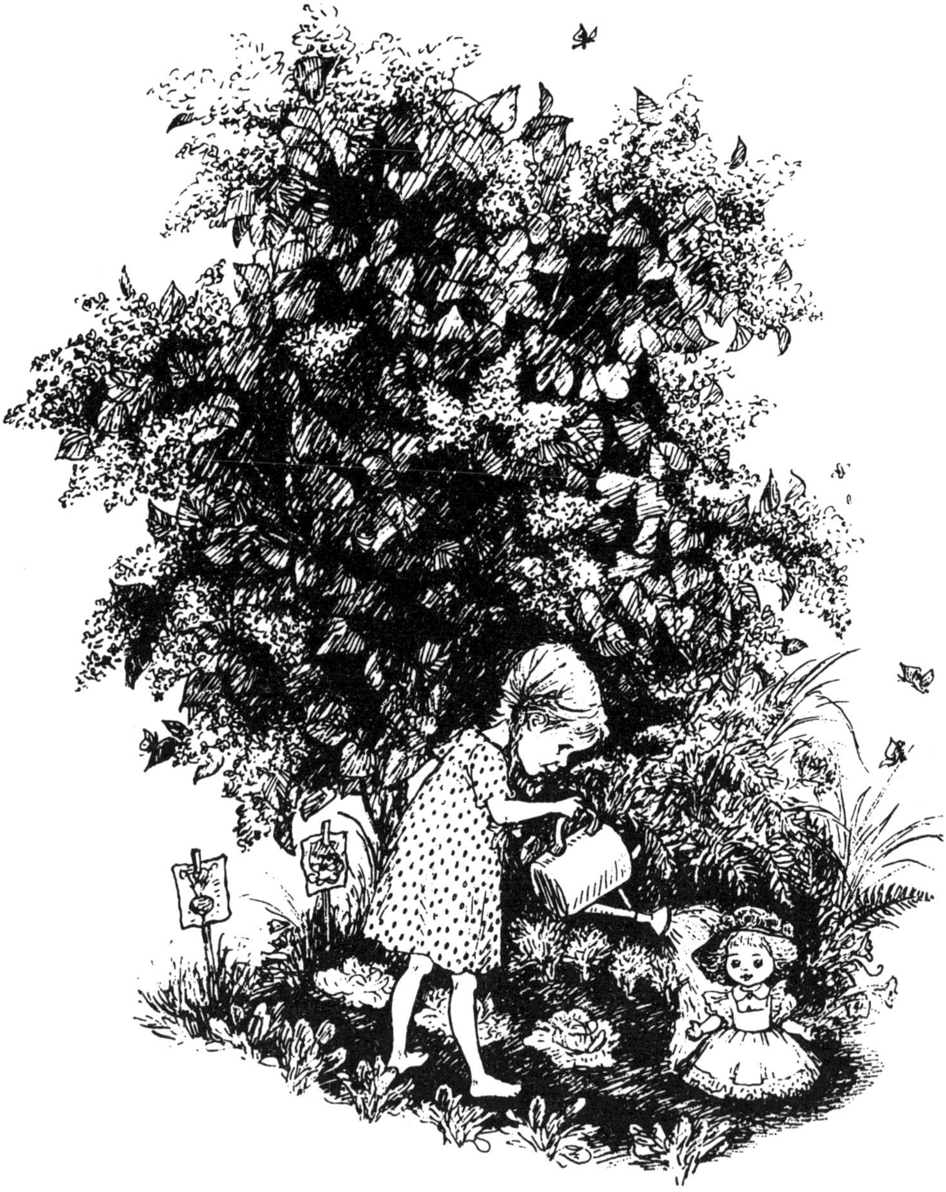

而妈妈说：

"这到底是怎么一回事？"

"是这么一回事，我播下了一粒布娃娃种子。"我说。

爸爸说，他多么希望能有一公斤这类布娃娃种子，那样的话他就可以到集市上卖大批的布娃娃了，这要比卖胡萝卜多赚很多钱。爸爸妈妈一整天走来走去，脑子里总是想这件事。

啊，一个星期天的早晨，当我来到我的花圃时，布娃娃已经完全长成。她脚上穿着漂亮的白色袜子、白色的小皮鞋。我坐在草地上，想认真地看她有多漂亮。而这时候——恰巧在这个时候——她睁开了眼睛，直接看着我。她长着一双蓝色的眼睛，跟我期盼的完全一样。我从来没看到过如此奇特的布娃娃，我情不自禁地抚摸了她一下。就在这时候，她从根上脱落下来，她的脚底下长着根。我明白，她的意思是我可以把她拿走。我真的拿了。我赶紧跑过去，把她拿给爸爸妈妈看。然后我把她拿到我的房间，让她暂时睡在妈妈的缝纫机的机箱里，因为我没有布娃娃睡的床。整个一天我都在跟她玩，我是那么高兴，连饭都懒得去吃。我叫她马卡丽达。天黑了，我给她在缝纫机的机箱里铺好床，并且说：

"晚安，马卡丽达！"

但是你们知道这时候发生了什么吗？啊，她居然张开嘴说：

"我不叫马卡丽达,你是从哪儿弄来的这个名字?我叫米拉贝尔。"

天啊,她还能讲话!她像一个真正的小宝宝那样讲话!我大吃一惊,几乎无法回答。她说,她想有一个好床和一件睡衣。她还说她非常喜欢我,愿意认我做妈妈。

"但是你永远不能给我粥吃,"她说,"因为我不喜欢吃饭。"

我感到,我需要思考一下,所以我钻进我的床,静静地躺着。米拉贝尔也没出声。但是就在这个时候,我看到她为什么不做声——她正在往柜子上爬。她还能往高处爬!当她爬到柜子顶上时,一下跳到床上——我的意思是指缝纫机的机箱。她反复做了几次。她一边跳,一边高兴地说:

"真是太有意思了,你知道吧!"

过了一会儿,她来到我的床上,歪着脑袋对我说:

"我能到你的床上,睡在你身边吗?你现在已经是我的妈妈了。"

我把她抱到我的床上,她躺在那里讲话。听她讲话特别有意思。我为米拉贝尔感到高兴,我这一生从来没有这么高兴过。最后她不讲话了,她打了几个哈欠——啊,那样子真好看。随后她就趴在我的胳膊上睡着了。我不想把她挪开,她在那里睡了一整夜。我躺在床上,好久好久没有睡着,听

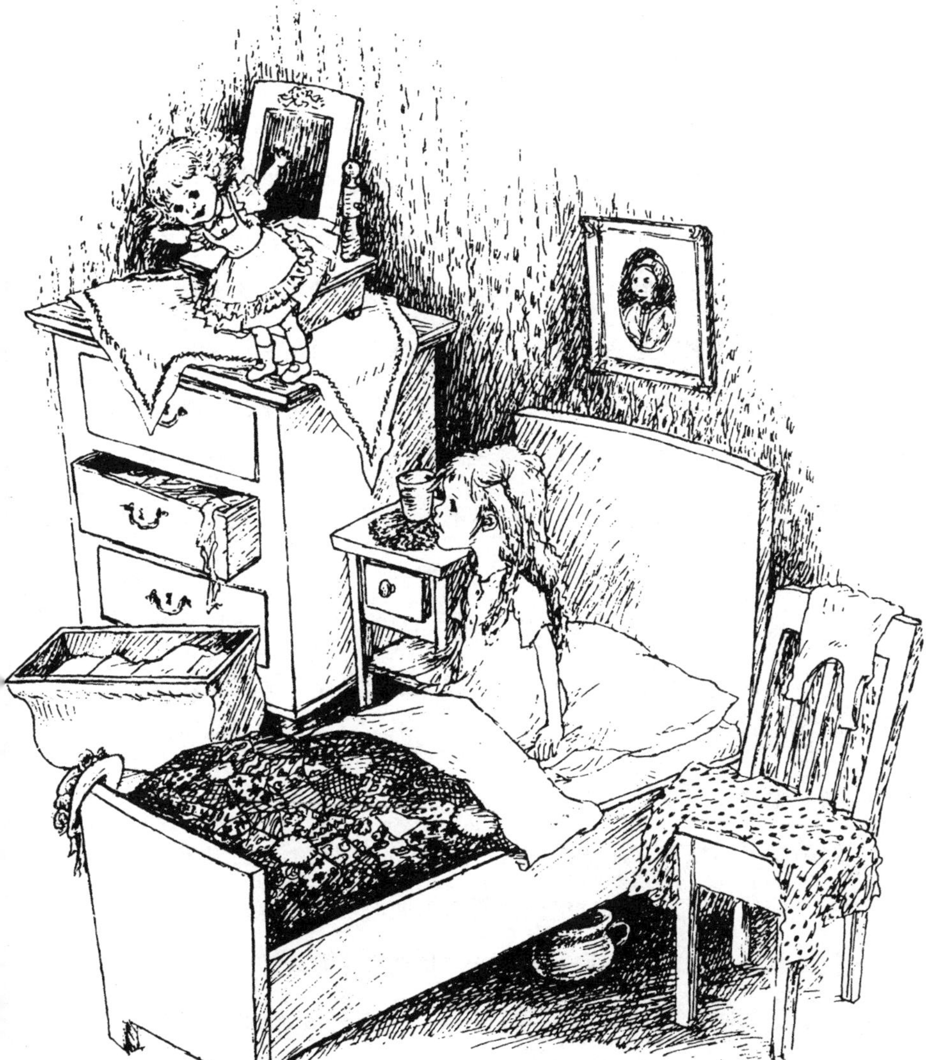

着她在黑暗中呼吸。

第二天早晨我醒来的时候，米拉贝尔已经爬到我床旁边的一张小桌子上。桌子上放着一杯水，她把水都倒掉了，然后笑着跳进缝纫机的机箱里。没过多久，妈妈进来叫我起床，这时候米拉贝尔躺在那里，看起来跟普通的布娃娃没什么区别。

如今我有米拉贝尔已经两年了。我不相信世界上有哪位姑娘像我一样拥有这么奇特的布娃娃。她不是百依百顺，她真不是，但我还是很喜欢她。除了我之外没有别人知道，她能像普通人那样说话、欢笑和吃东西。当爸爸妈妈在身边的时候，她就眼睛看着天空，一点儿也看不出她有生命。但是当我们俩单独在一起的时候——哎呀，哎呀，哎呀！我们别提多高兴了。煎饼是她特别喜欢吃的东西。我有一个很小的玩具煎饼炉，每天给她做煎饼。妈妈以为我在假装做，米拉贝尔假装吃。但她是真吃的。有一次她咬了我的手指头，当然是开玩笑。爸爸给她做了一张小床，免得她睡在缝纫机的机箱里；妈妈给她缝了被褥，而我给她缝了一件漂亮的睡衣、好几件罩衣和一件休闲服。米拉贝尔得到新的东西时非常高兴。除了必须帮助爸爸清理花园里的杂草之外，我整天跟她玩。

每一次我听见路上有马车驶来，我就赶紧跑到栅栏门去，看看是不是那个奇特小老头儿又赶着马车来了。我十分想感谢他让我有了自己的非常非常漂亮的布娃娃。但是他一直没来。

你们是不是想看看我的布娃娃,我的漂亮懂事的米拉贝尔?请你们来拜访我吧,你们一定会看到她。你们只要沿着那条狭窄的小路往前走,就能到我们家的小房子。我保证,我一定带着米拉贝尔在栅栏门旁边等着你。

五月的一个夜晚

莲娜的生日在五月，正是苹果树开花的季节，这时整个花园里就像一片苹果树花海。这也没什么奇怪的——因为莲娜就住在苹果湾。莲娜生日的时候，有一些阿姨从城里赶来祝贺，她们都拍着手说：

"哦，你们这里美极了！"

莲娜看得出来，妈妈很喜欢听这些恭维的话。

莲娜六岁生日那天，艾芭阿姨来访。莲娜到电车站去接她。然后他们在外边的花园里请艾芭阿姨喝咖啡。艾芭阿姨拍着手说：

"哦，你们这里美极了！"

随后她想起来，她还没有给莲娜送生日礼物。这是一块很薄的白色小手绢，上面饰有镂空的花边。这是一块莲娜从未见过的最可爱的手绢，对此她感到很高兴。当然她不像得到新的玩具车时那么高兴，不过还是相当高兴。

就在莲娜准备睡觉、妈妈进屋哄莲娜睡觉的那个晚上,妈妈看了看放在儿童卧室桌子上成排的生日礼物,说:

"你要当心那块手绢,千万别丢了。"

"好的,我肯定不会丢。"莲娜说。

妈妈无意间打开了一点儿窗子,说了声晚安就走了。

莲娜躺在那里睡不着。她盼望着快一点儿到早晨,好能玩那个新的玩具车和其他玩具。外边花园渐渐变黑了,儿童卧室里能闻到苹果花的芳香。最后莲娜的眼皮越来越沉重。就在她快要睡着的时候,她突然在床上坐了起来。她听到有人在哭,她听到令人心碎的哭泣。她惊奇地朝四周看了看,想知道谁在哭。就在那边——在她的窗台上——坐着一位没穿衣服的小月光女神,撕心裂肺般地哭着。莲娜的房间从来没有来过没穿衣服的月光女神,所以她不知道应该怎样跟她讲话。但是那位月光女神越哭越伤心,她最后只好说:

"你为什么哭呀?"

小月光女神惊恐地看着她。

"我以为你睡着了,"她犹豫了一会儿说,"我钻到这里来就是为了静一静心。"

"那就请吧。"莲娜友善地说,"不过你为什么伤心呢?"

月光女神又开始哭泣。

"我没有连衣裙,"她说,"正好晚上,当然就是今天晚

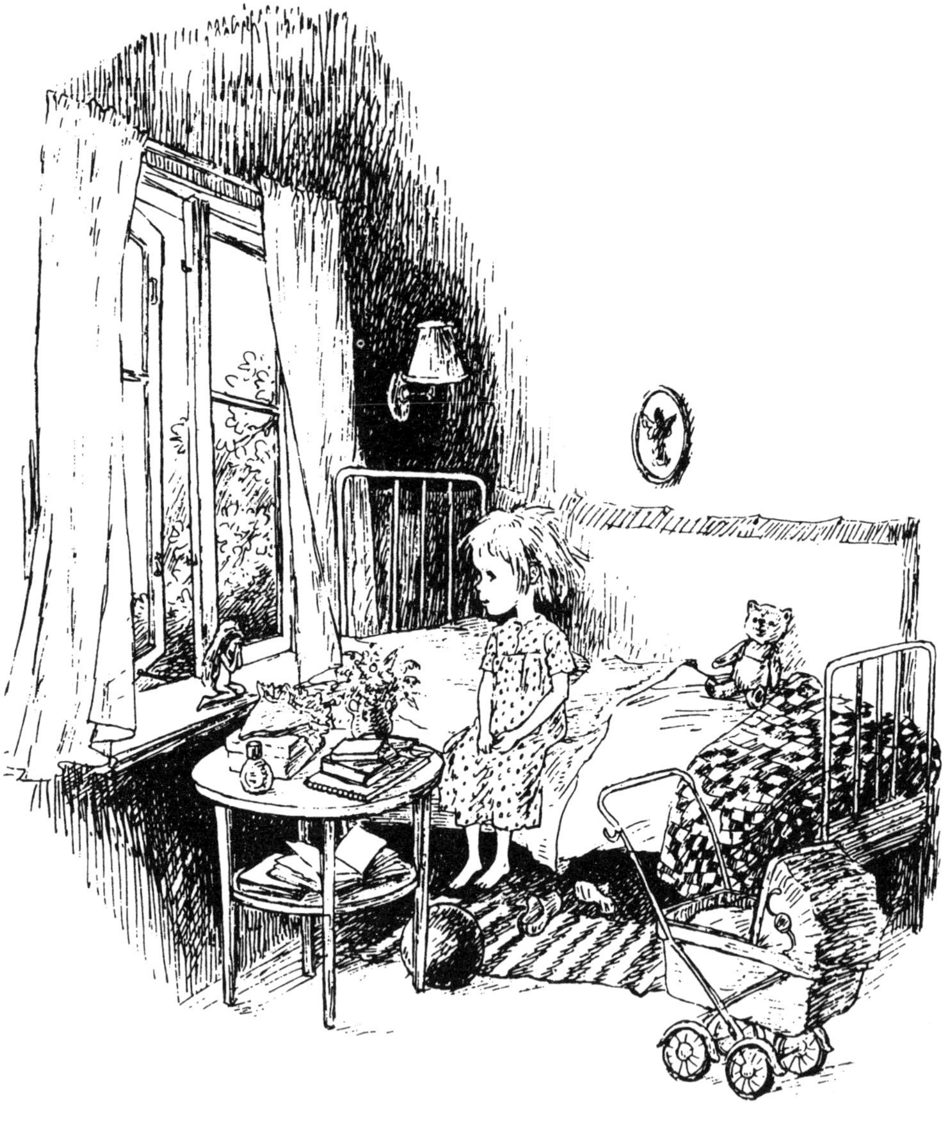

上，我确实需要连衣裙，可是我没有。"

"你为什么今天晚上需要？"莲娜问。

"因为，"月光女神说，"因为今天晚上我们的花园里要举行舞会。"

莲娜一直以为，这个花园属于她的爸爸妈妈，可能还有一点儿属于她自己，但是这个月光女神来了以后说是"我们的花园"。

"你可以知道全部的情况，"月光女神说，"拥有这个花园的我们今天夜里将为女神国王举行舞会。他将从马伊大道自家的花园里带来所有的随从。每天夜晚他都要拜访一个新花园。你能猜出为什么吗？他正在为自己挑选王后。而恰巧今天晚上我没有连衣裙了。你也许能明白，我不能赤身裸体跳舞吧。"

她又开始哭起来。

"你的连衣裙哪儿去啦？"莲娜问。

"我的连衣裙挂到玫瑰丛上了，被扎了很多大大小小的窟窿，已经不能补了。我真不如死了好。"

"哎呀，你为什么要这样想？"莲娜说，她非常同情这个小月光女神。

"因为我非常喜欢国王，"月光女神慢慢地说，"非常喜欢。"

她在远处的窗台上站起来，准备走。但是突然她轻轻地叫

了一声，一转眼她就站到了莲娜放生日礼物的桌子上。

"多好看的布呀！"她喊叫着，用两只漂亮的小手拿起那块手绢。

一连串的话从她嘴里说出来。

"大好人，大好人，"她乞求说，"大好人，你能把这块布给我吗？如果这块布对我没太大的用处，我就不求你了。啊，如果你拒绝了我，我真不知道应该怎么办。"

莲娜犹豫了一会儿，但是最后她说：

"好吧，这确实是一件生日礼物。不过没关系，请你拿走吧！"

小月光女神把那块薄布贴在脸上，又哭又笑。

"这是真的吗?"她喊叫着,"这不可能是真的。我要用它做一件极美妙、极美妙的连衣裙,我会像其他人那样跳舞。"

"不过你怎么来得及缝呢?"莲娜说,因为她知道跟女裁缝打交道有多麻烦。

"看这儿。"月光女神说。她拿起那块手绢一抖一转圈,莲娜还没明白是怎么回事,月光女神就穿着一件宽松、舒展、闪闪发光的连衣裙站在那里,裙边带有镂空的纹饰。莲娜真不敢相信,全世界还有比它更美丽的连衣裙。

月光女神高兴得在桌子上翩翩起舞,高兴得笑个不停。

"莫伊,莫伊!"从花园那边传来轻轻的叫声。

"他们在喊我,"月光女神说,"我现在该走了。我永远忘

不了你给我的帮助。"

"啊,没什么,我心甘情愿。"莲娜说,跟她的妈妈平时说的一样,"再见莫伊,祝你愉快!"

"穿上这件连衣裙,我一定会愉快的!"莫伊说。

当她快要离去时,突然止住脚步,她看着莲娜。

"你有兴趣看跳舞吗?"她问,"你可以爬到一棵苹果树上去看。"

莲娜很快从床上跳起来。

"亲爱的,"她说,"你觉得,我可以这样做吗?"

莫伊点头。

"抓紧时间,"她小声说,"抓紧时间。"

莲娜照她说的去做了。她穿上自己的红色皮凉鞋,披上那块蓝色的毯子。她从窗子爬出去。离窗子很近的地方就有一棵苹果树,苹果树上有一个杈,那里是一个非常好的座位。妈妈想让莲娜擦碗时,她经常藏在那里。她舒舒服服地坐在那里,从苹果花中间往外看。她从来没有这么晚还在外边待着。

整个花园一片朦胧。到处飘散着浓郁的芳香,雪白的苹果花映衬着春季雾蒙蒙的蓝色天空。整个花园都在等待一个不同寻常的时刻。

突然从远处传来号声。花园里出现轻轻的骚动,这时候莲娜发现,远处的大门旁边站着一大群月光女神,她们急切地朝

马路上看。

  号声越来越近。大门开了，所有的月光女神都行宫廷屈膝礼。月光女神国的国王和以乐队为首的随从人员走进了大门。

  啊，他真的太帅气了，月光女神国王！莲娜此时明白了，

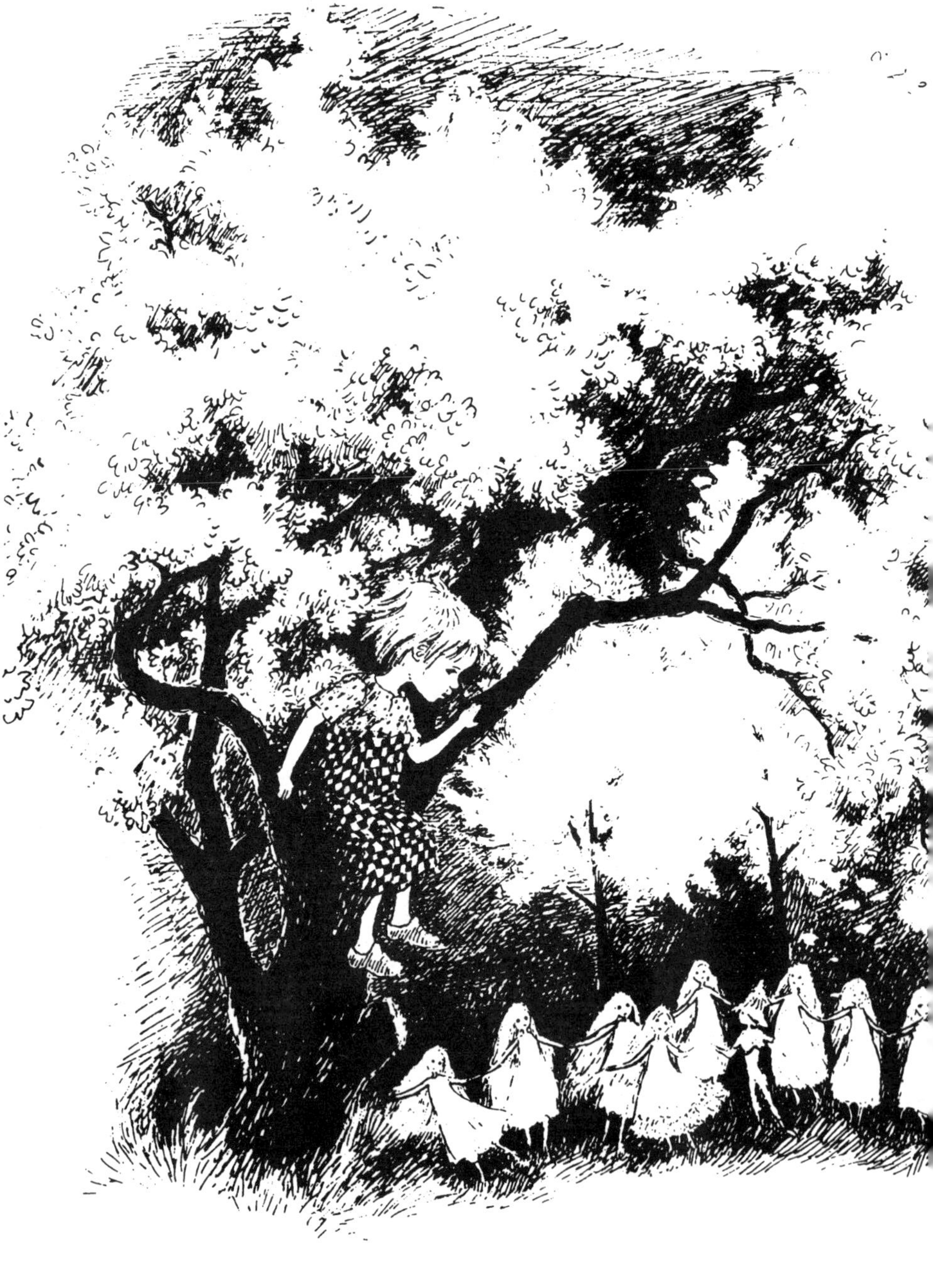

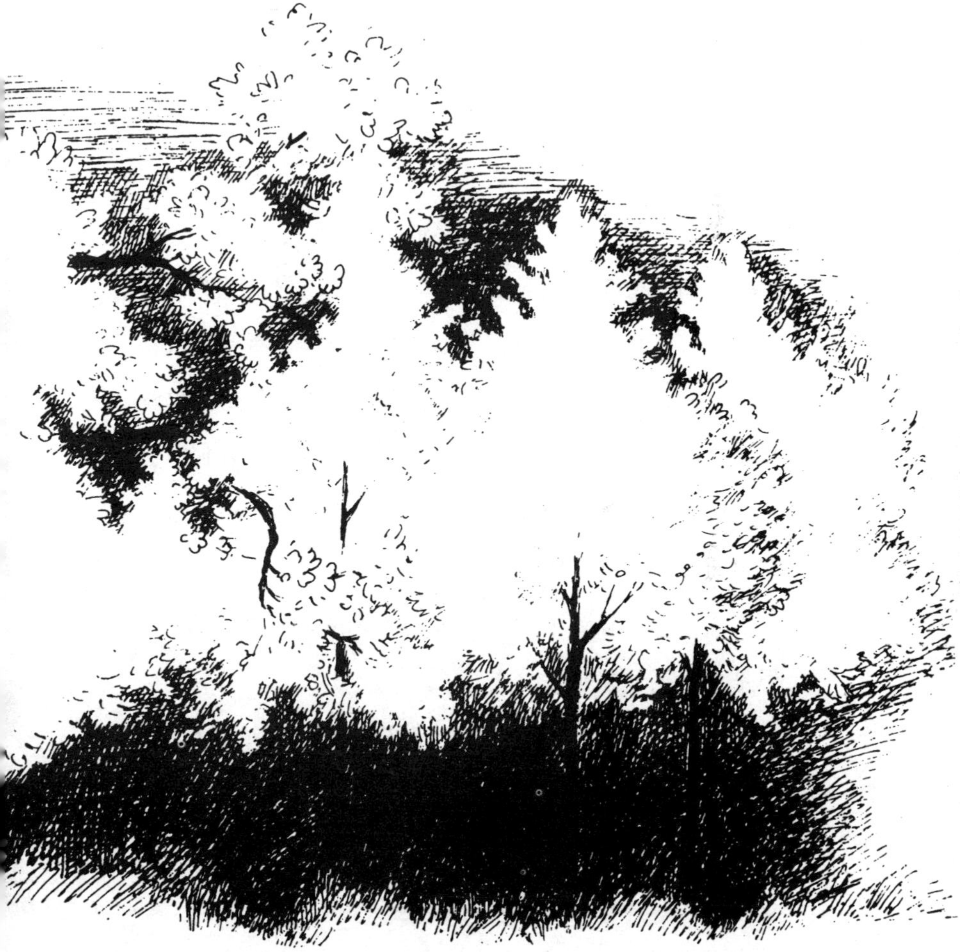

莫伊为什么那么喜欢他。

暮色越来越重。悠扬的舞曲响彻五月的夜空。

莫伊站在那里。她的连衣裙比任何人的都漂亮。她撩着连衣裙，目光羞答答地低垂着。

月光女神国王肯定觉得，穿着连衣裙的莫伊很漂亮，因为他马上走过去，向她鞠躬。很快整个花园变成了一对对舞伴海洋。他们像一股风轻轻飘过草地。不过跳得最优美、潇洒的还是莫伊和月光女神国王。莫伊显得很幸福。

莲娜不知道她在那棵树上待了多长时间。但是她突然又听到一阵号声，舞会结束了。就像施了魔法一样，所有的人都消失了，月光女神国王和他的随从、莫伊和其他的月光女神。

莲娜从窗子钻进卧室，又钻到床上。这时候她看到窗台有一个白色的东西。是莫伊站在那里。她满脸的喜色。

"谢谢，"她小声说，"谢谢，我太幸福了。"

"现在你一定看到了，他会和你结婚的。"莲娜激动地说。

但是莫伊摇了摇头。

"我不指望。"她说，"再说能跟他结婚不结婚都一样。即使我真的成了月光女神王后，它也无法与这一夜相比。人的一生有一次像我这样幸福就足够了。"

她用特别明亮的眼睛看着莲娜。

"多亏你帮助我。"她说。

随后她就不见了。

"确切地说,多亏了那块手绢。"莲娜自言自语地说。她思考了一下,她应该怎样向妈妈解释手绢不见了的事。

"我就说,我把手绢捐给了慈善事业!"她高声说。

当第一缕阳光照到窗外的苹果花上时,莲娜终于睡着了。

不喜欢玩玩具的公主

从前有一位公主,她不喜欢玩玩具。她叫丽萨-洛塔。她有着浅色、卷曲的头发和蓝色的眼睛,几乎跟其他所有的公主一样。她有一整个房间的玩具。其中有最令人喜爱的玩具小家具,上面有小锅和咖啡壶的玩具锅灶,有各种各样的玩具动物,有温驯的玩具猫和毛茸茸的玩具狗,有木制盒子、彩色盒子和图画书,还有一个真正的玩具食品店,盒子里面有葡萄干、杏仁、食糖和糖果。可是这位公主就是不想玩。

她的王后妈妈看见她坐在漂亮的玩具室里满脸的不高兴,感到很伤心。

"丽萨-洛塔,"王后说,"你不想玩玩具吗?"

"不想,没什么意思。"丽萨-洛塔说。

"你想要一个新娃娃吧?"王后建议说。

"不,不,"丽萨-洛塔说,"我一点儿也不喜欢娃娃。"

王后想,丽萨-洛塔肯定病了。她立即打电话给公主的御

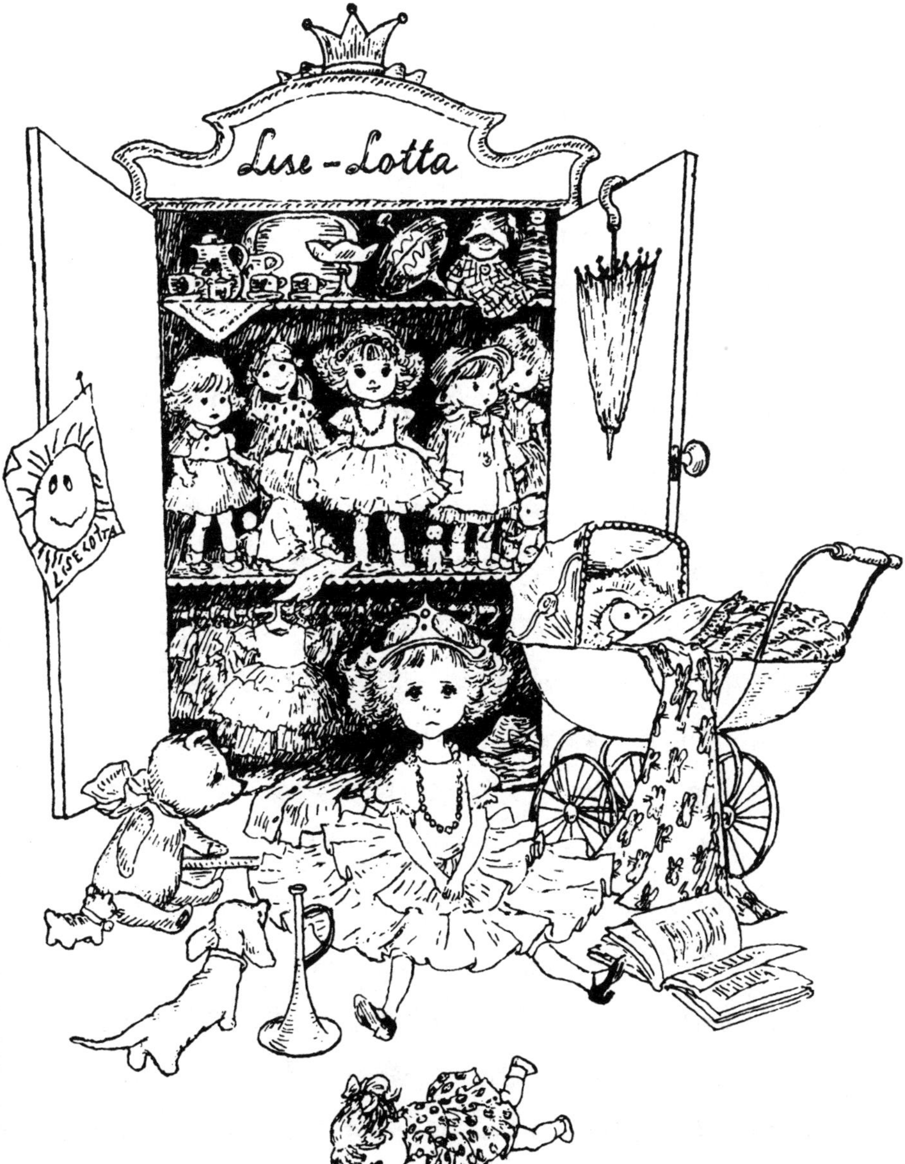
Lise-Lotta
LISELOTTA

医。医生马上来了，开了一种新药。医生认为，她肯定马上会强壮、愉快起来，也会开始玩玩具。

但无济于事，一点儿用没有。丽萨-洛塔想使自己的妈妈高兴起来。她把一个穿着蓝色连衣裙的娃娃换上红色连衣裙。小小的衣架上挂满各种各样可爱的布娃娃连衣裙，任她挑选。但是换了以后，她看着那个布娃娃说：

"你跟过去一样讨厌。"随后她把那个布娃娃扔到墙角哭了起来。

公主和她的国王爸爸、王后妈妈住在一个富丽堂皇的宫殿里，有几百个宫女和同样多的男宫廷侍从。整个宫殿没有其他孩子，因为丽萨-洛塔没有兄弟姐妹。而王后认为，小公主不适合跟不是公主和王子的孩子们一起玩。因此丽萨-洛塔从来没看见过别的孩子，她认为，世界上只有大人和她自己，而唯独她是小孩子。有的时候宫女试图跟丽萨-洛塔一起玩，但是丽萨-洛塔认为很荒唐，这时候她坐到一把椅子上沉默不语。

宫殿坐落在一个大花园的中间，周围是一道很高的石头围墙。墙上布满粉色的玫瑰，但那毕竟是一道石头墙，无论如何都看不到墙外的情况。当然，墙上开了一个很高的铁栅栏大门，国王坐着六匹白马拉着的金制马车出行时才开一下。大门旁边一直有国王的士兵站岗，丽萨-洛塔不想到那里去，因为她有点儿腼腆。

但是在院子的最远处,公主发现墙上还有一个很小很小的铁栅栏门,那里没有士兵站岗。因为门是锁着的,但钥匙就挂在旁边的一个钩子上。公主经常站在这个小门旁边往外看。

有一天发生了一件特别的事情。当公主来到小门时,她看到门外边站着一个人,一点儿也不比自己大。不难看出,站在那里的是一位姑娘,跟公主一样的小姑娘,尽管她不像丽萨-洛塔那样穿着丝绸连衣裙,只穿着花格子棉布连衣裙。

丽萨-洛塔完全惊呆了。

"你为什么这么小?"她问。

"哎哟,我一点儿也不比你小。"姑娘回答说。顺便说一句,她叫玛娅。

"对,当然不小,"丽萨-洛塔说,"不过我过去以为,只有我是这么小。"

"我觉得,我们已经很大了,你和我。"玛娅说,"如果你能看到我家里的小弟弟你就知道了,他只有这么大。"

玛娅用两只手小小地比画了一下。

丽萨-洛塔变得异常高兴。想想看,这里有人跟她自己一样小。除此之外,还有人更小。

"请把门打开,我们一块儿玩吧。"玛娅说出自己的意愿。

"哎呀,不行!"丽萨-洛塔说,"据我所知,玩玩具是最没意思的事。你经常玩玩具吗?"

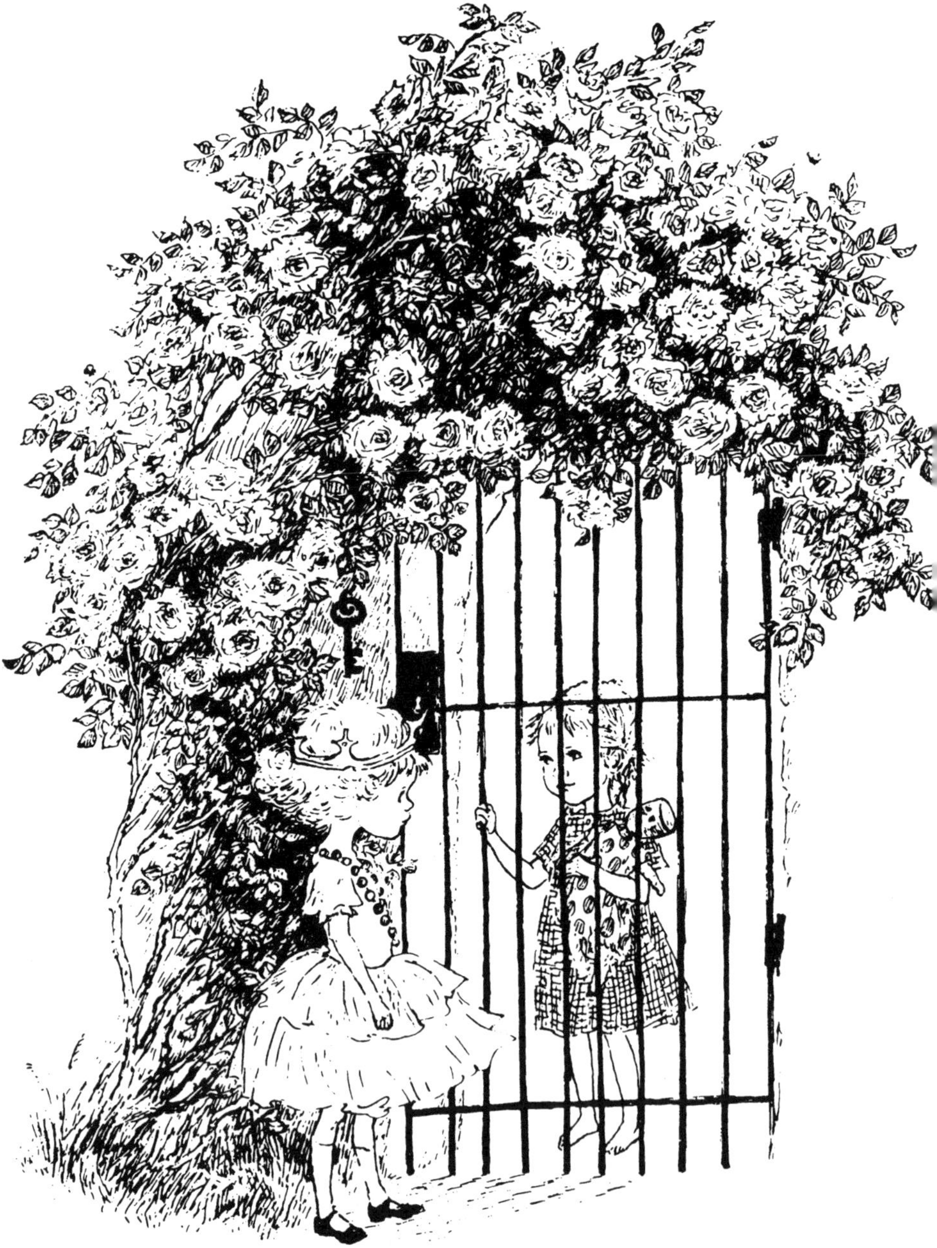

"没错！我玩呀玩呀玩呀，没够。"玛娅说，"跟我这个娃娃。"

她拿出一个东西，看起来很像一块木头，上面有几个破布条。这是一个用工具旋出来的木头娃娃。起初可能有完整的脸，但是现在鼻子都没有了，而眼睛是玛娅用颜料涂上去的。丽萨-洛塔从来没有看见过这样的娃娃。

"她叫普丹。"玛娅介绍说，"她非常乖！"

"可能，"丽萨-洛塔想，"跟普丹玩可能比跟其他娃娃玩好一些。不管怎么说，能和不比自己大的人一起玩还是很开心的。"丽萨-洛塔踮着脚够下来钥匙，为玛娅打开门。

花园的这部分长满了很高的紫丁香花。两位姑娘就像在一个凉亭里，没有人看到她们。

"真好。"玛娅说，"我们玩过家家。我假装是夫人，你是女仆，普丹是小孩子。"

"好吧。"丽萨-洛塔说。

"但是你不能再叫丽萨-洛塔，因为你是女仆。"玛娅说，"我只叫你洛塔。"

"好吧。"丽萨-洛塔说。

游戏开始。刚开始有点儿不顺畅，因为丽萨-洛塔不知道做什么，也不知道怎么照看孩子，但是不管怎么说，最后她还是学会了。大概公主觉得，一块儿做游戏还是很有意思的。

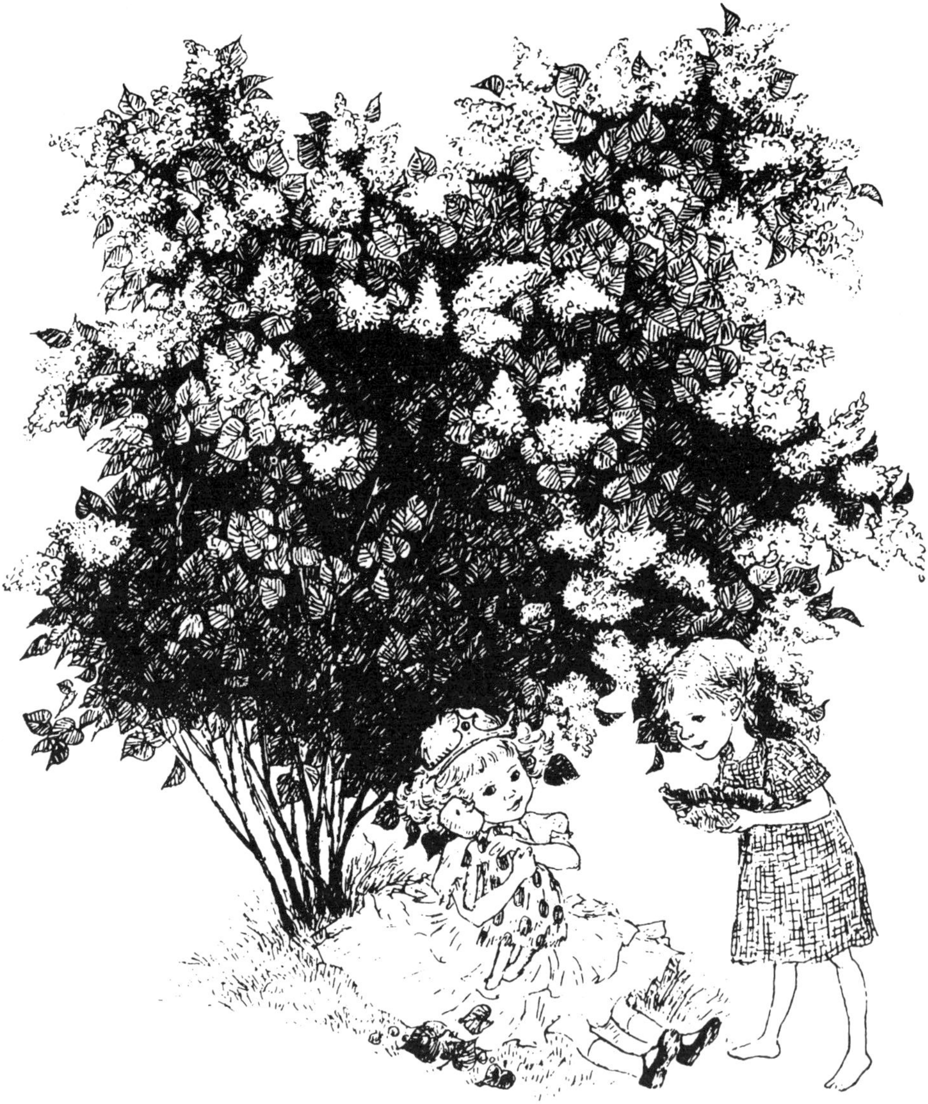

过了一会儿,"夫人"要进城采购食品。

"洛塔现在要把地板扫干净。"她一边说一边露出严肃的表情,"别忘了,十二点钟要给普丹喂粥,如果尿布湿了要赶紧给她换。"

"我肯定会做。"丽萨-洛塔说。

"不行,你不能这么说。"玛娅说,"你一定要说'是的,夫人'。"

"是的,夫人。"洛塔说。

就这样,夫人上路了,洛塔折来一把枫树枝扫地板,而普

丹吃了粥,受到了无微不至的照料。夫人很快就回来了,买了食糖、菠菜和一块精选小牛肉。丽萨-洛塔肯定看到了,食糖只是沙子,菠菜是紫丁香叶子,小牛肉是一块普通的木头。但装得跟真的一样。真有意思!公主高兴得面颊粉红,两眼发光。

然后夫人和洛塔用公主漂亮的手绢榨哈隆山梅汁,制作奶酪。山梅汁顺着那件粉红色的丝绸连衣裙往下流,公主从来没这样快乐过。

但是王宫里却出现了很大的不安和混乱。公主到哪儿去

了？宫女和侍从们到处寻找，王后也一边哭一边找。最后还是王后在紫丁香花丛后边找到了丽萨-洛塔。

"亲爱的孩子，"王后喊叫着，"亲爱的丽萨-洛塔，这可不行！"

但是丽萨-洛塔哭了起来。

"哦，妈妈，你快走吧，我们正在做游戏。"她高声说。

这时候王后朝周围看了看，她看到奶酪、菠菜、小牛肉、普丹等。啊，这时候王后明白了，是玛娅教会了丽萨-洛塔做游戏，所以公主才兴奋得面颊红润，满脸幸福。王后还是很聪

明的，她当机立断，让玛娅每天来跟公主玩。你们猜一猜，姑娘们有多么高兴！她们拉起手，高兴地跳起了舞。

"但是，妈妈，你为什么从来不给我像普丹那样好玩的娃娃？"丽萨-洛塔问。

对此王后只得回答说，她在那些最好的玩具店里都没有见过这类玩具。她总是在那些最好的玩具店给公主买玩具。现在丽萨-洛塔无论如何还是希望有一个像普丹那样的娃娃，最后王后问玛娅，愿意不愿意拿丽萨-洛塔的一个娃娃换普丹。玛娅一开始没同意，她没听说过有这样的事，但是王后说服了她，至少可以到王宫看一看丽萨-洛塔的娃娃。

当玛娅走进公主的玩具室时，眼睛睁得几乎像球一样大。她从来没有见到过这么多的玩具，一开始她以为到了一家玩具店。

"哎呀，这么多娃娃！"玛娅说。

"你是大好人，你可以任选一件玩具，只要我能得到普丹。"公主说。

玛娅看看普丹，又看看那些漂亮的娃娃。玛娅有生以来从来没有一件这么漂亮的娃娃。

"好吧，"她说，"我还得为普丹着想。像这么好的条件，在我们家里可没有。在那里她只睡在一个旧的鞋盒里。请你拿走她吧！"

"谢谢大好人玛娅!"兴奋异常的丽萨-洛塔说。

"顺便说一句,你可以每天来看望她。"

"当然!"玛娅说。但是她没有再多看普丹一眼,而是看着一个有着棕色头发、穿着浅蓝色绸布连衣裙的大娃娃。

"那我就拿她吧。"她小声说。

她拿起那个娃娃。当玛娅用手碰那个娃娃的肚子时,娃娃叫了一声"妈妈"。

"我必须马上回家,拿给妈妈看。"玛娅说。她紧紧抱着那个娃娃,顺着王宫台阶跑下去,冲出王宫大门。她是那么高兴,竟忘记说再见。

"明天再来!"丽萨-洛塔说。

"一定!"玛娅高声说。随后就走了。

"我的最漂亮、最可爱的孩子,"丽萨-洛塔对普丹说,"现在你要睡觉了。"

丽萨-洛塔有好几辆娃娃玩具车,有一辆比其他的都要好,里边已经躺着一个娃娃。但是丽萨-洛塔把她倒在地上。

普丹躺在里边,铺着粉红色绣花绸布床单,盖着浅绿色的绸布被子。普丹躺在车里,鼻子已经掉了,画上去的眼睛瞪着天花板,好像她不相信眼前这一切是真的。

最最亲爱的姐姐

现在我讲一个秘密,除了我别人谁也不知道。我有一个双胞胎妹妹。跟任何人都不能讲!连爸爸妈妈也不知道。因为在很久以前我们出生的时候,我的妹妹和我,那是远在七年前的事情,我的妹妹很快跑了出去,她藏到花园远处的大片玫瑰丛后边去了。啊,她能跑那么远,尽管她刚刚出生!

你们想知道,我的妹妹叫什么名字吗?你们想当然认为,她一定叫莲娜或者比尔吉达之类女孩子惯用的名字吧。但一点儿也不是。她叫伊尔瓦-李。连续叫几次,你们会感到非常好听:伊尔瓦-李,伊尔瓦-李,伊尔瓦-李。

我的名字就是普通的巴布鲁。但是伊尔瓦-李从来不叫我的名字。她只叫我"最最亲爱的姐姐"。

伊尔瓦-李非常喜欢我。爸爸最喜欢妈妈,而妈妈最喜欢去年春天出生的小弟弟。但伊尔瓦-李只喜欢我。

昨天天气特别热。一大早我就像往常那样走到玫瑰丛后边

坐下。那片玫瑰丛位于花园的一角,平常没有人会走到那里去。伊尔瓦-李和我使用一种特殊的语言说话,除了我们谁也不懂。玫瑰丛在我们的语言里也有完全不同的名字,叫萨里空。当我们坐在萨里空旁边的时候,我听见伊尔瓦-李叫我:

"金豪特!"

在我们的语言里就是"快到这里来"的意思。这时候我就钻进一个洞里。在萨里空的地上有一个洞,我从那里钻下去,从一个很长很长的梯子往下爬,通过那个黑暗的洞口直达金

色大厅的门,伊尔瓦-李是金色大厅的王后。我上前敲门。

"是我最最亲爱的姐姐吗?"我听到伊尔瓦-李在里边的声音。

"是。"我说。

"尼古,请为我最最亲爱的姐姐开门。"伊尔瓦-李说。

门开了,尼古就是为伊尔瓦-李做饭的侏儒,像平时那样,鞠躬行礼,面带谦卑的微笑。伊尔瓦-李和我长时间拥抱。但是后来如夫和都夫跑来了,围着我们又跳又叫。如夫和都夫是两只黑色小狮子狗。如夫是我的,都夫是伊尔瓦-李的。当我来的时候,如夫总是兴奋不已,舔我的手,向我摇尾,非常可爱。过去我经常跟爸爸妈妈吵嚷,想要一只狗。但是他们说,买狗太贵,照顾起来很麻烦,对小弟弟也不好。因此我特别喜欢如夫。伊尔瓦-李和我与我们的狗玩了很长时间,特别开心。然后我们去喂家兔,我们有一大群白色小家兔。

你们可能永远不会相信,金色大厅会有多么漂亮。墙壁金光闪闪。大厅的中央是一个泉水池,泉水清澈。伊尔瓦-李和我经常在那里洗澡。

喂完家兔以后,我们决定去骑一会儿马。伊尔瓦-李的马是白色的,马鬃是金色的,蹄子也是金色的。我的马是黑色的,马鬃和蹄子是银色的。金蹄子和银蹄子就是它们的名字。

我们骑马穿过恐怖的大森林,那里住着讨厌鬼。讨厌鬼长着绿色的眼睛和很长的手。他们在后边追着我们。一句话也不说,也不喊叫。他们默不做声地跟在我们的马后边,伸出长长的手臂够我们。讨厌鬼想捉住我们,把我们关到恐怖的大山洞里去。但是金蹄子和银蹄子跑得很快,它们的蹄子碰到地面击出金色的火花和银色的火花。讨厌鬼远远地落在后面。

随后我们来到林间草地上,大好人住在那里。讨厌鬼到不了那里。他们只能待在恐怖大森林里。他们站在森林边上,在树木后面用他们讨厌的绿色眼睛朝我们看。

我们在大好人那里玩得很愉快。我们下了马,坐在草地上。金蹄子和银蹄子也在草地上打滚嘶叫。穿着柔软的白色衣服、面颊红红的大好人走过来,手里端着绿色的小盘子,里边是请我们吃的味儿美的饼干和糖果。没有任何糖果比大好人请我们吃的香甜。在草地中央,大好人有一个大炉子。他们就是在这个大炉子上熬糖、做饼干。

随后我们骑马来到世界极美大山谷。除了伊尔瓦-李和我以外,没有人来过这里。那里的花会唱歌,树会演奏乐器。一条清澈见底的小河流过山谷。小河既不会唱歌,也不会演奏。但是能哼出一首乐曲。我从来没听过这么好听的乐曲。

伊尔瓦-李和我站在架在小河上的桥上,听着花儿唱歌,树木演奏乐器,小河哼着自己的乐曲。这时候伊尔瓦-李紧紧抓

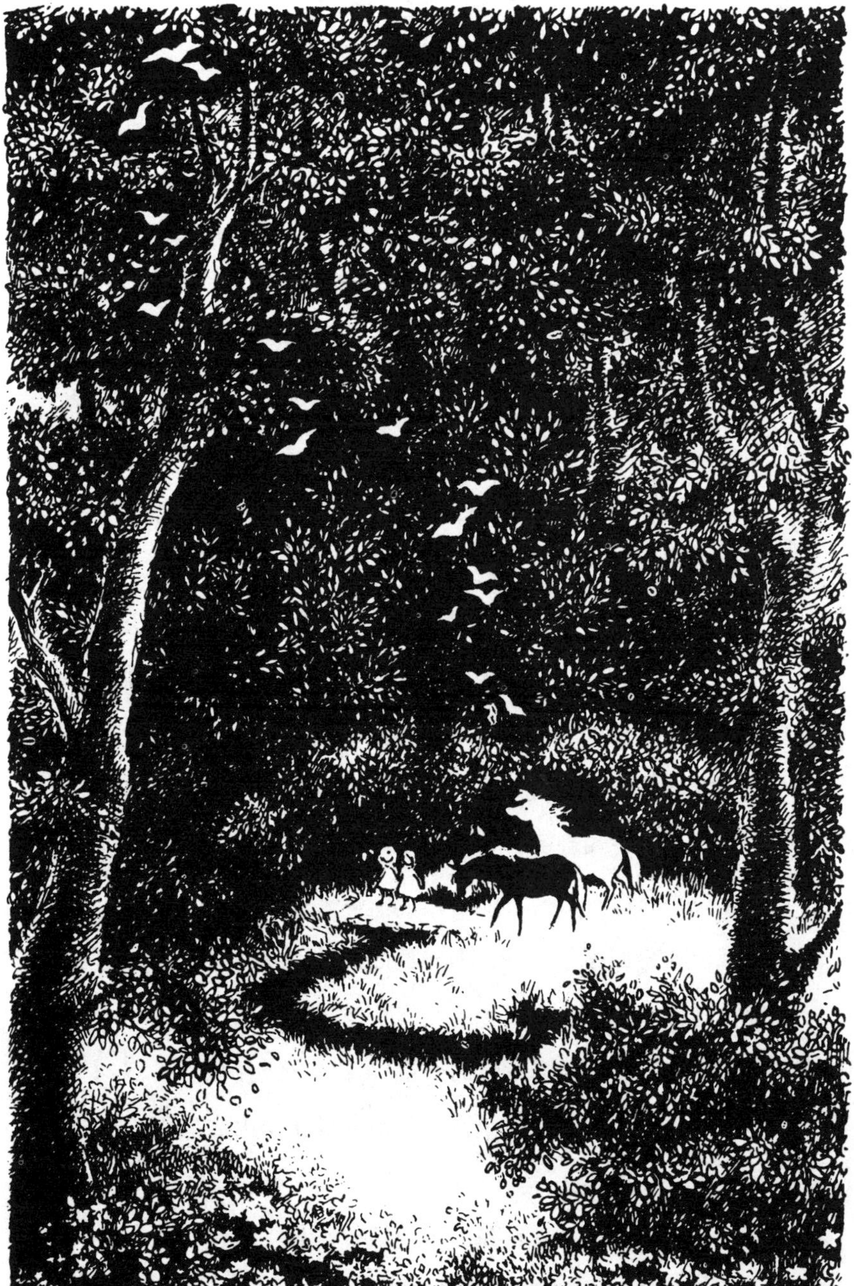

住我的手说：

"最最亲爱的姐姐，有一件事你一定要知道。"

她的话顿时让我痛心不已。

"不，"我说，"我什么也不想知道。"

"不行，有一件事你一定要知道。"伊尔瓦-李继续说。

这时候花停止歌唱，树木停止演奏，我再也听不到河水哼的那首乐曲。

"最最亲爱的姐姐，"伊尔瓦-李说，"当萨里空的玫瑰枯萎的时候，我就到死期了。"

我骑上马离开那里，泪水顺着面颊往下流。我以极快的速度向前奔跑，伊尔瓦-李骑着马在后边追我。我们骑得很快，当我们回到金色大厅时，金蹄子和银蹄子跑得浑身是汗。

尼古已经为我们做好美味的薄饼。我们坐在炉火前的地板上吃薄饼。如夫和都夫在我们周围蹦来蹦去。我们的家兔也跳过来，想跟我们一起吃。

最后我得回家了。伊尔瓦-李把我送到大门口，我们紧紧拥抱告别。

"尽快回来，最最亲爱的姐姐！"伊尔瓦-李说。

随后我走出大门，走出洞口，沿着梯子爬上去。我听见伊尔瓦-李又一次喊我：

"尽快回来，最最亲爱的姐姐！"

当我走进儿童卧室时，妈妈正坐在那里哄小弟弟睡觉。她的脸色极为苍白，当她看见我时，立即把小弟弟扔在床上朝我奔过来。她把我搂在怀里，一边哭一边说：

"可爱的孩子，你到哪儿去啦？一整天你到哪儿去啦？"

"在玫瑰丛后边。"我说。

"谢天谢地，谢天谢地，你总算回来了。"妈妈一边说一边亲吻我，"我们担心死了。"

然后她又说：

"你不知道，今天爸爸给你买了什么。"

"不知道，是什么？"我说。

"到你的房间去看看。"妈妈说。

我以最快的速度跑到那里。那里，在我床边的一个篮子里，一只黑色小狮子狗正躺在那里睡觉。它醒了，跳起来叫。它是我有生以来看到过的最可爱的狗，啊，确实，比金色大厅里的如夫还要可爱。它显得更有生命力，它真是这样。

"这个狗是你的。"妈妈说。

我把狗狗抱到怀里，它叫起来，还想舔我的脸。啊，这是我看到过的最可爱的狗。

"它叫如夫。"妈妈说。

真是太奇怪了。

我非常喜欢如夫，高兴得夜里差点儿睡不着觉。如夫躺在

我床边的篮子里。有时候它在梦中还小声地叫着。

如夫是我的。

早晨,当我走到院子里时,整个萨里空的玫瑰都枯死了,地洞也消失了。

森林里没有强盗

"森林里没有强盗!"彼得高喊着,并顺着台阶跑回外祖母白色的房子里,"森林里没有强盗!"

他在外边跟杨松家的男孩们刚刚玩过。现在天已经黑了,至少半个小时之前外祖母就从窗子伸出头来,叫他回家。

彼得挥舞宝剑,手握左轮手枪不停开火。待在外祖母家真有意思,跟杨松家的男孩们玩比跟家里那边的男孩们玩更开心。

"森林里没有强盗!"——外祖母没在厨房里。

"森林里没有强盗!"——外祖母也没在客厅里。壁炉盖后燃烧着熊熊的炉火,没开一盏灯,墙角黑糊糊的。外祖母的摇椅放在缝纫机旁边。沙发上放着《一千零一夜》,翻开的页码跟他放下时完全一样,当时杨松家的男孩们来找他。

"森林里没有强盗!"——彼得用木制宝剑刺向沙发,一根白色的小羽毛从沙发垫里钻了出来。

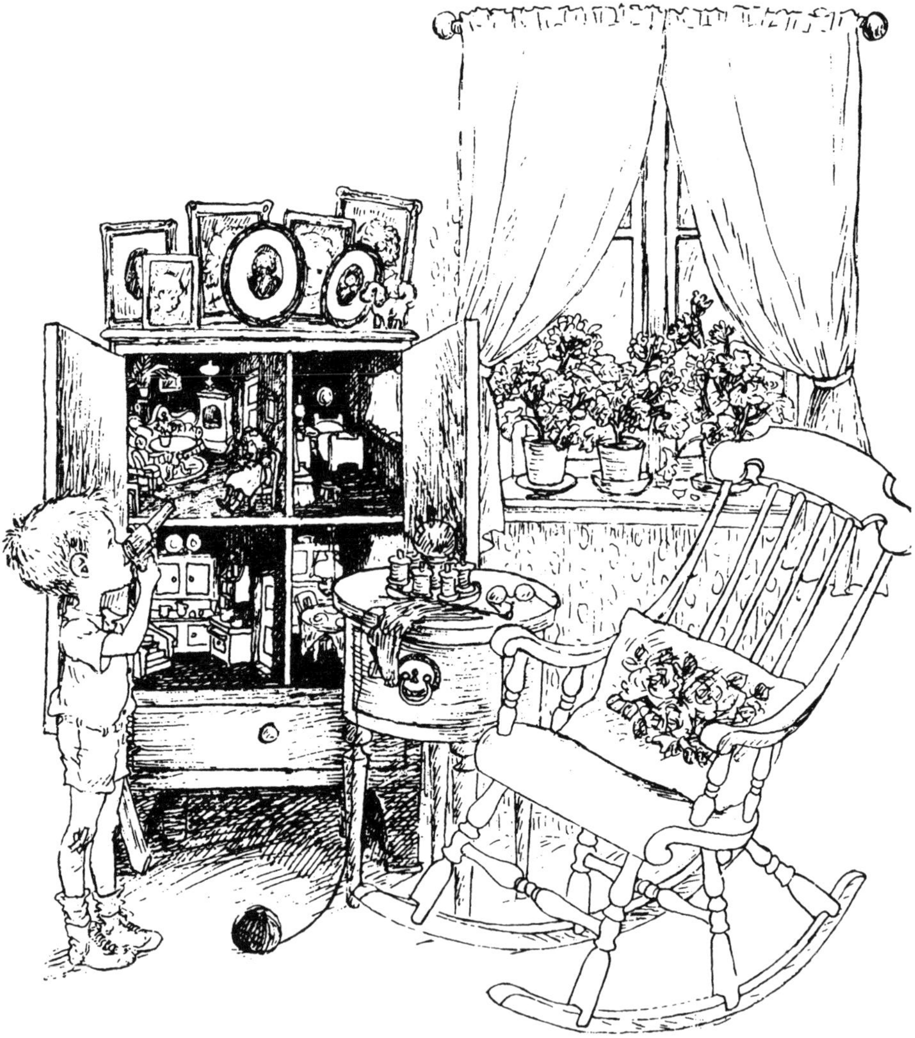

"森林里没有强盗!"——远处墙角放着妈妈小时候的玩具柜。那是一个非常好的玩具柜,底层有厨房和餐厅,上层有卧室和客厅。客厅里坐着一个穿蓝色连衣裙的小娃娃。她叫咪咪。彼得用左轮手枪指着她并高喊:

"森林里没有强盗!"

这时候玩具柜里的小娃娃咪咪突然从椅子上站了起来,她走向彼得。

"你在那里说谎话,"她说,"森林里当然有强盗!"

她显得很生气。彼得吓得几乎忘记惊奇,不过,一个娃娃能讲话确实有点儿奇怪,这种事只有在童话里出现。彼得决定,等他有时间再仔细考虑这件事。此时他没有时间,因为咪咪皱着眉头说:

"你再在这儿跑着说一遍'森林里没有强盗',马上就会跑出来一大帮。你过来,从我卧室的窗子往外看,你一定会看到他们!"

她拉住彼得的手,把他从客厅带进卧室。彼得决定,等他有了时间,再仔细考虑一下,他的身体这么大怎么能进入玩具柜呢?此时他没有时间,因为咪咪使劲把他拉向窗子。

"从窗帘后边看,小心点儿,别让菲奥利都看见你。"她说。

彼得小心翼翼地看着。本来他从玩具柜里的卧室窗子往外

看时，只能看见外祖母的摇椅和缝纫机。但是此时他看不到这些。他能看到的是一片幽暗的森林。在一棵最近的大树后边站着一条汉子，他长着黑色的络腮胡子，头戴宽檐儿大帽子，披一个大斗篷。

"这回你还有什么可说的？"咪咪用胜利的口气说，"这

难道不是强盗吗？下次再说话时，还是动一下脑子好！"

"那个是……那个真是菲奥利都？"彼得问。

"你用不着怀疑，"咪咪说，"菲奥利都，强盗头子。他有四十个对他唯命是从的强盗。"

这时候彼得看到，几乎在每一棵树后边都站着一个强盗。

"你锁门了吗？"彼得不安地问。

"哎呀，我不是超级大傻瓜！"咪咪说，"那还用说，我早锁了。一个父母不在身边、独自待在藏满珍珠屋子里的姑娘，怎么能不锁门呢！我当然锁门了！"

"你有很多珍珠？"彼得惊奇地问。

"很多，"咪咪说，"看这儿！"

她指了指自己脖子上的一条带有两排珍珠的项链说。项链上的珍珠有红的、绿的、蓝的和白的。

当彼得的妈妈七岁、还是外祖母的小女儿时，她有一次跑到一家玩具店，花一毛钱买了一包玻璃珠，亲手为咪咪制作了那串项链。这件事彼得听过很多遍。"实际上那不能说是珍珠。"他想。

"珍珠是无价之宝，这一点儿没错。"咪咪说，"你知道，这正是菲奥利都所追逐的。"

彼得感到很不安。但是咪咪一点儿也不显得紧张。

"好啦，我们到厨房去，煮一点儿巧克力饮料喝吧。"她

说。

在底层和上层之间有一个楼梯。咪咪跨到楼梯的扶手上往下滑,咚的一声就落到厨房的地板上。彼得跟着滑下来。过了不大一会儿,他们就坐在餐桌旁边喝热巧克力饮料,并在里边蘸蛋糕吃。

"你想再吃一块蛋糕吗?"咪咪说。

就在这个时候他们听到厨房门外有脚步声。

"菲奥利都。"咪咪小声说,并打翻了自己的热巧克力饮料杯子。她显得很害怕。

"你保证锁门了?"彼得小声说。

他们看到,门上的锁被使劲拧来拧去,听见有人使劲拉门。但是门没有开。

"哈哈,他碰了壁。"咪咪得意地说。

他们听到细碎的脚步声慢慢离去。他们赶紧跑到厨房的窗子跟前往外看。此时森林里一片漆黑。但是强盗们生起一堆篝火,把周围照得通明可怕。

"他们肯定是想通宵达旦待在这里。"咪咪说,"用你的左轮手枪打一枪,我们看一看他们是否害怕。"

彼得打开窗子,朝漆黑的夜里打了一枪。"嘭"的一下,声音很大。所有的强盗都从篝火周围跳了起来,显得很疯狂。咪咪从窗台探出身子。

"真不错。"她高喊着,"现在知道了吧,等待你的是什么,菲奥利都!这位先生,"她指着彼得,"这位先生将为保护我流尽最后一滴血。"

她握住彼得的手。

"你大概能吧,说!"她急切地问。

彼得点头。对,他为了保护她愿意流尽最后一滴血,没有其他的选择!

咪咪咚的一声关上厨房的窗子。她打了个哈欠。

"不管怎么说,我们最好先睡一会儿。"她说,"但是我首先要把项链藏好。如果……"

"如果……什么?"彼得说。

"如果我们睡着了,菲奥利都来了……"咪咪说。

她显得心事重重。

"我知道该怎么办。"她最后说,"过来,你看!"

在客厅的桌子上放着一个花盆,里边长着一棵杜鹃花。咪咪拔出花,倒出固定在根部周围所有的泥土。然后她把项链放在花盆的底部,再把杜鹃花放回去。

"这回让他找吧,大笨蛋菲奥利都先生。"她说,"要找到隐藏得这么好的一个地方,他还没那么聪明,我敢保证。"

她又打了一个哈欠,随后跑进卧室。她一头扎到其中的一张床上,彼得躺在另一张床上。他把自己的木头宝剑和左轮手

枪带到床上。谁知道什么时候就需要它们!

"屋里真热。"咪咪说,"我要开一下窗子。"

"啊,小心菲奥利都!"彼得警告说。

"哎呀,谅他也爬不上二楼!"咪咪一边说一边把窗子大大地打开。

新鲜凉爽的夜风吹进来,舒服极了。彼得刚要睡着,咪咪突然从床上坐了起来。

"你听!"她小声说。

这时候彼得听见墙外边有人走动。

咪咪和彼得同时跑到窗子跟前。窗子外边,四十个强盗正互相踩着肩膀往上爬,最上面的是菲奥利都。他长长的络腮胡子已经耷拉到窗台上。这时候彼得连忙举起宝剑直击菲奥利都的头,宽檐儿帽子掉下去了。一阵可怕的声音,咚!四十个强盗都摔下去了。

只有菲奥利都幸免,他抓住窗台不放。他爬得越来越高,最后他把一条长腿伸进了卧室。他狰狞地笑了。像这样:哈哈,哈哈,哈哈!

"快撤到客厅去!"咪咪对彼得喊道。就在菲奥利都把另外一条腿跨过窗台的时候,咪咪和彼得关上了卧室与客厅之间的大门。咪咪用钥匙锁上锁。

"我们还要用家具顶上门!"她说。他们已经听到菲奥利都正使出全身的力量拧门把手。他们赶紧把柜子拉到门前,把屋里所有的椅子都堆到柜子上。

他们能听到菲奥利都一边吼叫一边使劲敲门。门既不厚也不结实,真可悲。门松了,柜子倒了,菲奥利都把令人恶心的络腮胡子从缝隙伸了进来。这时候所有的椅子都砸到他的头上。

"如果我不害怕的话,真会笑死。"咪咪说。

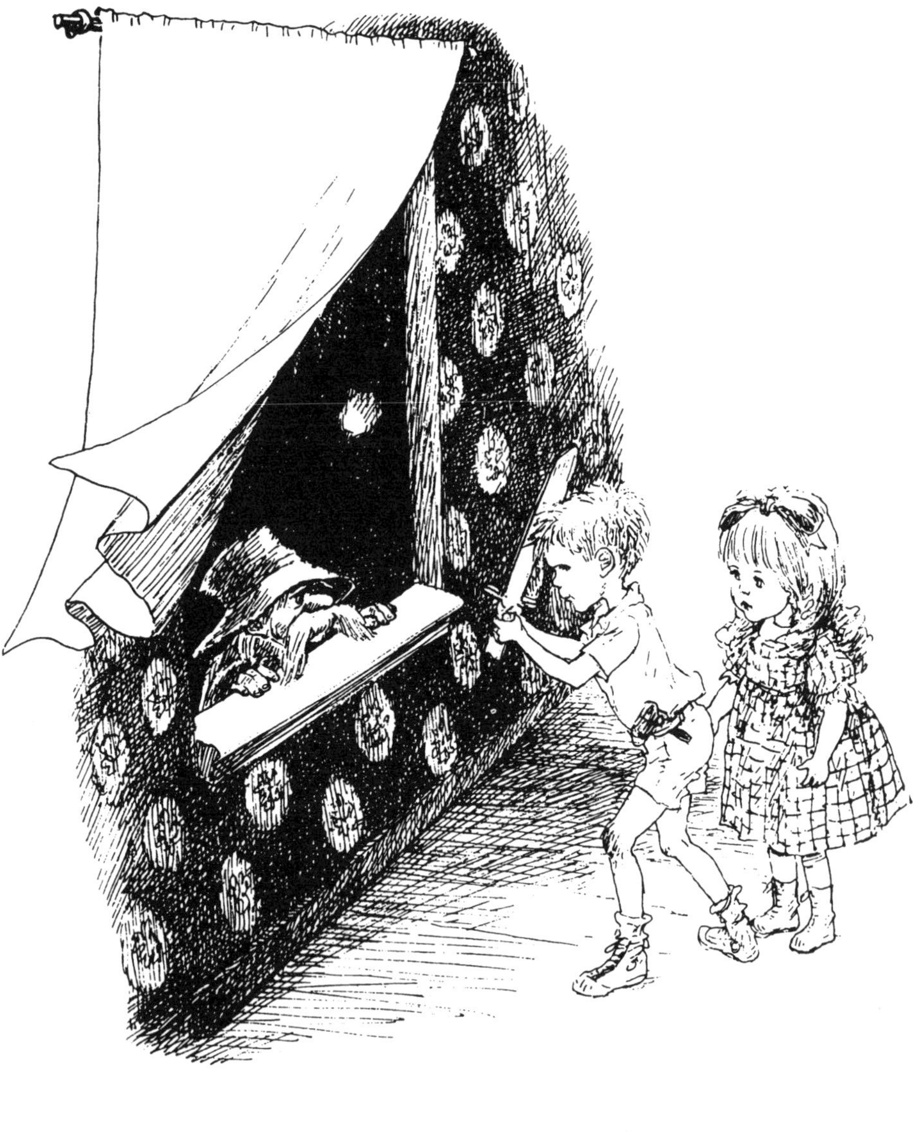

彼得高举着宝剑勇敢地站在咪咪的前面。他用不着等多久,菲奥利都就会朝他冲过来。菲奥利都也拿着宝剑。

"可怜的倒霉鬼!"他高举着宝剑,用沙哑的声音对彼得吼道。

"倒霉鬼是你自己!你这个笨蛋!"咪咪一边说一边对菲奥利都做出嗤之以鼻的姿势。

战斗开始了。菲奥利都与彼得在大厅的决斗中一共交手十四个回合。最后发生了可怕的事情。菲奥利都打掉了彼得手中

的宝剑，宝剑掉在地板上。转瞬间菲奥利都就用脚踩住了宝剑。

"赶快滚回家睡觉吧，菲奥利都。"咪咪生气地说，"你到这儿来捣什么乱？你永远也得不到项链。"

"哈哈，哈哈，哈哈！"菲奥利都笑得比任何时候都恶心，"我们等着瞧！我们等着瞧！"

他开始到处找。咪咪和彼得跳到窗台上坐着看。

"他永远也找不到。"咪咪小声对彼得说。

菲奥利都在柜子里，在地毯底下，在沙发的枕头后边，在灯罩里，在画框后边，在开口炉子里，各处都找遍了，但他就是没在花盆里找。因为他怎么会想到，项链会放在那个地方呢？

然后他在屋子的其他地方找，咪咪和彼得跟在他身边看。看到菲奥利都在愚蠢的地方找来找去时，他们不住地冷笑。

"如果我像你那样愚蠢的话，菲奥利都，"咪咪说，"我就会用自己的络腮胡子上吊死了。"

这时候菲奥利都生气了，他气得到处找东西想砸咪咪。此时他们已回到客厅，因为菲奥利都想看一看，项链是否挂在开口炉子旁边的钉子上。他唯一可以砸向咪咪的东西就是那个花盆，他把花盆举过头顶。彼得和咪咪吓得惊叫起来——当然是因为那串项链。菲奥利都将花盆朝咪咪直接砸过去，咪咪赶

紧跳到一旁。花盆掉在地板上，叭的一声摔碎了。那里恰巧放着珍珠项链！

"哈哈，哈哈，哈哈！"当菲奥利都看到项链时大笑起来，"我找到了！我总算找到了！"

菲奥利都用自己令人作呕的强盗手指拿起咪咪漂亮的项链。而彼得束手无策。

"哈哈，哈哈，哈哈！"当菲奥利都从卧室窗子爬出去时，他继续大笑着。四十个强盗重新搭起人梯，以便让菲奥利都爬下来。咪咪赶紧跑到窗子跟前。她伸出手，使劲揪菲奥利都的络腮胡子。他没有办法还手，只能用双腿乱踢，因为揪得很痛。这时候强盗们都倒了下去，窗子底下堆了一大堆人。

但是那串项链，啊，那串项链，已经到了菲奥利都的手里。他拿着那串项链，连同自己的四十个强盗，消失在那幽暗森林的深处。

"你对失去项链很伤心吧？"彼得问。

这时候咪咪一边拍肚子一边笑，她高兴得跳起来。

"菲奥利都拿去的那串项链分文不值，在任何玩具商店都能买到。"她说，"那只是一个赝品。真品在我这里。"

她走到窗台上的一个花盆跟前，里边长着一棵天竺葵。她拿起天竺葵，掏出一串项链。这是一串由红色、绿色、蓝色和白色珍珠组成的项链。它看起来跟菲奥利都拿走的那串一模

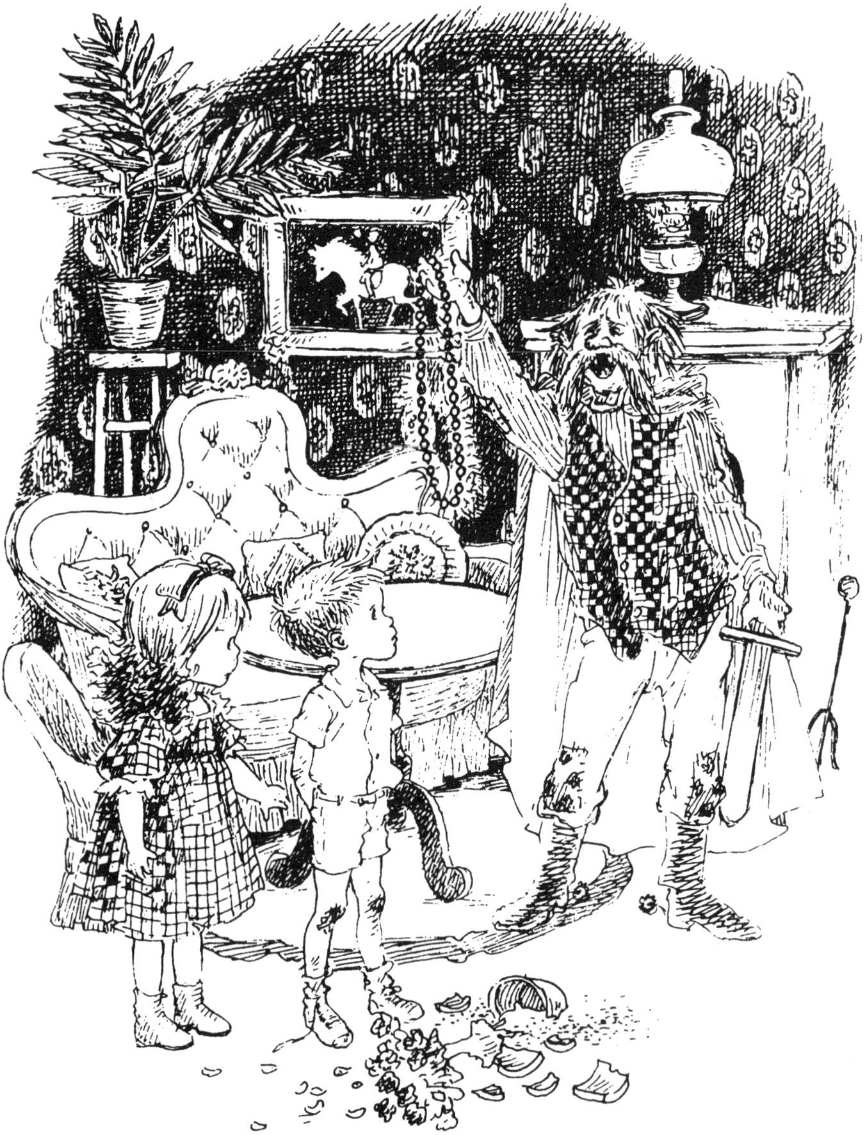

一样。

这时候彼得想起妈妈曾经说过,她给咪咪制作了两串珍珠项链,因为袋子里有很多珍珠。制作的时候,妈妈只有七岁,还是外祖母的小姑娘。

"珍珠是无价之宝。"咪咪一边说一边把珍珠项链在脖子上绕了两圈。然后她看着彼得。

"那个笨蛋。"她说,"森林里当然有强盗,下次你就知道

了!"

门外来了人,是外祖母。她走进客厅把灯打开。在远处的玩具柜旁边坐着彼得,他正看着里边的咪咪——那个穿着蓝色连衣裙的小娃娃,他的妈妈小时候经常玩它。

卡伊萨·卡瓦特

〔瑞典〕阿斯特丽德·林格伦 著
〔瑞典〕英格丽德·万·尼曼 画
李之义 译

叮当响的大街
Dingdangxiangdedajie

卡伊萨·卡瓦特

我多么希望,你们能亲眼看一看卡伊萨·卡瓦特住的那栋房子。啊,房子那么小那么温馨,人们真的相信,童话中的矮人和精灵就住这样的房子。房子坐落在一条高低不平的鹅卵石小街上,那里是全城最贫穷的地区。啊,那条街确实很穷,街上其他的房子比卡伊萨·卡瓦特的房子也好不了多少。

卡伊萨·卡瓦特的房子——我在说什么呀?那房子当然不是卡伊萨的,是她外祖母的。她的外祖母制作花棍糖,每到星期六就去集市上卖。不管怎么说,我还是把它称做卡伊萨·卡瓦特的房子。人们经过那里时,经常看到卡伊萨·卡瓦特坐在朝街的石头台阶上。她有一双深棕色快乐的大眼睛和绯红的娃娃脸。她的样子——让我怎么说呢——她显得很勇敢。对,确实很勇敢!就因为这个原因,她的外祖母才给她起了卡伊萨·卡瓦特这个名字,意思是勇敢的卡伊萨。外祖母甚至说,卡伊萨三个月大,还躺在一个篮子里的时候就显得很勇敢。当时有

人把装着卡伊萨的篮子送进来,说,请收养这个孩子吧,因为没有其他人愿意要她了。

啊,那个小房子,它有多美啊!朝街有两个小窗子,人们经常能隐约看到那里有一个鼻子和一双深棕色的快乐的大眼睛。房子后边,在一个高高的绿色围栏里,有一个收拾得很好的小花园。我们暂且叫它花园吧,因为那里仅仅有一棵樱桃树和几株醋栗。当然那里还有一小块绿色的草地,春天的时候,在温暖的阳光下,外祖母和卡伊萨通常在那里喝咖啡。其实是外祖母喝咖啡,而卡伊萨呢,她只是把方糖在外祖母的咖啡杯里蘸一下。卡伊萨经常用面包渣喂花园甬道上跳来跳去的麻雀,紧靠甬道是开着雪花莲的花圃。

卡伊萨认为,外祖母的房子确实不错,尽管它很小。晚上的时候,当她钻进铺在厨房沙发上的被窝里,外祖母坐在桌子旁边剪包糖纸时,卡伊萨高声、清楚地做晚祈祷:

> 一位天使在我家房子周围徘徊,
> 他手持两支金色的蜡烛,
> 手里还有一本书。
> 此时我们以耶稣的名誉进入梦乡。

卡伊萨对夜里天使在她们家周围徘徊非常满意,她有一种

安宁感。不过她有点儿担心,天使手里怎么拿得了那么多东西——两支金色蜡烛和一本书。她非常想看到他是怎么拿的。天使手里拿着东西怎么越过围栏呢?卡伊萨经常从窗子往花园里看,希望有朝一日能看到天使。但到现在还没有看到,可能天使总是在卡伊萨睡熟的时候才来吧。

我现在要讲的故事发生在卡伊萨还未满七岁的时候,故事一点儿也不新奇。外祖母拖着一条病腿在厨房里转来转去地干活儿,她责骂着自己的那条腿。这没有什么新奇的,这种事情每天都会发生。但是想想看,此时离圣诞节还有一个星期!想想看,所有的花棍糖都要在圣诞节大集上卖掉!当外祖母躺在床上,腿连动都不能动,甚至她连叫都叫不出来时,谁去卖呢?谁去制作圣诞节火腿?谁去买圣诞礼物?谁去搞圣诞大扫除和家里的圣诞布置呢?

"当然是我呀!"卡伊萨说。

我刚才讲了,她是一个勇敢的孩子。

"行了,行了,行了!"外祖母在那边床上说,"好孩子,这些事你做不了。我们可以问一问拉尔松夫人,看她能不能在圣诞节期间照顾你。还可以打听一下,我能不能去医院。"

这时候卡伊萨显得比任何时候都勇敢。让她到拉尔松家去过圣诞节,让外祖母躺在医院里?不能像往常那样外祖母和卡伊萨一起过圣诞节?啊,那可不行,她们当然要一起过圣诞

节!这是卡伊萨说的,是很快就满七岁,并且长着世界上最美丽的棕色、快乐的大眼睛的卡伊萨说的。

卡伊萨立即动手进行圣诞大扫除。她先问外祖母怎样做圣诞大扫除。她只是模模糊糊地知道,要把整个房子折腾一番,所有的家具都要搬来搬去,房子里变得一片狼藉。然后把一切收拾干净,恢复原样,准备过圣诞节。

外祖母说,今年她们就不讲究了,不用清扫窗子了。但是卡伊萨不听。因为,如果窗子很脏就不能挂干净的窗帘,而没有干净的窗帘就不像过圣诞节。拉尔松夫人过来帮了一点儿忙,这是真的。她擦了擦小厨房和小屋里的地板,因为家里只

有一间房。她还冲洗了窗子。但是其他的事情都是卡伊萨做的。你们可能看到了,她头上包着一块花布,手握拖把,四处忙个不停。她显得那么能干,没有人敢相信。她给窗子挂上干净的窗帘,给厨房铺上地毯,擦去所有家具上的灰尘。与此同

时，她还抽空给外祖母煮咖啡、烤香肠和土豆。她还亲手生起炉子。真幸运，炉子很好用。卡伊萨把木柴、报纸放进去，往里边吹气。她不安地听着，炉火是不是真的着了。当然，炉火生起来了，外祖母喝上了咖啡。她摇着头说：

"多懂事的孩子，没有你我怎么行呢？"

鼻子上沾着一大块炭灰的卡伊萨坐在外祖母的床边。在继续进行大扫除之前，她在外祖母的咖啡杯里蘸方糖吃。

啊，不过那些花棍糖怎么办？外祖母已经做好了，怎么到集市上卖呢？谁去卖呢？当然是卡伊萨·卡瓦特！还能有谁呢？尽管卡伊萨不能像外祖母那样在集市的摊位上用小磅秤称糖的分量和算账，但是她认得50厄尔硬币是什么样子，她很熟悉。所以外祖母坐在床上，把糖过秤、分包。每包一公斤，一包50厄尔。

平安夜前三天是大集。那天早晨卡伊萨很早就起床了，她把煮好的咖啡给外祖母端到床边。

"多懂事的孩子。"外祖母说，"天这么冷，你会把鼻子冻坏的。"

卡伊萨只是笑了笑。她早已经为卖花棍糖这个伟大而不寻常的行程做好了准备。哎呀，看她穿的！大衣里边有两件厚毛衣，皮帽子一直拉到眼睛上方，脖子上围着毛围巾，两只红色的大手套。为了不把脚指甲冻裂，她穿上了外祖母那双草编的大毡靴子。她的胳膊上挎着盛满花棍糖的篮子。

"再见，外祖母！"卡伊萨·卡瓦特说完就走进冬天的黑暗里。此时大街上已经人来人往，热闹起来。这一点我相信，因为今天是圣诞大集呀，知道吧？

天气确实很冷。当卡伊萨奋力赶往集市的时候，雪在毡靴底下咯吱咯吱地响着。但是东方的天空很快就露出了美丽的早霞，这将是一个天气晴好的日子。

拉尔松是那么善良,他早已经在老地方支起了外祖母的摊位,卡伊萨只要把花棍糖一排一排地摆出来就行了。其他的女摊主看着卡伊萨,惊奇地张着大嘴。

"马蒂尔达真的糊涂了,她怎么能让一个小孩子在集市上守摊呢?"她们说。

"她做得对!"卡伊萨·卡瓦特说。

她从篮子里掏出一袋一袋的花棍糖,棕色的眼睛散发着激情的目光,嘴里冒着哈气。

"她是我看到过的年龄最最小的集市女摊主。"当这座城市

的市长在去市政厅上班经过这里时说。他买了两袋花棍糖,给了卡伊萨一枚锃亮的1克朗硬币。

"啊,不行,"卡伊萨说,"我一定要两个硬币。两个50厄尔硬币,我一定这么要。"

市长一边笑一边掏出两个50厄尔硬币。

"你收下这个。"他说,"那1克朗你也留下,你这个胆大懂事的小家伙。"

但是卡伊萨不想要。

"我就要两个50厄尔硬币。"她说,"50厄尔一袋,这是外祖母说的。"

很多顾客来到卡伊萨的摊位前,都想买这位年纪最小的女摊主的东西。外祖母做的花棍糖也是全城最好吃的,有红的、白的、牛筋的和可可的。卡伊萨带了一个空雪茄烟盒,卖的钱就放在里边。雪茄烟盒里的硬币越来越多,不过里边都是50厄尔的硬币。卡伊萨不收其他的钱。

其他的摊主看到卡伊萨的生意做得如此火暴都很嫉妒,卡伊萨则高兴得不禁手舞足蹈。啊,要这样干下去,她要熬制百万块花棍糖,每天都到集市上卖。

外祖母在床上刚刚打了一个盹儿,卡伊萨就风风火火地回来了,她把雪茄烟盒里的钱都倒在被子上。篮子已经空了,一根花棍糖也没有了。

"多懂事的孩子,"外祖母像平时那样说着,"没有你我怎么行呢!"

随后是解决圣诞礼物的问题了!外祖母无法提前买什么东西,因为她没有钱,要等到圣诞大集之后才可以买。此时她躺在那里,连动也动不了。

卡伊萨内心非常渴望得到一个玩具娃娃。那可不是一个随随便便的娃娃,绝对不是,她是娃娃种类中最漂亮的娃娃,摆在位于教堂大街绥德尔隆德那家人开的玩具店里。外祖母和卡伊萨已经看了很多次。外祖母曾私下里向绥德尔隆德小姐请求,把那个娃娃留到圣诞大集之后。那个娃娃穿着粉红色的皱褶连衣裙,眼珠会动,她是玩具娃娃中最抢手最漂亮的。

外祖母大概不可以让卡伊萨自己为自己去买圣诞礼物吧?当然不能,可是没有别的办法呀!不过她们想出的办法妙极了!外祖母给绥德尔隆德小姐写了一个纸条,一个保密的纸条。纸条上写着"秘密"两个字,其实没有必要,因为卡伊萨还不认识字。卡伊萨手里攥着纸条跑到绥德尔隆德家开的玩具店。绥德尔隆德小姐花了很长时间,把那张纸条看了又看。卡伊萨只得又去其他房间逛逛,那里散发着奇特的香味。她在那里坐了一会儿以后,绥德尔隆德小姐走了进来,交给她一个大包,说:

"带着这个直接回家,亲手交给外祖母。千万别掉在地上。"

啊,当然不能!卡伊萨没有把包掉在地上,她只是把它压了一下。她当然希望包里是那个娃娃,但是她不敢保证。

卡伊萨也为外祖母买了一件圣诞礼物:一双漂亮的分指手套,这是外祖母很久以来的心愿。

有人不相信卡伊萨·卡瓦特和外祖母能在自己家里过圣诞节吗?如果有的话,我希望他在平安夜时从一个小窗子朝她们家看一看。那时候他就会看到,干净的窗帘,地上铺着地毯,紧靠外祖母的床边放着漂亮的圣诞树。圣诞树是卡伊萨自己从集市上买来的,她在圣诞树上装饰了蜡烛、彩旗、苹果和花棍糖。他还会看到,卡伊萨坐在外祖母床边,被子上放着圣诞礼物。当卡伊萨打开那个大包看到那个她向往已久的娃娃时,她的眼睛散发出明亮的光。当外祖母打开自己的包时,她可能比卡伊萨的目光更明亮。

在那张大圆桌上,红色的烛台上燃烧着蜡烛,那里摆放着卡伊萨做的各种圣诞食品。当然她是在外祖母的指点下做的。

卡伊萨为外祖母唱了很多首圣诞节歌曲,外祖母不停地摇着头说:

"一个多么温馨的圣诞节!"

当卡伊萨最后回到自己在厨房的沙发床上时,她是那么困倦,恨不得马上就睡着。她用相当含混不清的声音诵读了那首

"天使在我家房子周围徘徊"的圣诗。她从窗子向花园迅速看了一眼。室外雪花纷飞,花园里的雪白得那么可爱动人。

"哎呀,外祖母!"卡伊萨高声叫着,"你知道吗?整个

花园挤满了天使!"

外祖母睡觉的房间只有朝街的窗子,看不到花园里的雪。不过外祖母还是摇着头说:

"对,对,整个花园挤满了天使。"

一分钟以后,卡伊萨·卡瓦特就睡着了。

斯莫兰斗牛士

这是一个关于大公牛英亚当的故事。它在很久以前的一个复活节挣脱了绳索,它可能直到现在还逞凶发怒,如果没有人……好啦,你们好好听着。

英亚当可以说是公牛中的老大,它和一群漂亮的奶牛以及许多可爱的小牛犊一起住在瑞典斯莫兰省的一个牛棚里。英亚当本来是一只温和懂事的公牛,牛棚里的饲养员老头儿也很温和厚道,他叫斯文松。他是那么厚道,有一次英亚当不小心踩了他的脚,他都没想立即赶跑它,而是平静地站在那里,等着英亚当自己明白以后主动离开。

为什么,一只公牛突然发脾气呢?为什么英亚当在很久以前的一个复活节情绪那么糟糕呢?谁也说不清楚。可能是某个小牛犊用它们自己的语言说了对它不敬的话,也可能是奶牛们惹它生气了。反正斯文松不明白,为什么英亚当在明亮的复活节上午挣开绳索,沿着牛棚的小路拼命奔跑,眼睛里带着可

怕的神情，连斯文松都不敢停下脚步，问一下英亚当因为什么事情发脾气。斯文松拼命跑出牛棚大门，而英亚当发疯似的在后边追赶。

牛棚外边是一块牧场，四周建有围栏。斯文松在最后一刹那冲出了围栏的大门，在凶狠的英亚当鼻子前边关上了大门。很明显它想用犄角顶自己的老朋友。

前边已经说过了，这一天是复活节，东家和他的家人正在津津有味地吃着有复活节彩蛋的早饭。饭后他们打算去教堂。这是一个天气美好的日子，家里的小孩子们非常高兴，跟他们要去教堂可能没多大关系，更多的是因为他们可以得到新的凉鞋。因为阳光明媚，下午他们想在长着蓝银莲花草场的春季小河上建一个以水为动力的磨房。不过这一切都要化为泡影了，就是因为公牛英亚当。

英亚当喷着粗气在牧场上冲过来冲过去。斯文松站在围栏外边，无奈地看着它，仍然心有余悸。大家很快都围拢过来，有东家的大人和孩子，有女仆、长工和佃农，他们都来看那头发疯的公牛。这件事很快在全村传开来：一头维纳斯大公牛挣脱绳索，像一头吼叫的雄狮在牧场坡上到处逞凶！很多人从四周的小房子和长工屋跑来看热闹。大家对这件突如其来的发生在漫长而平静的复活节的事件感到有点儿兴奋。

住在百克长工屋的卡莱是最先跑来的人之一，这位七岁的

男孩双腿细长,跑的时候使足了力气。他是一位斯莫兰长工的小孩,他像其他成千上万的斯莫兰孩子一样,蓝眼睛,棕色头发,常流着鼻涕。

这时候公牛英亚当脱缰已经有两个小时了,人们仍然束手无策。东家试图靠近它。他径直走进大门,朝公牛的方向坚定地跨了几步。不过确实不应该冒这个险,因为英亚当决心在复活节这天大发脾气,它想继续闹下去。它低着头,朝东家冲了过去。如果不是东家跑得快,真的不知道会有什么后果。东家迅速一跳,成功逃出大门。不过,他为去教堂做祈祷而特意穿上的新裤子却留下一个大口子。在场的人面面相觑,都偷偷地抿着嘴笑。

啊,这件事太荒唐了!牛棚里的奶牛开始吼叫。它们认为现在已经到了中午挤奶的时候,但是谁敢走过牧场进牛棚呢?没有人!

"想想看,如果只要我们活着,英亚当就想在那里发脾气可怎么办呢?"孩子们说。这可是一个让人伤心的想法,冬天的夜晚他们还怎么在牛棚里玩捉迷藏的游戏呢?

复活节一点儿一点儿过去,阳光灿烂,英亚当愤怒不已。围栏外边人们七嘴八舌地议论着:能不能拿一根长长的棍子接近公牛,用棍子卡住公牛鼻子上的铁环?或者,公牛已经疯了,人们不得不将它射杀呢?事情总不能永远这样下去呀!牛

棚里奶牛的乳头胀得鼓鼓的。

蔚蓝的天空,明亮的太阳,桦树长出了第一批小嫩叶,一切都像斯莫兰往常的复活节那么美好,但是公牛英亚当却怒气十足。

卡莱爬到围栏上坐着,他是一个流着鼻涕的斯莫兰长工家的小孩,只有七岁。

"英亚当,"他说,"快过来,我为你在两个犄角之间挠痒痒!"

原话不是这样,他实际是这样说的:

"英亚当,快过来,'俄为你在两个七角之间闹羊羊'!"

因为他只会讲斯莫兰方言,这大概也是公牛英亚当能听懂的唯一语言。但是,尽管英亚当听明白了,它还是不想走过去。起码一开始不想,它只想发脾气。不过它不断地听到那个小男孩温柔的声音:

"快过来,俄为你在两个七角之间闹羊羊!"

可能是英亚当觉得老闹下去没什么意思了,它开始有点儿犹豫。在它犹豫的时候,它慢慢靠近卡莱坐的地方。卡莱开始用他那长工儿子粗糙的小手指为英亚当在两个犄角之间挠痒痒。他自始至终小声地说着友好的话。

英亚当对于静静地站在那里让人挠痒痒这件事显得有点儿

怀疑,但是它还是静静地站着。这时候卡莱一把抓住它鼻子上的铁环,随后翻过围栏。

"你疯了吧,小伙子?"有人高声说。

卡莱用力拉着公牛鼻子上的铁环慢慢地朝牛棚的门走去。

英亚当是一头很大很大的公牛,而卡莱是一个长工家很小很小的孩子,他们是相当感人的一对。他们走过牧场,看到这一幕的人永远难忘。

当他把公牛英亚当送到它的槽位后从牛棚回来时,他受到的欢呼不亚于任何西班牙斗牛场上的斗牛士。啊,这位年少的斗牛士得到了热烈的欢呼,还得到 2 克朗现金和 20 个鸡蛋作

为报酬。

"我很老姐（了解）公牛，"卡莱解释说，"很简单，对它们客气点儿就行了。"

他转过身，朝百克长工屋走去，裤兜里装着2克朗，手里拿着那包鸡蛋。他对复活节这一天相当满意。

他走了，一位斯莫兰的斗牛士，走在郁郁葱葱的桦树林中。

心肝宝贝

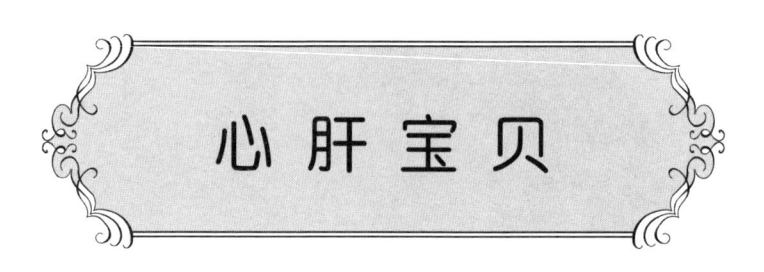

艾娃没有妈妈,但是她有两个姨妈。艾斯特姨妈是从美国回来的,而格列达姨妈是布丽特的妈妈。布丽特是艾娃的表姐。

艾娃当然有妈妈。但是她一直躺在医院里,无法见到她,艾娃怎么能高兴得起来呢?她只得住在自己的姨妈家。她的爸爸是轮船上的轮机手,终年漂泊在异国他乡,无法带心肝宝贝。心肝宝贝——妈妈经常这样叫她。"小心肝宝贝",妈妈经常这样说,她还经常亲吻艾娃的脖子。

艾斯特姨妈从来不叫艾娃心肝宝贝,也从来不吻艾娃的脖子。格列达姨妈也是如此。格列达姨妈只吻布丽特,总是对布丽特问寒问暖,问她要不要喝一点儿果汁或者别的东西。她从来不关心艾娃是冷是热。她只对艾娃说:

"快去看看,信来了没有!""去把熨斗拿来!""不要把胳膊肘放在桌子上!""快去擤鼻涕!"

艾斯特姨妈穿着花格子丝绸上衣,一副美式"海归"的派头,她说:

"艾娃,快去给我把手包拿过来!""快去问一问我的毛衣织好了没有!""今天该你把碗擦干净!"

似乎永远轮不到布丽特把碗擦干净。啊,布丽特有点儿瘦弱,布丽特到秋天的时候就该上学了,现在是夏天,她要好好休养身体。艾娃身体没毛病,一年以后才上学呢,她不需要休养。但是,哎呀,擦碗多辛苦!为什么盘子总是那么多?

艾娃疲倦地在厨房里忙碌着。布丽特却坐在走廊上,脸上露着一丝微笑。有时候一个大盘子从艾娃的小手掌滑下来,摔

在地上，格列达姨妈就会过来打艾娃一巴掌。这时候布丽特脸上又露出一丝微笑。而艾斯特姨妈亲切地抚摸着布丽特的脸，问小布丽特冷不冷，要不要穿上大衣。

"艾娃，"艾斯特姨妈高声喊着，"把布丽特的大衣拿来！"

"她自己可以去拿的。"艾娃说，并愤怒地透过窗子朝坐在凉棚里的布丽特看了看。

"哼，那么不友善，"艾斯特姨妈吼叫着，"你现在不正好在厨房吗？大衣就在那里的沙发上。"

艾娃放下手中的洗碗布，拿着大衣走出去。布丽特脸上仍然是一丝微笑。

"哎呀，不要，我一点儿也不冷。"她随后说，"我不想穿什么大衣！"

艾娃把大衣扔在摇椅上，走了。

"喂，你听到了吗？我不想要什么大衣，"布丽特在她背后喊叫着，"你快拿走大衣！"

这时候艾娃回过头。她没有说什么，只是对布丽特伸出舌头，然后走了。

"我从来没见过像艾娃这样的刁孩子。"艾斯特姨妈对格列达姨妈说。

"随她的妈妈蕾娜，"格列达姨妈说，"蕾娜小时候也这样，你记得吧？"

"记得记得，现在她躺在医院里，看她还刁不刁。"艾斯特姨妈一边说一边摇摇头，"我看她好不了啦，那样的话这孩子就成了你的拖累。我要回美国，我可不想要她。"

艾娃站在厨房里，听到了一切。啊，她多想踢艾斯特姨妈一脚啊！她竟然说妈妈的病再也好不了了！妈妈的病肯定会好。她肯定，肯定，肯定会好，妈妈病好了以后就会来接自己的心肝宝贝。

"对布丽特来说，艾娃绝对不是什么好伙伴，"格列达姨妈在凉棚里说，"俩人在一起玩就吵架。"

这一点格列达姨妈说得对——吵架。有一次，两位姨妈为晚饭去采草莓，两个小姐妹在凉棚里玩。艾娃把菲娅-丽萨抱在怀里。菲娅-丽萨是艾娃的娃娃，它曾经是一个非常漂亮

的娃娃，粉色的衣裙，卷曲的金发。如今已经很难看出它曾经是粉色的。它已经成了黑色，菲娅－丽萨头上的鬈发也只剩下稀疏的几根。但是艾娃依然喜欢它，因为它是艾娃被称做心肝宝贝、被经常亲吻时留下的唯一玩具。

布丽特伸出瘦小的手，揪住菲娅－丽萨那一撮稀疏的头发。

"臭娃娃，臭娃娃！"她用轻蔑的语调高声唱着。

艾娃使足了劲掐了她一把。姨妈们听到小布丽特的哭声赶紧跑了过来。

格列达姨妈狠狠地抓住艾娃的手,把她扔进堆满水壶、耙子和其他种花锄草工具的储藏室里。

"请吧,你要在这里待到变得懂事为止,小畜生!"她说完就把艾娃关在里面了。布丽特不哭了,她的脸上露出了一丝微笑。艾娃在储藏室里哭泣,菲娅-丽萨被格列达姨妈从她怀里抢走了。它被扔在院子的甬道上,双眼瞪着天空。

"臭娃娃,臭娃娃!"布丽特一边说一边用穿着凉鞋的脚踩在菲娅-丽萨的肚子上。

第二天天气很热,热得布丽特和艾娃不能像平时那样提前往浴场跑。她们跟在姨妈们旁边,平静地走在那条穿过林间草场通向湖的漫长道路上。哎呀,天真热!

"好像要打雷下暴雨。"艾斯特姨妈说。

"可别打雷下暴雨。"艾娃一边想一边把浴巾像套头衫一样盖在头上准备防雨。

"你能不能好好拿着浴巾?"格列达姨妈怒气冲冲地说,"浴巾会碰到牛粪上。"

"布丽特就不像你那样,"艾斯特姨妈说,"她把浴巾好好搭在胳膊上。"

布丽特脸上露出一丝微笑,把浴巾拿得比任何时候都更加有模有样。

就在她们游泳的时候,远处的森林上空飘来一大片黑云。

但是太阳还没被遮住,天闷热得几乎让人喘不过气来。回家的路特别累,穿过林间草场的小路一直是上坡。

"出来游泳真不值得。"艾斯特姨妈说,"游完泳反而更热更累。"

"我回家一定要躺在树荫下好好休息。"艾娃对布丽特说。

"我也是。"布丽特说。

乌云越聚越大,已经遮住了半个天空。

"今天晚饭我们吃什么,格列达?"当她们走进花园大门时,艾斯特姨妈问。

"肉丸子和大黄叶浇汁。"格列达姨妈说。她把泳衣挂在两棵苹果树之间的晾衣绳上,然后走到菜地去割大黄叶。艾娃和布丽特已经躺在茉莉花丛后边的草地上,那里有块阴凉地,可舒服了。艾娃想,她再也不想起来了。娃娃菲娅-丽萨躺在她身边。格列达姨妈要煮大黄叶浇汁,不过多么让人生气啊,家里没有土豆淀粉了,连一小撮也没有了。没有土豆淀粉,什么大黄叶浇汁都做不成。格列达姨妈若有所思地朝四周打量一下。她看了看天空中黑压压的乌云和茉莉花丛后边的两个小姑娘,她犹豫了一下——不过只有一瞬间。

"艾娃!"她高声喊道,"你得去商店买土豆淀粉。"

艾娃闭着眼睛,所以她听得特别清楚。不过她想,如果她静静地躺在那里闭着眼睛,可能格列达姨妈就忘了她的存在,

或者可能会出现其他奇迹。格列达姨妈可能发现家里还有几公斤土豆淀粉。总而言之，她可以躲过去。

"艾娃，你没听见吗？"格列达姨妈又喊了一次，"你一定要到商店去买土豆淀粉。"

艾娃疲倦地爬起来。

"哎呀，撅什么大嘴呀！"格列达姨妈尖刻地说，"今天确实轮到你去了，布丽特上星期四去的商店。"

不错，上星期四布丽特确实去过商店，但她是坐在格列达姨妈自行车后边的架子上去的。如果她也能坐在自行车的架子上，她愿意每天都去商店买土豆淀粉，她知道没有比这更好的事！

但是去商店要走很远很远的路，天气这么热，艾娃这么疲倦。

"不过，格列达，"艾斯特姨妈说，"天要下雷暴雨……"

艾娃很害怕。打雷下暴雨的时候她不想一个人在外边，那是肯定的。

"哎呀，如果你快一点儿，雷暴雨来之前你就能赶回来。"格列达姨妈一边说一边推她上路。不过艾娃很拧。

"我无论如何要带着我的菲娅-丽萨一起去。"她说。

有菲娅-丽萨在身边，艾娃就不是孤身一人了。但是格列达姨妈说，这可不行，她不可以带着一个这么脏的娃娃到商店

去。

"不能带着这么一个臭娃娃。"布丽特在茉莉花丛后边帮腔说。

艾娃气得满脸通红,真想哭一顿。她走过去,捡起躺在草地上的菲娅-丽萨,把它放在前廊里,免得下雨时淋着它。

"别伤心,菲娅-丽萨,"她小声说,"妈妈很快就回来。"

说完她就走了。走在乡村尘土飞扬的道路上,艾娃的双腿觉得很沉重。

"等我长大了,永远不买土豆淀粉。"艾娃想。

天阴得那么黑!艾娃显得那么渺小和不安。

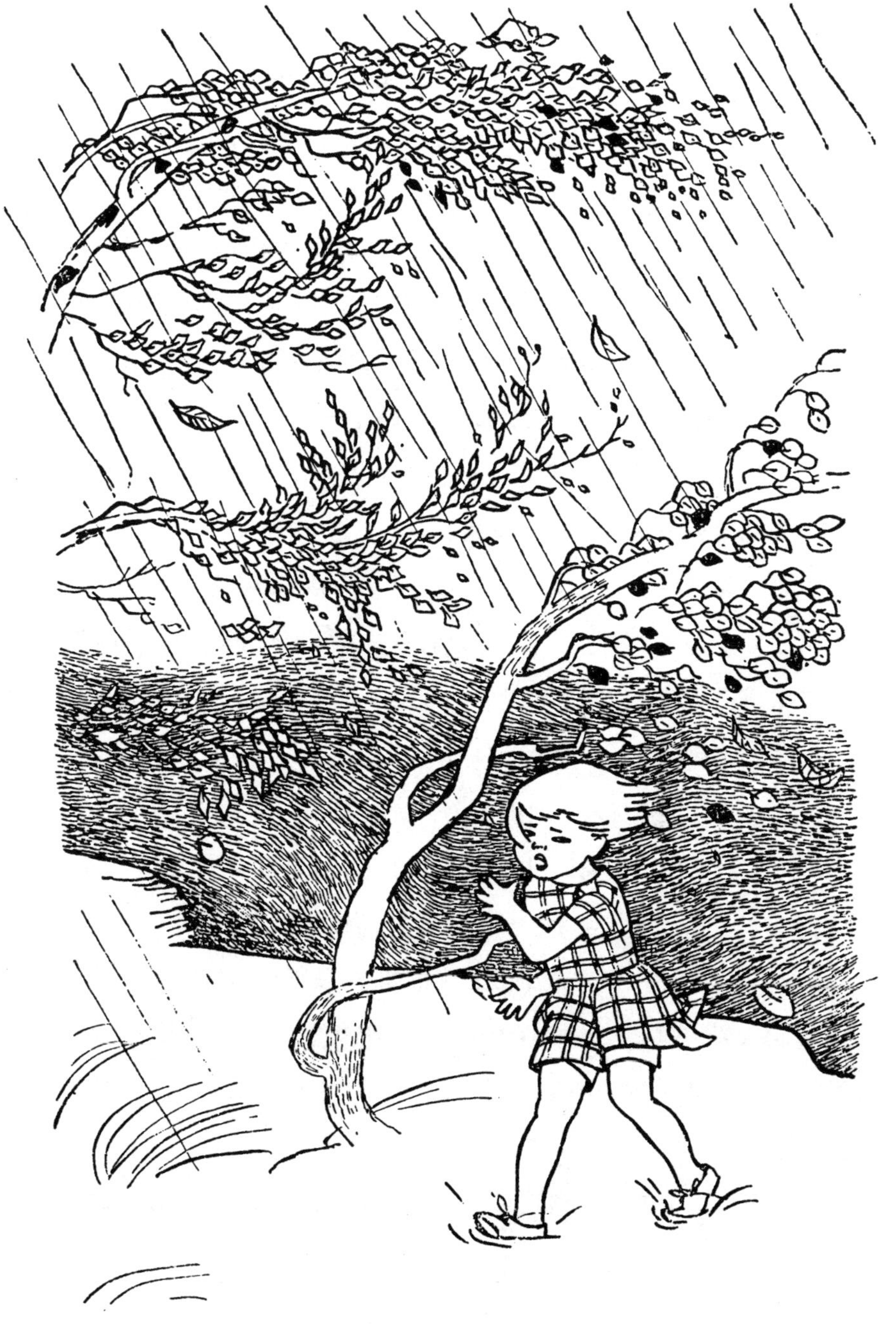

雨一下子就来了。艾娃刚刚走到那棵大松树——这是离商店还有一半路程的标志。就在这个时候，一声惊雷炸响，啊，多么可怕的惊雷！艾娃被吓得拼命惊叫。大雨哗哗地下起来，如瓢泼一般。刚才尘土飞扬的乡村公路一下子变成了大水坑，艾娃在大水坑里挣扎前行。她的蓝色棉布小连衣裙紧紧地贴在身上，雨水从她湿透的头发往下滴。她的双眼也在往下滴水，不对，那不是滴水，是泪如泉涌——忧伤、绝望、被遗弃和惊恐的眼泪。她的周围雷鸣电闪，打一次雷，她就吓得摔一次跤。她开始跑。不行，妈妈说过，打雷的时候可不能跑。哎呀，如果妈妈在这儿该多好啊！只要妈妈在这儿，什么都不怕！她会把艾娃抱在怀里，她们会一起钻到树丛底下。妈妈会用自己的身体温暖着自己的心肝宝贝，并且说，一点儿也不可怕。妈妈，啊，妈妈！

艾娃大声哭着，哭声在天空回荡。

当艾娃走到商店时，一切都过去了。雨过天晴，太阳又出来了。但是天气很冷，艾娃穿着湿衣服，冷得直打战。

"你说，要半公斤土豆淀粉？"站在柜台后边的斯万贝里夫人看着这个被浇成落汤鸡似的小姑娘说，"这是土豆淀粉，请吧！不过这样的天气还要把一个可怜的小孩子赶出来买东西！"

艾娃几乎是一路跑回家的。她冷得上牙打下牙。在姨妈家

房子外面的路边上,她看到了一件东西。菲娅-丽萨躺在那里,浑身湿透,比过去更加脏。可怜的菲娅-丽萨!艾娃哀叹一声扑向它。她们为什么要这样对待她的孩子?她的可爱小宝贝也在暴风雨中受摧残。艾娃把它紧紧地贴在身上,拥抱它,亲吻菲娅-丽萨脏乎乎的脖子。

"别哭,我亲爱的心肝宝贝!妈妈在这儿!一点儿也不可怕!妈妈在这儿啊!"

格列达姨妈已经把凉棚里的桌子、椅子擦干净。此时她和

艾斯特姨妈在那里正喝着午后咖啡。布丽特喝着果汁，当她想到她已经把那个臭娃娃扔到水沟旁边的时候，脸上露出了一丝微笑。

就在这个时候，从院子的甬道上走来一个人。一个穿着蓝色连衣裙、浑身湿得像个落汤鸡似的小人儿。来的就是艾娃——心肝宝贝！她一只手拿着那袋土豆淀粉，另一只手拿着菲娅-丽萨。她的嘴绷得像一条线，眼睛睁得特别圆。

此时艾娃要做什么？她做了一件可怕得几乎难以开口的事情。这件事情是那么可怕，把两位姨妈都吓坏了。她们永远不会忘记，过了好几年还记得，其实那时候艾娃早就搬到亲吻她的脖子、叫她心肝宝贝的妈妈那里去了。

啊，她原本是一位体体面面的心肝宝贝，可是居然做出了这类不可原谅的事情！小孩子可不能这样做！一位体体面面的心肝宝贝，确实不应该！

她从花园的甬道上走来。当她走到咖啡桌前的时候，狠狠地用眼睛瞪着两位姨妈和布丽特。她把土豆淀粉扔进托盘里，杯子震得哗哗响。然后她非常平静和清楚地说：

"我现在让你们都见鬼去！"

萨默尔·奥古斯特的小故事

我现在想给愿意听的人讲一个斯莫兰小男孩的故事，他叫萨默尔·奥古斯特。萨默尔·奥古斯特，不行，不行，不行，可不能给一个小男孩起这个名字！但是萨默尔·奥古斯特的父母还是给他起了这个名字。当然，那是发生在很久很久以前的事，当时人们给男孩子一般都起扬、克里斯特和斯特凡这类名字。但是不管怎么说还是有了一个叫萨默尔·奥古斯特的男孩。

在萨默尔·奥古斯特命名日那天，斯莫兰地区的雪下得特别大，连路都看不见了。人们只能估计着路的位置和走向，赶着车试探着往前走。萨默尔·奥古斯特的父母肯定认为，给儿子命名是一件大事，所以他们拖着哇哇叫的男孩，在通往教堂的漫长路上苦苦前行。可能就是这个原因，才给他起了一个这么高贵的名字。

但是当萨默尔·奥古斯特逐渐长大，他的兄弟们喊他的名字时，名和姓连起来了，听起来成了"萨默尔奥古斯特"。他

有四个兄弟。你们一定要看一看他们住的房子,房子里仅有一个房间和一个厨房。当所有的男孩子都在家的时候,房子里可热闹了。房子里有一个很大的开口炉子。冬天的晚上,弟兄们都坐在那里烤火。但是炉子没有风挡,当火苗灭了的时候,就无法保住大好的热量。炉子上面有一个大洞,热气从烟囱直接跑了。萨默尔奥古斯特第一次看月亮就是站在炉台上,从炉罩底下往上看的。洞中间的天空挂着月亮。难道那里不是看月亮的极有趣的地方吗?

冬天夜里房子非常寒冷。每天晚上萨默尔奥古斯特的父亲都在炉子上烤热一块毛皮子,在他们兄弟五个人睡觉的时候盖

在他们身上，又暖和又舒服。不过早上从毛皮子下爬出来时有多难受啊！天是那么寒冷，厨房里的水桶都结了一层冰！萨默尔奥古斯特的父亲不得不用杵打碎水桶里的冰，这是他冬季每天早晨要做的第一件事。

那根杵和桶成了最亲切的玩具。在那个时代的斯莫兰，这样的人家可没有什么玩具。但是萨默尔奥古斯特把桶称做"大

火车",把杵称做"小火车",让它们在地板上滚来滚去。这当然是指他很小的时候。他稍大一点儿后,就有了很多其他让他开心的东西。

萨默尔奥古斯特和他的兄弟们冬天玩雪爬犁。在瑞典的农村,没有几个地区有类似这里的可供男孩子们玩的滑雪坡道。

他们的房子在海拔很高的地方,那里有几个非常陡峭的大坡通向五公里以外的车站小镇。啊!它们肯定是瑞典境内最险峻的滑雪坡之一。男孩们紧趴在自己的雪爬犁上顺坡迅速而下。雪爬犁,就是类似大滑雪车的一种工具,是用来运木材的。

啊,萨默尔奥古斯特和他的兄弟们滑雪可别闹出什么人命呀!你们知道,那个大坡沿着峭壁蜿蜒而行,男孩们在与树顶一样高的地方往下滑,他们必须要有很强的控制力。大坡在半山腰有一个急转弯,如果在弯道处拐不好就会出危险,雪爬犁会直接冲到树顶上去!但是萨默尔奥古斯特和他的兄弟都很会转弯。在另外一个地方,坡道变窄,从两块高耸的巨石夹缝中穿过。那地方有一个很别致的名字——"奶酪饼夹子"。为什么叫这个名字?别问我!不过奶酪饼是斯莫兰宴席美食,所以这名字很好听。萨默尔奥古斯特和他的兄弟轻松通过了"奶酪饼夹子",他们从来没有想过,如果碰到从对面来的一辆马车,会不会造成可怕的事故。不过他们不能并肩通过"奶酪饼夹子",因为雪爬犁的速度快得无法刹住。

一年里不总是冬天,也有夏天,有漫长、温暖和舒适的夏天。那时候山坡上的野草莓闪闪发亮,杉树果和松树果散发着清香,人们到睡莲湖里去捉淡水小龙虾。冬去春来,萨默尔奥古斯特一天天长大,长成了一双长腿。这个男孩子别提多能跑了!有一次他走在马路上,一辆从后边来的马车赶上了他。

"我能搭个车吗?"萨默尔奥古斯特说。当一辆马车经过时,想搭车的人都这样说。但是车上的农民不想招来小孩子找麻烦。

"不行,你不能坐。"他说完赶着马继续前行。马车跑了起来,萨默尔奥古斯特也跟着跑了起来。他跑在马车旁边。他跑呀,跑呀,跑呀,农民赶着马车怎么都甩不掉他。萨默尔奥古斯特一直在马车旁边跑着,所以农民能够看到,如果为了赶路,萨默尔奥古斯特用不着求他。

"你是一个可怕的小飞毛腿。"那位农民最后说。

"对。"萨默尔奥古斯特说。他终于停下脚步,这时候他已经气喘吁吁。

有一种东西是萨默尔奥古斯特在世界上最想要的。他渴望有自己的家兔。他想要两只可爱的白色小家兔,一只公的,一只母的。它们将繁衍后代,生一大堆小兔子,在斯莫兰谁也没有萨默尔奥古斯特那么多家兔。整个夏天他都在想这件事。他想得那么急切、真心、焦虑,恨不得有两只家兔立即奇迹般地从他眼前的地里长出来。

萨默尔奥古斯特知道哪里可以买到家兔。邻近教区的一个很远的院子里卖家兔,是高地村佩尔·约汉家的长工告诉他的。不过每只要 25 厄尔。50 厄尔——这么多的钱萨默尔奥古斯特到哪里去找呢?他也很要面子。向父亲和母亲要是徒劳

的。那个年代斯莫兰地区住小房子的人家都没有多少钱。萨默尔奥古斯特晚上祈求上帝创造奇迹,请上帝给萨默尔奥古斯特派一位合适的百万富翁。你大概知道百万富翁是怎么回事,他们口袋里装着满满的钱到处走,这地方丢25厄尔,那地方丢25厄尔。

上帝没有给他派来什么百万富翁,但是给他派来了批发商索仁森。

七月的一个星期六下午,萨默尔奥古斯特正坐在路边的蓬子菜中,脑子里什么也没想。啊,他也可能正在想他一直没有得到的家兔,因为他经常想这件事。这时候他听到远处来了一辆四轮马车,他赶紧跳起来去开栅栏门。那个年代在斯莫兰乡村公路上有很多这类栅栏门,因为当时人们不太忙碌,也没

有什么汽车。

　　批发商索仁森坐着自己豪华的四轮马车过来了。驾驶座上坐着驭手，拉车的两匹马分别叫提都斯和朱丽。批发商索仁森在农村可算是大人物。他在车站小镇有商号，是一家大商店。此行他是去拜访教堂村的教堂执事。提都斯和朱丽拉着批发商艰难地爬着坡。当他们到达萨默尔奥古斯特家的时候，已经走了很长的路，最陡峭的路已经过去，剩下到教堂村的路就平坦了。平坦的路段有很多栅栏门，就在第一道栅栏门旁边，站着一位长着亚麻色头发的小男孩，他已经打开栅栏门，站在旁边很有礼貌地鞠躬行礼。这位批发商多次经过这条路，知道如果驭手在所有的栅栏门前都要跳下车开门有多么麻烦。批发商从马车上探出身子，对萨默尔奥古斯特满意地笑了笑。

　　"喂，你听我说。"他说，"你愿意去教堂村一路为我开栅栏门吗？每开一个你得5厄尔。"

　　这简直把萨默尔奥古斯特惊呆了，他的眼前几乎一片黑。开一个栅栏门得5厄尔！还用得着问他愿不愿意吗？当然愿意！凭这价钱，就是跟到世界尽头也愿意。

　　他跳上了马车。但他心里非常怀疑，批发商真能遵守诺言吗？这可能是大人们有时候想开玩笑而想出的主意。可无论如何，能坐上这四轮马车也是一种经历。而且可能批发商说的话是认真的。

萨默尔奥古斯特几乎在恍惚中。他打开了所有通往教堂村道路上的栅栏门。每打开一道门,他都记在脑子里。他有些慌乱。在五公里长的这段路上一共有十三个栅栏门,真是十三个仁慈的门!

"好啦,"当他们到达教堂时批发商说,"要付给你多少钱?你自己算吧。"

但是萨默尔奥古斯特不好意思自己说出这个不吉利的数字。

"5乘以13，"批发商说，"得数是多少？"

"65。"萨默尔奥古斯特小声说，他紧张得脸都白了。

这不是玩笑。索仁森批发商掏出自己装零钱的大钱包，往萨默尔奥古斯特颤抖的棕色手掌里放了一枚锃亮的50厄尔硬币，一枚10厄尔硬币和一枚5厄尔硬币。萨默尔奥古斯特深深地鞠个躬，额前浅色的头发几乎碰到马路上的尘土。

随后他转身往家里跑。他一口气跑了五公里，十三个栅栏门他都是跳过去的。这条路从来没有被比他更轻快的双脚跑过。

他的兄弟们在家里焦急地等着他，他们刚才奇怪地看到他坐在批发商的四轮马车上。

但是，从马路的拐弯处汗流浃背跑过来的人，不正是那个叫萨默尔奥古斯特的斯莫兰穷小子吗？不是，他已经是一个富人，一个钱包鼓鼓的有钱汉子，未来的家兔养殖场老板萨默尔奥古斯特，跟一个批发商差不多。如果你能想到一个批发商也会气喘吁吁的话。

他的兄弟们挤在他周围问这个问那个，那场面多风光啊！萨默尔奥古斯特张开手，让他们看到那巨大、难以置信的财富时有多幸福啊！

星期天早晨，为了开办家兔养殖场，萨默尔奥古斯特起得很早。他要走十公里路才能到达邻近教区的那个卖家兔的院子。他匆忙、急切地上路了。他急于拥有自己的家兔，根本没

有想到要带几个三明治路上饿了吃。

这是漫长的一天，这是一段漫长的旅途。那天很晚萨默尔奥古斯特才到家。一整天他滴水未进，不停地走呀走呀，累得几乎要倒下。

但是他挎着兔篮子，里边有两只白色的家兔。萨默尔奥古斯特为它们花了 50 厄尔，尽管如此，他仍然不是一个穷人，他还剩下 15 厄尔，可以在以后时间中应急。

关于萨默尔奥古斯特难道还有更多的故事吗？没有，没有了。对，大概没什么可讲的了！可能没有了。不过我认为，萨默尔奥古斯特能挣 65 厄尔很有意思。啊，我多么希望昔日的斯莫兰有很多很多栅栏门。

有生命的圣诞礼物

姐姐安娜斯蒂娜和妹妹丽尔斯图班坐在厨房的可叠式餐桌底下。那里对于一个小孩子或者怕打扰想安静的人来讲真是个好地方。坐在那里就像坐在自己的小房子里一样。只有那只叫斯诺兰的猫咪有时候偷偷进来，友善地蹭一下丽尔斯图班。她们特别欢迎它来。当玩具娃娃不够的时候，它甚至被当做丽尔斯图班的婴儿。不过很奇怪，斯诺兰大概不喜欢躺在玩具床上的被子底下，尽管丽尔斯图班为它唱《制糖人》的歌谣。安娜斯蒂娜说，猫咪不懂歌谣的意思。丽尔斯图班想，大概是这样，因为安娜斯蒂娜无所不知无所不能。她会的东西，都是从安娜斯蒂娜那里学来的。从1数到20、认识所有的字母、读《上帝爱孩子》、翻跟头、爬那棵樱桃树，都是安娜斯蒂娜教会她的。只有一种是她自己学的，就是吹口哨，安娜斯蒂娜可不会。

丽尔斯图班坐在那里咬自己的小辫子，她考虑问题的时

候,总是这样做。

"丽尔斯图班,还有一个星期就到圣诞节了。斯诺兰不赶快生小猫咪的话,我们就要永远倒霉。"

丽尔斯图班瞪大眼睛,显得很害怕。

"真的吗,安娜斯蒂娜?我们要永远倒霉?谁会让我们那样?"

"哎呀,我只是随便说一说。"安娜斯蒂娜回答。这下丽尔斯图班明白了。有时候安娜斯蒂娜会说:"我要被气炸了!"

但她从来没有炸过。有一次丽尔斯图班小心翼翼地问安娜斯蒂娜,她要是炸了,响声是不是会很大。安娜斯蒂娜却说,丽尔斯图班是一个小傻瓜,什么也不明白。所以说"永远要倒霉"那句话也不会有什么危险。

安娜斯蒂娜眼色严厉地看着斯诺兰说:

"你到底要怎么样?你是生小猫咪还是不生?因为,如果你在圣诞节前不生的话,最好就别再生了。"

"别这么说,安娜斯蒂娜,"丽尔斯图班乞求说,"它可能不太在乎这种事。我特别喜欢小猫咪。"

"啊,谁不喜欢呀,"安娜斯蒂娜说,"拉迈-卡尔比谁都喜欢。不过现在要看斯诺兰……"

斯诺兰似乎听懂了安娜斯蒂娜的话,它委屈地从厨房走了出去。

"我们要不要去鼓励一下拉迈-卡尔?"安娜斯蒂娜提议说。

丽尔斯图班给了会眨眼的布娃娃维多利亚一个告别吻,起身跟着安娜斯蒂娜去鼓励拉迈-卡尔。

拉迈-卡尔住在油匠家房顶下的最高层。油匠就是安娜斯蒂娜和丽尔斯图班的爸爸!拉迈-卡尔和他的妈妈租了他们家阁楼上的一间很小很小的房子和一个很小很小的厨房。拉迈-卡尔16岁。他很小的时候得了一次重病,此后双腿就瘫痪了。他白

天一个人躺在那里,而他的妈妈要去给人家打扫卫生,他肯定需要有人不断去鼓励他。

"除了我们以外,没有任何带活气的会去鼓励他。"安娜斯蒂娜满意地说。她们爬上楼梯去敲拉迈-卡尔的门。当他看见安娜斯蒂娜和丽尔斯图班的时候,非常高兴。

"我们是来鼓励你的。"丽尔斯图班喘着气说。

"你们真好。"拉迈-卡尔说,"开始吧!"

"圣诞节快到了,你觉得有意思吗?"作为谈话的一个小小开头,安娜斯蒂娜问。

"还行。"拉迈-卡尔说。

"还行。"丽尔斯图班刻薄地说,"我觉得特别有意思。"

"你渴望得到什么圣诞礼物?"安娜斯蒂娜说,"普通的有生命的东西吗?"

"对,"拉迈-卡尔叹了口气,"对——有生命的东西。不过我从来没有收到过。"

"可能是因为……"安娜斯蒂娜一边说一边露出神秘的表情。

"可能是因为……"丽尔斯图班也这么说。然后她们彼此对着狡黠地笑了一下,还彼此小声说了很长时间的话。

"如果你能如愿以偿,"安娜斯蒂娜继续说,"你最喜欢什么?比如一只猫咪?或者一只狗或者一条小蛇?"为了迷惑拉

迈-卡尔,她补充了一句,免得他觉察到什么。

"怎么能选一条蛇呢!"拉迈-卡尔说,"不行,一只猫咪或者一只狗,可能不错……"他充满期待地叹了口气。一个热乎乎的小动物躺在他的被子上,与他朝夕相伴,这是他期盼已久的事。

"可能你还是要一条小蛇好。"安娜斯蒂娜说,然后她和丽尔斯图班大笑起来,她们笑得几乎断了气。

不过想想看,那个斯诺兰,它是多么沉得住气!时间一天一天过去,没有任何小猫咪诞生的消息。安娜斯蒂娜和丽尔斯图班烤了椒盐饼、熬了太妃糖,还为妈妈缝好了十字针脚的桌布,在玩具柜里做好了圣诞装饰,就等着斯诺兰生小猫咪了。

斯诺兰夜里睡在油漆房里,早晨来吃安娜斯蒂娜和丽尔斯图班给它准备的早饭。但是有一天它突然消失了。安娜斯蒂娜和丽尔斯图班白白等了它好长时间。直到她们吃晚饭的时候,斯诺兰才露面。安娜斯蒂娜把丽尔斯图班拉到一边,用手指了指斯诺兰。丽尔斯图班满头雾水。

"事情已经很清楚。"安娜斯蒂娜小声说。

这时候丽尔斯图班才看到,斯诺兰体形已经完全变了样。这只能意味着一件事——它已经生过了小猫咪。丽尔斯图班一

下子高兴起来,她往桌布上倒了一小块蓝莓果酱。

不过她们可能高兴得太早了。斯诺兰确实生下了小猫咪,但是它在什么地方生的呢?它是一个聪明的妈妈,它认为最好等几天再把自己的孩子交到安娜斯蒂娜和丽尔斯图班的手掌里。哎呀,斯诺兰根本不知道,这件事对于过好平安夜多么重要!

"我们一定要以智取胜。"安娜斯蒂娜说。

安娜斯蒂娜和丽尔斯图班坐下来监视斯诺兰,斯诺兰显得不慌不忙。它吃饱以后舒舒服服地趴在炉灶前边,满意地打起了呼噜。前十分钟安娜斯蒂娜和丽尔斯图班还能坚持坐在它身边,随后的十分钟就走神了,除了看着斯诺兰以外,还不时地看餐桌底下的布娃娃。后来妈妈来了,问小姑娘们愿意不愿意每人拿一把小刀把糕饼从屉上铲下。她们非常愿意,因为,如果一个糕饼被铲碎了,她们就可以吃掉它。当糕饼都铲下来的时候,啊,斯诺兰却不见了!

"我真要被气炸了!"安娜斯蒂娜说。

她们马上冲到油漆房去找。那里连斯诺兰的一个尾巴也没有!帮助爸爸干活儿的绥德尔克维斯特正在油漆房往一个柜子上画漂亮的玫瑰花。丽尔斯图班问他,看见过斯诺兰没有。他说,没有——绥德尔克维斯特轻轻摇了一下刷子——他连猫影儿也没有看到。不过劈柴屋里有没有?洗衣房里有没有?没

有，那儿连斯诺兰的影子也没有。

　　安娜斯蒂娜垂头丧气地回到屋里，坐下来读《圣经》的故事。但是丽尔斯图班不肯罢休。啊，最后找到小猫咪的是丽尔斯图班！丽尔斯图班皱起眉头思考，还有什么地方可以找到小猫咪呢？她爬上了通向油漆室阁楼的楼梯。这可是一个很危险的举动。楼梯很陡，丽尔斯图班个子很小。阁楼里堆满了空木箱子、纸盒子和一大堆其他的东西。就在一个盒子里的刨花当中，舒舒服服地躺着斯诺兰和三只小黑猫。

"它们叫什么名字呢?"当安娜斯蒂娜和丽尔斯图班凯旋似的把小猫咪拿进厨房时,丽尔斯图班问。

安娜斯蒂娜又看了一眼那本《圣经》故事。

"萨德拉克、梅萨克和亚伯尼哥,"她坚定地说,"它们跟燃烧炉中的那三个人①完全一样,这是很高贵的名字。头上有白点的那只叫萨德拉克,它长得最可爱。我们把它送给拉迈-卡尔。"

"这回他总算得到了有生命的东西。"丽尔斯图班眼神迷离地说。

几乎整个平安夜拉迈-卡尔都不得不一个人在家,他的妈妈晚上很晚才能回来。那一天的时间过得真慢。夜幕开始下垂,拉迈-卡尔正在考虑要不要点燃蜡烛,忽然他听到了楼梯上熟悉的脚步声。

"想鼓励我的小天使们来了。"拉迈-卡尔自言自语地说,并且用期盼的目光看着门口。

啊,门开了,两个小姑娘站在那里,像两个天使。她们有着只有天使才有的圆眼睛,又红又圆的脸蛋。一个小姑娘手里拿着枝形蜡烛,另一个手里拿着篮子。蜡烛把拉迈-卡尔的房间照得喜庆、明亮,圣诞节一下子就来了。

---

① 《圣经》中的故事,他们三人被尼布甲尼撒俘获,放在炉火中烧,但仍能安然无恙地走出来。

"你可以得到一个有生命的东西。"丽尔斯图班一边激动地高声说,一边举起篮子。

"请掀开篮子。"安娜斯蒂娜高声说,"用不着害怕,里边无论如何不是什么蛇。"

特别喜欢"活物"的拉迈-卡尔兴高采烈地把那只黑色小猫咪萨德拉克贴在胸前。从此以后他将永远不会再孤单。

不过谁都不能想养多少只猫就养多少只猫,这是妈妈耐心

地向自己的两个小姑娘说的。如今在油漆匠家花园里的那棵樱桃树底下立着一个小小的白色十字架,十字架上用苯胺笔和歪歪斜斜的字母写着:

安娜斯蒂娜、丽尔斯图班和很多其他的猫深深哀悼长眠此地的梅萨克和亚伯尼哥。

从最高处往下跳

"娇气鬼！娇气鬼！"

一阵长长的、带着胜利式的尖叫声打破了夜晚的宁静。

被明显称做娇气鬼的他从草莓地里站起来,朝邻居家那边看了看,没看到敌人,可是挑战的叫声反而又传了过来:

"娇气鬼！娇气鬼！"

这时候草莓地里的他真的被激怒了。

"那就过来吧,你这个胆小鬼！"他喊叫着,"过来,你再说一遍,如果你敢的话！"

突然,一个亚麻色的脑袋从长在邻居家围栏前边的一棵枝叶茂密的榆树树顶上伸了出来。

"如果我敢的话,"那个亚麻色脑袋一边说一边心不在焉地跨过围栏,"如果我敢的话！娇——气——鬼！"

这件事像野火一样立即传遍全村:阿尔宾和斯迪格开战了！顿时,外边的马路上站满了全村的男孩子们,他们急切地

等待着。

说得对,阿尔宾和斯迪格早就开战了。他们每天晚上都较量。从记事起,他们一直都这样,一种在他们两个人之间的比赛,一种持续了差不多九年的比赛。也就是说,这比赛从阿尔宾和斯迪格躺在摇篮里时就开始了。

"多好啊,斯迪格已经长出第一颗牙!"当两个男孩长到六个月大的时候,斯迪格的母亲自豪地对阿尔宾的母亲说。

于是,阿尔宾的母亲回到家以后,把食指伸到阿尔宾的嘴里,但是只摸到一个软软的、没有长牙的小牙床。

"多好啊,斯迪格只要扶着一点儿东西就能站住!"几个月以后斯迪格的母亲又对阿尔宾的母亲说。

阿尔宾的母亲回家以后,就把阿尔宾从摇篮里拽出来,放

在厨房里的沙发旁边。但是阿尔宾柔软的小腿立即弯了下去,哇的一声摔在地板上。

"多好啊,斯迪格会走路了,我相信他能走遍全国!"又过了几个月,斯迪格的母亲说。

这时候,阿尔宾的母亲把自己的孩子带到医生那里,想知道孩子是不是有什么毛病。

阿尔宾当然没有什么毛病。

"不是所有的孩子都在同一个年龄会走路。"医生说。

时来运转,阿尔宾母亲的好时光到了。

"多好啊,阿尔宾能说'天气预报'了,尽管他不过两岁。"她对斯迪格的母亲说。

斯迪格的母亲回到家,瞪着斯迪格说:

"说'天气预报'。"她迫不及待地说。

"外父。"斯迪格说。意思是外祖父,跟"天气预报"差

很远。

慢慢地,阿尔宾和斯迪格开始上学了,还是同桌。本来他们可以成为最好的朋友,但由于他们早早地忙于攀比,在他们之间没有建立起友谊。他们俩都想成为最好的,为此他们从小就比着劲干。这确实是一种劳神费力的生活。因为,如果女教师在阿尔宾的算术本上批了"很好",斯迪格就会像一头狮子那样大吼,回家以后拼命做算术题,累得两眼发黑。如果斯迪格因为在体育上能围着校园倒立行走而受到赞扬,阿尔宾为了超过他就会在家里的牛棚后边苦练整整一个下午。

此时阿尔宾之所以坐在榆树上对斯迪格大喊"娇气鬼",是因为今天在教堂旁边草地上男孩子们组织的跳高比赛中,斯迪格超过阿尔宾五厘米。这当然使阿尔宾很伤心,于是就喊斯迪格是"娇气鬼"。通常,人们可以对比较小的孩子喊娇气鬼。

斯迪格被气坏了,他朝榆树上看。

"你应该下点儿工夫练习跳高,不应该坐在那里对年长的人说脏话。"他说。

斯迪格就是年长的那个人,他比阿尔宾早出生两天。

"我对跳高没兴趣,"阿尔宾说,"起码对从低处往高处跳是这样。不过我保证从高处往低处跳能战胜你。我敢从这个树枝上跳下去,你肯定不敢!"

阿尔宾就这样跳了下去。斯迪格立即穿过围栏,爬到那棵

榆树上,重新掌握了主动权。

站在路上的男孩子们饶有兴趣地关注着事情的发展。一部分人站在阿尔宾一边,另一部分站在斯迪格一边。

"你不能示弱,阿尔宾。"一位阿尔宾派的男孩子说。

"加油,斯迪格。"一个斯迪格派的男孩子说。

这时候阿尔宾爬上了茅厕顶上。

"我敢从这儿跳下去!"他对斯迪格高声叫着,随后跳了下去。斯迪格轻蔑地笑了。他说,他早在两岁的时候就能从茅厕顶上往下跳了。

"但是我敢从锯木厂木头垛的最高处跳下来。"他继续说。

当斯迪格夸下海口,说敢从木头垛的最高处往下跳以后,所有的男孩子都蜂拥到锯木厂,饶有兴趣地去观战。

阿尔宾思索了一下。此时他能找到什么好主意呢?

"我敢从过街天桥上跳下来。"他说。但是他的口气显得不是那么有把握。

"好极了,阿尔宾!"阿尔宾派的男孩子们喊叫着。然后他们成群结队地走过去,看阿尔宾怎么从过街天桥上跳下来。

"加油,斯迪格!"斯迪格派的男孩子们喊叫着。斯迪格咽了口唾沫。过街天桥离地面很高很高,还有什么比这个更高的地方呢?

"我敢从劈柴屋顶的最高处跳下去。"斯迪格最后说。

"斯迪格是不可战胜的!"斯迪格派的男孩子们欢呼着。

斯迪格搬来一个梯子,爬上了劈柴屋顶。他朝下看了看,感到一阵眩晕。

"哈哈,你不敢跳了,胆小鬼!"阿尔宾激他。于是斯迪格跳了下去。随后他静静地躺了一会儿,以便让自己的五脏六腑复原。

此时阿尔宾有些踌躇不定了。但在某个方面他一定要当第一,他必须战胜跳高超过他五厘米的斯迪格。

那天上午下过雨。就在阿尔宾站在劈柴屋旁边的时候,有一只小蚯蚓从潮湿的地方爬出来了。阿尔宾来了灵感。

"我敢吃蚯蚓,"他说,"你肯定不敢!"

他一下子把那条蚯蚓咽了下去。

"好样的,阿尔宾!"阿尔宾派的男孩子们高喊着。

"斯迪格也能吃蚯蚓!"斯迪格派的男孩子们高喊着,并且开始四处给斯迪格找蚯蚓。

斯迪格鼻子有些发白。看得出来,蚯蚓不是他喜欢吃的菜。他的追随者们从一块石头底下找到一条蚯蚓,并很快举了过来。

"你不敢吃,胆小鬼!"阿尔宾喊叫着。

这时候斯迪格吃掉了那条蚯蚓,但是他很快就消失在一棵树后边。过了一会儿,他重新出来,一副强者的模样。

"吃蚯蚓哪个娇气鬼都敢,"他说,"不过我已经跳过劈柴房顶了,这一点你超不过我。"

"我超不过?"阿尔宾说。

"他当然能超过!"阿尔宾派的男孩子们喊叫着。

"他当然超不过!"斯迪格派的男孩子们喊叫着。

"我敢从牛棚顶上跳下来。"阿尔宾说。不过他说的时候打了个寒战。

"好样的,阿尔宾!"阿尔宾派的男孩子们喊叫着。

"他永远也不敢!"斯迪格派的男孩子们喊叫着。

那把梯子被移到畜棚的山墙底下。为了安全,他选择了从家里看不到的那面山墙。因为斯迪格和阿尔宾的母亲可能不赞成这类比赛。

阿尔宾用颤抖的双腿爬上了梯子。他站在牛棚顶上,朝下面深深的地面看了看。地上的男孩子们显得多么小啊!现在——现在他要跳下去!不行,这太可怕了!他倒吸了一口气,请上帝保佑,想让双腿自己抬起来。但是他做不到。

"他不敢!"斯迪格用胜利者的口气高喊着。

"你做给他看。"斯迪格派的男孩子们高声说,"快从牛棚顶跳下去吧,斯迪格,你这样做他就丢脸了!"

不行呀,这跟斯迪格原来想的不完全一样。他已经从劈柴屋顶上跳下来了,这就足够了。

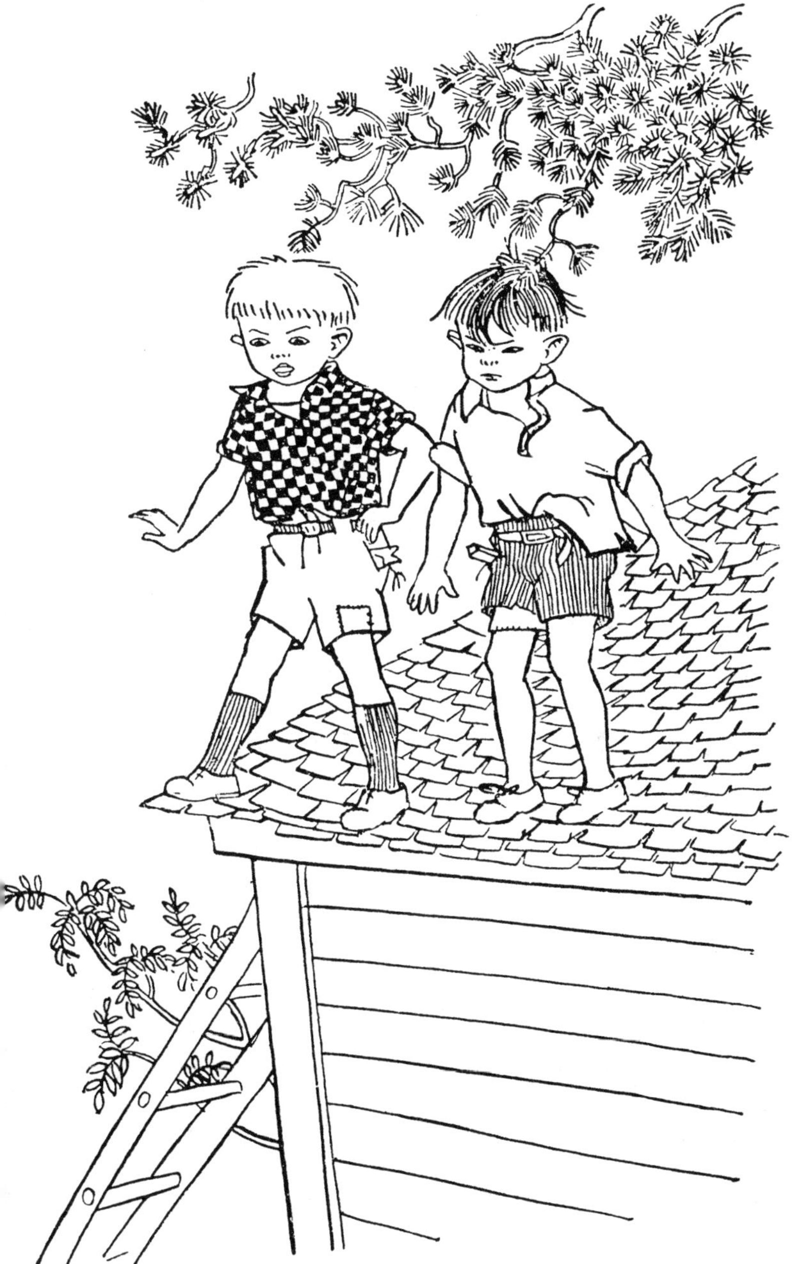

"斯迪格这回确实不敢了。"阿尔宾派的男孩子们喊叫着,"从劈柴屋顶跳下来,那算不了什么,阿尔宾能从那里跳一千次。这回你不敢了吧,阿尔宾?"

"当然敢!"阿尔宾站在牛棚顶上说。但是在心里,他觉得就连从游廊上跳下去,他也永远不愿再干了。

这时候斯迪格也爬到牛棚顶上去了。

"娇气鬼。"阿尔宾友善地对他说。

"娇气鬼是你自己。"斯迪格说。然后他朝下看,一下子说不出话了。

"跳吧,阿尔宾!"阿尔宾派的男孩子们喊叫着。

"跳吧,斯迪格!"斯迪格派的男孩子们喊叫着。

"你跳了,斯迪格就栽了!"阿尔宾派的男孩子们喊叫着。

"你跳了,能让小阿尔宾见识见识!"斯迪格派的男孩子们高喊着。

斯迪格和阿尔宾闭上眼睛,他们一起迈向深渊。

"我的天啊,怎么会发生这种事情!"当医生给斯迪格的右腿和阿尔宾的左腿打上石膏时,他惊奇地说,"就在同一天断了两条腿!"

斯迪格和阿尔宾羞愧地看着他。

"我们要看看,谁能从最高处往下跳。"斯迪格小声说。

随后两个人躺在各自的病床上。虽然两个床是并排的,但

是他们固执地各看一方。可不管怎么说,他们最终还是互相斜视了一下,然后开始偷偷地笑,尽管各自断了一条腿。他们开始是偷偷地笑,后来笑的声音越来越高,几乎全医院都能听到。阿尔宾说:

"从牛棚顶上往下跳——到底有什么好处呢?"

斯迪格笑了起来,笑得几乎说不出一句话。

"你,阿尔宾,"他说,"我们吃那种蚯蚓有什么好处呢?"

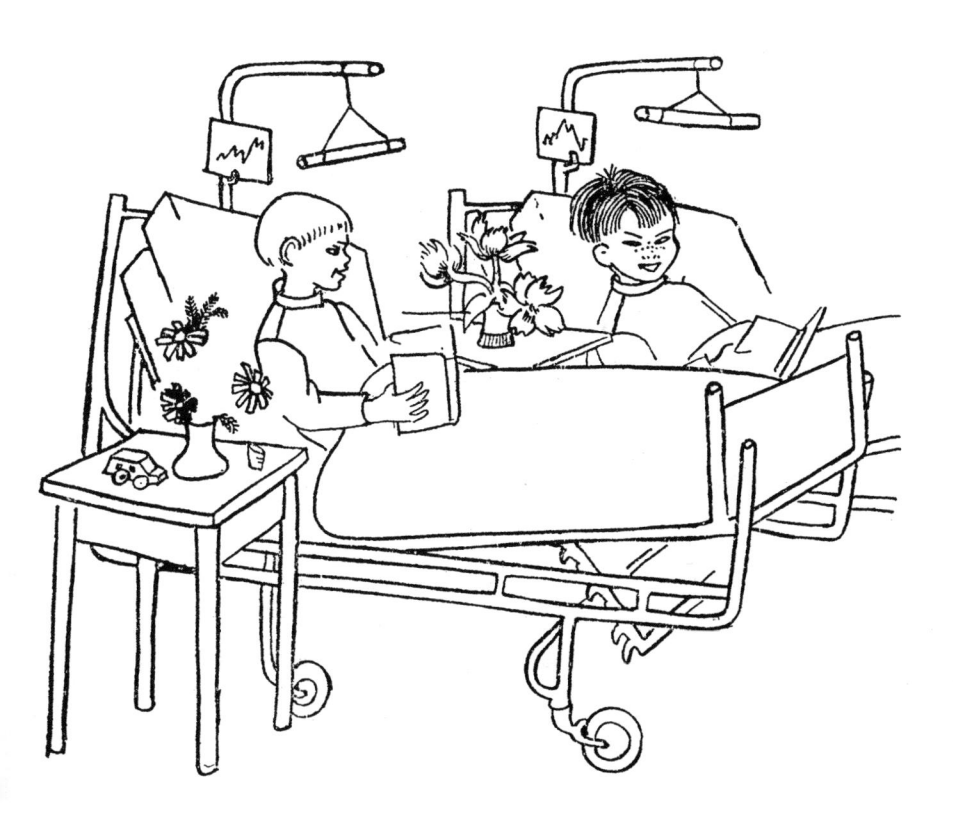

大姐姐与小弟弟

"现在,"大姐姐对小弟弟说,"现在我给你讲一个故事,这样你至少有一小会儿不淘气。"

小弟弟把食指伸到钟里,想看看钟会不会停。然后他说:

"开始吧!"

"好,你知道,"大姐姐说,"从前有一位国王,他坐在宝座上,头上戴着一个王冠①……"

"他真会找存钱的地方,"小弟弟说,"我一直把我的钱存在储币箱里。"

"哎呀,你真笨!这个词有两个意思:一个意思是王冠;另一个意思是钱币克朗。"大姐姐说,"这里就是王冠的意思。"

"是这样。"小弟弟说。他拿起高脚玻璃杯,在地板上浇了

---

① 原文 krona 在瑞典语里有两个意思:一个是王冠;另一个是瑞典货币名称。此处是小弟弟成心打岔。

一点儿水。

"国王有一个小王子。有一天国王对王子说,他好像得了重病,因为他感觉很不好。"

"国王怎么知道王子感觉很不好?"小弟弟一边说一边爬到桌子上。

"是国王感觉不好,知道吗?"大姐姐不耐烦地说。

"那你应该说清楚。"小弟弟说,"他吃蓖麻油了吗?"

"你指谁?是国王?"

"对,就是国王。"小弟弟说,"因为,如果确实是他感觉不好,给王子吃蓖麻油就没什么意思了。"

"你讲这么多蠢话,"大姐姐说,"故事里根本没出现蓖麻油。"

"是这样,"小弟弟一边说一边使劲摇晃着灯,"真不公正!我有病的时候,总是让我吃蓖麻油,非吃不可。"

"因为国王感觉不好,所以他就对王子说,他必须到遥远的国度去摘一种苹果。"

"当他感觉不好的时候,还非要大老远的去摘苹果,这很不合适吧?"小弟弟说。

"你都把我气疯了。"大姐姐说,"是王子到远方去摘苹果。"

"那你应该说清楚。"小弟弟一边说一边把灯晃得更厉害了,"不过他为什么非要跑到遥远的国度去呢?难道附近就没有果园,他可以去那里摘一点儿苹果吧?"

"你知道吧,那不是普通的苹果。那是一种有奇效的苹果,如果有谁生了病,只要闻一闻苹果,马上就会好。"

"我敢保证,他吃一点儿蓖麻油同样会好。那样他就可以

节省去遥远国度要花的火车票钱。"小弟弟说着,使劲抠袜子上的一个洞,那个洞被他抠得比刚才大了很多。

"王子根本不是坐火车去。"大姐姐说。

"不坐火车?就算不坐火车,坐轮船去也便宜不了多少。"

"他不坐火车,也不坐轮船,他飞着去。"

小弟弟总算露出了一点儿兴趣。

"乘坐美国的DC6:a航班?"他问,他总算停下来,没有抠袜子上的那个洞。

"他没有乘美国的DC 6:a航班。"大姐姐不耐烦地说,"他坐一块毯子①。"

"你先停一停。"小弟弟说,"你肯定认为,你怎么糊弄我都行吧?"

"不管你信不信,事情真是如此。"大姐姐保证说,"很简单,他坐在地毯上说,'飞,飞到遥远的国度去。'那块毯子就穿过天空,越过海洋。"

"你真的相信?"小弟弟神气地说,"让我告诉你事实真相吧。"

他从桌子上跳下来,坐在开口炉子前边那小块布条地毯上。

---

① 《一千零一夜》中的故事。

"飞,飞到遥远的国度去。"他说。但是那块地毯纹丝未动。

"这回你还有什么话可说?"小弟弟说,"这一点我很清楚。乘坐一块地毯,连到斯德哥尔摩南部的南台里叶一半路程都到不了,更别说到遥远的国度了。"

"如果你愚蠢到这个地步,我就什么故事也不给你讲了。"大姐姐气愤地说,"那不是普通地毯,这你应该清楚。那是一块被施了魔法的地毯,是一位印度仙人①织的。"

"一位瘦的印度人织的地毯和一位肥胖的瑞典人织的地毯,能有什么区别吗?"小弟弟问。

"不许再这样愚蠢地打岔。"大姐姐说,"一位仙人跟一位被施了魔法的人一样。王子乘坐地毯,因此也有了魔法。他飞呀,他飞呀,他飞呀……"

"你讲得那么啰唆,在王子取回苹果之前,国王可能死了好几回了。"小弟弟说,"再说了,我很难相信,王子在回家的路上不会偷偷地啃几口。"

"他当然没有。"大姐姐说,"他是一位很听话的王子,不像你那么愚蠢。但是在他拿到苹果之前,他必须先战胜遥远国度里的那个强悍的妖怪。"

---

① 原文 mager 有两个意思:一个是仙人、妖怪;一个是瘦的意思。小弟弟总是打岔。

"他们交手了多少回合?"小弟弟问。

"我不明白你的意思。他们没有交手。"

"是这样,他是直接击倒对方的?"

"好好听我讲。"大姐姐说,"那个妖怪对王子说,'哈哈,这里将要流淌基督徒的血!'"

"基督徒的血?"小弟弟说,"是什么东西?他也许是指流鼻血。我要是王子该多好啊,我就照那个妖怪的鼻子上狠狠一击,那时候他就会看到基督的血哗哗流出来。"

"给你讲故事一点儿意思都没有。"大姐姐说。

"我觉得这是一个很动人的故事。"小弟弟说。

"你知道,王子最终成功打死了那个妖怪,他把苹果紧紧贴在胸前。"

"那个妖怪把苹果贴在胸前,对吧?不过他已经死了,是不是?"小弟弟说。

"哎呀!"大姐姐说,"哎呀!!!是王子把苹果贴在……"

"是王子把苹果贴在妖怪胸前?他为什么要这样做?他拿到苹果以后立即上路不是更好吗?"

"你都把我气疯了!"大姐姐喊叫着,"王子把妖怪贴在……哎呀,我在说什么,我的意思是,苹果贴在……哎呀,你总是拿你的蠢话干扰我,你这个讨厌的孩子。"

"我告诉你实际是怎么回事。"小弟弟说,"一开始,王子

把苹果贴在妖怪的脸上,妖怪拿起毯子把它贴在王子的脸上,说'飞,飞到遥远的国度',王子就坐在苹果上,飞到南台里叶。随后毯子骑着很瘦的妖怪来了,人们只要闻一下他,病马上就好了。而由于你的迟钝,国王已经死了。把妖怪贴在王子的胸前,这时候毯子把苹果吃掉了,从此他们一辈子幸福安康。"

"我永远也不会再给你讲故事。"大姐姐说。

"这一点我相信。"小弟弟说。

佩勒离家出走

佩勒生气了,气得执意要离家出走。当一个人在家里受到如此不公正待遇时,简直无法再待下去。

事情发生在早晨,当爸爸准备上班的时候,他找不到笔了。

"佩勒,你是不是又拿我的笔了?"他一边说一边用力抓住佩勒的胳膊。

佩勒多次借过爸爸的笔,但是今天没有。今天爸爸的笔放在衣帽间他棕色西服的口袋里。佩勒非常无辜,爸爸使那么大的劲儿抓住他的胳膊!而妈妈,她当然站在爸爸一边!这事造成了严重后果!佩勒想从家里搬走。但是搬到哪儿去呢?他可以去航海,他可以去!海上有大轮船,大浪翻滚,他可能死在那里。那时候家里的人就该后悔了。他也可以到非洲去,那里凶猛的狮子到处走来走去。想想看啊,当爸爸从办公室回来,像往常一样问:

"我的小佩勒在哪儿?"

这时候妈妈哭着说:

"佩勒已经被一头狮子吃掉了!"

哎呀哎呀,做事不公正的时候,就会出现这样的事!

但是非洲太遥远了。佩勒想待在近一点儿的地方,这样他就可以看到,他走了以后爸爸妈妈哭得有多伤心。因此佩勒决定搬到科莫福森布去,就是院子边上那间红色的小房子,门上有一颗心。他可以搬到那里去。他立即收拾东西:一个球、

一个口琴和一本书——《温馨快乐的孩子》，还有一支蜡烛。对，因为再过两天就到平安夜了，佩勒想在科莫福森布庆祝圣诞节。他要点燃自己的小蜡烛，坐在那里用口琴吹《此时又到圣诞节》。曲子会吹得非常忧伤，要传到爸爸妈妈的耳朵里去。

佩勒穿上漂亮的浅蓝色大衣，戴上皮帽子和手套。他一只手提着装有球、口琴和蜡烛的大纸袋，另一只手拿着《温馨快乐的孩子》。他特意转了一个弯，走过厨房，为的是让妈妈看到此时他搬走了。

"哎呀，佩勒，你这么早就要出去了？"妈妈说。

佩勒没有回答，只是轻轻哼了一下。出去，哼！她知道就好！

妈妈看到，佩勒紧皱眉头，目光暗淡。

"小佩勒,这是怎么回事?你要到哪儿去?"

"我要搬走。"佩勒说。

"搬到哪儿去呢?"妈妈说。

"搬到科莫福森布。"佩勒说。

"佩勒,你真的要搬走?你要在那儿住多长时间?"

"永远。"佩勒一边说,一边用手拧门把手,"爸爸的破笔找不到时,让他赖别人去吧!"

"又乖又可爱的佩勒。"妈妈说着用手搂住他,"你真的不想待在我们身边了吗?有的时候,我们可能不大公正,但是我们是非常非常爱你的。"

佩勒犹豫了,但仅仅一瞬间。他推开了妈妈的手,用责备

的目光最后看了她一眼，然后走下楼梯。

妈妈从餐厅的窗子往外看，看到一个穿着浅蓝色上衣的小人儿消失在有一颗心的门里。

过了半个小时，妈妈就听到了从科莫福森布传来的轻轻的口琴声。那是佩勒在吹《啊，美丽的维尔姆兰》。

佩勒认为，科莫福森布确实是一个非常舒适的地方。一开始是这样。他尽量把《温馨快乐的孩子》、球和口琴摆得尽量温馨一些。他已经把蜡烛放在窗台上。啊，如果爸爸妈妈碰巧从餐厅的窗子往他这边看就好了，那里的平安夜烛光会是多么惨淡、忧伤。

圣诞树还像通常那样放在餐厅窗子旁边。圣诞树，啊！还

有圣诞礼物!

佩勒咽了口唾沫。不,他不想从赖他拿了笔的人那里收到圣诞礼物。

他又吹了一遍《啊,美丽的维尔姆兰》。但是科莫福森布的时间特别特别长。妈妈此时在做什么?爸爸肯定也回家了。佩勒已经在这儿坐了那么长时间,他好想回到屋子里去,看看他们是不是在伤心地哭,但是很难找到回去的理由。这时候他想起了一件事,他迅速打开门扣走了。啊,他几乎是跑着穿过院子,爬上楼梯。

妈妈还在厨房里忙。

"妈妈,"佩勒说,"如果有我的圣诞贺卡来,你愿意跟邮差说我已经搬走了吗?"

"当然。"妈妈答应他。佩勒只好磨磨蹭蹭地朝门口走,双脚显得特别沉重。

"佩勒,"妈妈用她惯有的圆润的声音说,"佩勒,我们怎么处理你的圣诞礼物呢?我们把它们寄到科莫福森布,还是你来取呢?"

"我不想要什么圣诞礼物。"佩勒生硬地说。

"啊,佩勒,那样的话平安夜会变得非常忧伤。"妈妈说,"没有佩勒点燃圣诞树上的蜡烛,没有佩勒给圣诞老人开门,没有佩勒,到处都没有乐趣。"

"你们可以找另一个男孩。"佩勒粗声粗气地说。

"永远不会。"妈妈说,"要么是佩勒,要么谁也不要。我们只喜欢那个佩勒,喜欢得要命。"

"是吗?"佩勒更加粗声粗气地说。

"爸爸和我会坐在这里,整个平安夜都会哭,我们连圣诞树上的蜡烛都不想点了。啊,我们会伤心地大哭!"

这时候佩勒把头靠在厨房的门上,他也哭了,哭得撕心裂肺,而且声音特别高,特别有穿透力,特别吓人。因为他很可怜爸爸妈妈。当妈妈搂住他的时候,他把脸扎到妈妈的脖子上,哭得更厉害了,把妈妈的衣服都哭湿了。

"我原谅你们。"他在抽泣的间隔小声说。

"谢谢,乖孩子。"妈妈说。

爸爸很晚很晚才从办公室回家,像往常那样在衣帽间就叫起来:

"我那个小佩勒在哪儿?"

"在这儿!"佩勒一边高声说一边扑到爸爸怀里。

梅丽特

从前有一位公主,她死去的时候只有八岁。一个阳光明媚的五月的礼拜天,天气很热,她将被埋葬。她的小同学们在墓边为她唱挽歌。"鲜花盛开的美丽山谷,那里是你心的宁静之家。"他们唱道。这首歌他们在学校已经练了整整一个春季学期。当时梅丽特也参加了。

她叫梅丽特,就是那位公主。在世的时候,她住在紧靠路边的一个灰色小房子里。

住在一个灰色小房子里,哎呀,她当时还不是什么公主!不是,总而言之,她不是。她可能就是一个普通的小姑娘,有的时候很难看出两者有什么区别。

梅丽特没有什么特别的地方。她的整个一生,仅仅八年,一点儿也没有什么特别的地方。唯一特别的就是她的死,如果人们要说特别的话。

不过我们在说到正题之前,我必须先讲一讲尤纳斯·彼得

那次对梅丽特示好的事情。因为那是事情的起源。

　　第一天上学,尤纳斯·彼得对梅丽特很友善,这是千真万确的。但是不能因为这一点就认为他特别在意女孩。他绝对不是那种人。一开始他跟男孩子们在一起。他们早就在校园里站成一队,不时地打打闹闹等待上课的铃响。女孩子们安静地在他们的对面排成行,偷偷地互相打量着。梅丽特自己站在稍远的地方。她不认识村子①里的孩子们,所以她有些腼腆。开学第一天是一次很严峻的考验。

　　但是什么事都有个完,开学第一天也是如此。再说了,也不像人们想象得那样可怕。梅丽特要走好几里路才能到达在山坡上的家,不过她必须先到商店买25厄尔的发酵粉,这是她妈妈说的。站在贝里斯特罗默杂货与食品店台阶上的人不是尤纳斯·彼得还能是谁呢!因为这家商店的主人贝里斯特罗默正是尤纳斯·彼得的爸爸!

　　就在这个时候事情发生了。真是太意外了,梅丽特永远忘不了。就在她经过尤纳斯·彼得身边时,他伸出手,给了她一个礼品盒——一个小圆盒,上面画着淡淡的花,里边有鸡形糖和一个小指环。尤纳斯·彼得为什么会做出这种近似疯狂的举动?他自己也不知道,也许仅仅是他胖脑袋的突发奇想。他

---

① 当时有土地、森林的人和有钱人住在村子里,长工和其他贫穷的人住在偏远的森林里。

什么话也没说，把礼品盒交给她就走了。梅丽特也没说什么话，她被惊呆了。尤纳斯·彼得走了很长时间，她仍然站在那里，疑惑地看着手里那个绿色的小盒子。

可能是因为她出生在一个穷人家里，六个兄弟姐妹为了得到好东西经常你争我抢，所以她为得到一个绿色小礼品盒而感到很幸福。如果一个人几乎从来没吃过一块糖，突然得到满

满一盒鸡形糖,那当然是天大的喜事。

梅丽特一口气把所有的鸡形糖都吃完了,然后把指环和礼品盒藏了起来。这是她的秘密宝藏,她永远不会离开它们。

啊,当尤纳斯给她礼品盒的时候,根本不知道会有什么后果。因为从那天起,梅丽特对他产生了无限的崇拜,而他一点儿也不领情。实际上她从来没跟他讲过话,只是想法接近他,在他看她的时候,她露出满脸微笑。

"哈哈,梅丽特爱上了尤纳斯·彼得!"其他男孩子逗他,他们高声喊着。

尤纳斯·彼得生气了。他不是对男孩子们,很奇怪,而是对梅丽特。

"你笑什么?"他气愤地对她说。这时候梅丽特的笑从脸上消失了,显得很不好意思,但不会保持多久。当尤纳斯·彼得下一次朝她那边看的时候,她还像以往那样露出迷人的微笑。

圣诞节之前,有一次女教师在班里讲故事。她是从一本非常好的故事书里挑选出来的。书里边有很多漂亮的插图。

"看呀!"尤纳斯高声说,"童话中的公主看起来跟梅丽特长得一模一样!"

全班同学都笑了,异口同声地说,对,确实如此,那位公主很像梅丽特!女教师也认为很像。梅丽特坐在椅子上,脸立即红了。

课间休息的时候，尤纳斯正巧走近她，用逗人生气的语调说：

"梅丽特公主！"

梅丽特的脸又一次红了。而尤纳斯早跑了，他去忙更重要的事，比如拿一块石头去击旗杆，跟一个叫哈里的豁牙子男孩拉钩发誓。

但事后梅丽特却想了很久，她真的像童话书中的公主吗？

日子一天一天过去，逐渐到了春天。

春天的时候，孩子们的心里好像有什么东西在飞翔。

"我想孩子们是疯了。"大人们说。因为春天到了以后，孩子们没有一天放学准时到家。他们说得对，孩子们是真的疯了。他们玩得痛快淋漓，才不管时间是早还是晚。通常是从

三月积雪融化时开始,他们在放学回家的路上有很多事情可做。路上有很多水坑,他们从里边哗哗地蹚水过去。有的时候水坑和水渠上面结一层薄薄的冰,他们把冰砸碎,欣赏冰破裂的响声。这一切都要花时间,大人们应该明白,不要因为饭菜凉了唠叨。四月的时候还会更热闹。所有林间草地都有河水湍急地流着,在一些地方形成了瀑布,他们要小心翼翼地才能跳过去。有时候会发生一些确实有趣的事情,有人掉了下去,浑身上下都湿透了。在这个美好的季节,所有的孩子都把身上或多或少弄湿过。河水从雨靴上潺潺流过去。 如果有谁倒在水里浑身都湿透的话,气氛就会格外的热闹,有点儿像过节,林间草地周围孩子们的笑声就像春天小河潺潺的流水一样轻快。随后就到了五月,谁还急着想回家吃饭呢?这个时节周围的庄园开始接羊羔迎狗崽,草地上开满黄色的报春花,太阳暖暖地照耀着偷偷藏在树丛里的所有玩印第安人游戏的孩子和他们苍白的脸。

  这一年的春天来得特别早。啊,梅丽特别提多高兴了!谁能想到,这是她度过的最后一个春天。她像一只快乐的小狗跟在尤纳斯·彼得的屁股后边。而尤纳斯·彼得完全陶醉在春天的美景之中,他带领自己的同学穿过山冈和高坡。

  登山也属于孩子们春天必需的活动。五月的一个下午,全班同学都去爬山。说高山可能谈不上,他们要爬的不是什么高

山峻岭，而是学校后边从松树林里凸出来的一个小山包。但是那里有山涧和峭壁，尤纳斯把它命名为喜马拉雅山，他说：

"请当心，可爱的先生们，请当心！"

他没有说，女士们请当心。他本来应该这样说。

在山脊上有一块大石头。

"看呀，伙计们！"豁牙子哈里说，"看呀，这块石头已经非常松了！"

尤纳斯·彼得正走在山坡下边。他已经忘记他正在攀登喜马拉雅山。在火热的阳光下有一条小蚯蚓，他要仔细看一看它。

山坡上松动的那块石头周围有七个男孩子——那块石头肯定会滚下去。它真的滚下去了。它以灾难性的速度沿着斜坡径直地朝尤纳斯·彼得滚去。

"快看上面的滚石！"哈里高声喊着。

但是尤纳斯·彼得没有注意到。

梅丽特站在离那里几步远的地方。她看到那块石头滚下来了，看到石头正冲向尤纳斯·彼得那低着的头。

尤纳斯·彼得——他曾经赠给自己礼品盒！

但是石头没有砸到尤纳斯·彼得，一个女孩柔弱的小身躯挡住了它。真奇怪，那块大石头被一种微不足道的力量挡住了。可能是因为那个消瘦的小身躯正好成了这块坚硬石头的支

林格伦作品选集
LINGELUN ZUOPINXUANJI

撑点,正好卡住了石头。

尤纳斯是第一个赶到梅丽特身边的。这一次她已经没有力气再对他笑了,但是她在微笑。她闭着眼,露出一点儿笑容。

谁能说梅丽特舍身只是救了尤纳斯·彼得?谁能知道,如

果那块石头继续往下滚会不会伤害到别人?没有人仔细想这件事,特别是尤纳斯·彼得。

"到底是怎么回事?"事后大人们问。但是孩子们都不知道。他们不知道石头是怎么滚下去的,为什么正好砸到梅丽特。

"她只是笑着径直地朝滚下的石头跑去。"其中一位姑娘说。

"对,她一直在笑,这位姑娘。"尤纳斯·彼得激动地说。

"请看她罩衣口袋里装的是什么呀?"负责处理梅丽特后事的地区女护士说,"一个礼品盒,已经被砸扁了。哎呀,哎呀,哎呀,这位可怜的小姑娘!"

梅丽特的离世并没有使那个灰色的小房子跟原来有多大区别。在一张床上躺着两个孩子,那里本来应该躺三个,这就是整个区别。啊,真的看不出有多大区别!

但是现在是礼拜天。梅丽特将在礼拜天安葬。尤纳斯·彼得举着瑞典国旗走在全校同学前边。天气很热,教堂高坡上的桦树热得直冒白烟,孩子们手里的报春花和铃兰花都蔫了。牧师用白手绢不停地擦额头上的汗,对所有因为梅丽特去世而伤心流泪的人表示安慰。他们哭了,她的母亲、父亲,穿着孝服的兄弟姐妹和女教师——大家都哭了!全班同学自动站成一

圈。"鲜花盛开的美丽山谷,那里是你心的宁静之家。"他们用清脆的声音唱着。他们对梅丽特的死感到十分伤心。

后来,当一切过去以后,孩子们一起跑到教学楼后边的木柴垛,去看尤纳斯·彼得在那里找到的一个鸟窝。啊,那是一个十分可爱的鸟窝,里边有五枚浅蓝色的小鸟蛋。他们长着浅色头发的脑袋互相挤在一起,都想看一看鸟蛋有多么可爱。

后来他们没有再过多地想梅丽特的事。

晚安,流浪汉先生!

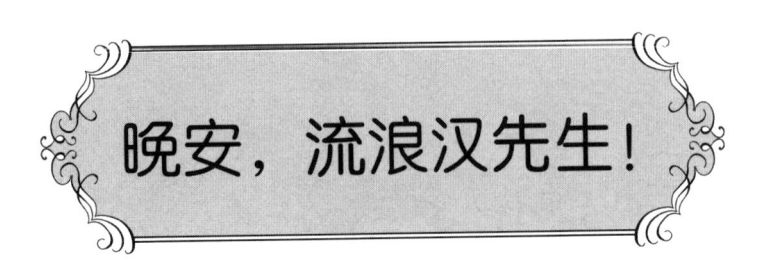

这是圣诞节前的一个星期天,爸爸妈妈要去参加一个葬礼。在这样一个时间举行葬礼,确实非常不明智,但有的人就是在大家忙着过圣诞节的时候死去的。

孩子们单独待在家里,对他们来讲没有什么太难的。他们将围坐在餐桌边用亮光纸剪圣诞树装饰物。如果他们饿了,食品柜里装满了过节吃的东西。他们有一大盘子太妃糖可以吃,皱纹纸包着的浅棕色太妃糖上有很多杏仁,粘在牙上的时候很好玩。这种太妃糖很有嚼劲儿,只有过圣诞节时家里才做这种糖。

只有一件事妈妈不放心。

"你们记住,一定要把门关好。"她说,"千万不能放流浪汉进来。"

在那个年代,有很多很多流浪汉在路上转来转去。流浪汉各种各样,有的和气却有点儿软弱,他们不好意思地坐在别人

家门前的椅子上,一句话不说;也有的能言善辩,他们挖空心思编出各种故事。所有的流浪汉都喜怒无常,有时候兴高采烈,有时候生气拔刀。流浪汉身上长满虱子,所以他们走了以后,妈妈要把他们坐过的椅子清洗干净。妈妈一点儿也不喜欢流浪汉,哪一种类型的都不喜欢。尽管她总是给他们送夹着凉肉的又大又长的三明治吃。

但是现在,像刚才说的,孩子们要单独在家。

"任何流浪汉都不能放进来。"妈妈走出家门坐上马车前又叮嘱了一遍,爸爸已经等了很长时间,马都等得不耐烦了。

对呀,孩子们也不想放进来任何流浪汉。他们剪圣诞树上挂的彩色花篮,心情很愉快。斯文教小妹妹们怎样编花篮。他们讲圣诞节的事。他们一致认为,软的圣诞礼物包不好,软的礼物包意味着里边是袜子、手套和一些平淡无奇的东西。啊,硬的礼物包才理想。硬的礼物包里有玩具娃娃、锡兵和其他让生活更有价值的东西。

他们嚼着太妃糖,双颊鼓鼓的,就像教堂壁画上胖嘟嘟的天使。这绝对不是一个无聊的星期天。

厨房的门栓上得好好的,但是斯文需要出去一下。他回到屋里时,忘记了上门栓。因为就在他回来的时候,安娜和英阿-斯蒂娜为了争剪刀正在打架,斯文一定要把她们拉开。

卧室墙上的挂钟叮叮当当地响了七下。就在这个时候有人

敲门。

"请进!"斯文立即高声说,"不对,真不应该……"

但是已经晚了。

门开了,有人走进来。走进来的是一位流浪汉,连英阿-斯蒂娜都看出来了,她吓得开始哭。

"你怎么了?"流浪汉说,"你肚子痛吗?"

英阿-斯蒂娜叫得更厉害了。斯文和安娜的脸也急红了。斯文朝流浪汉走过去,开始结结巴巴地说:

"我们……我们单独在家,流浪汉先生一定得离开。"他说。他刚说完马上意识到,暴露他们单独在家简直是疯了。

"不过爸爸妈妈很快就会回来。"他说,"他们很快很快就回来!"

"他们每一分钟都可能会回来。"安娜说,她对自己的话多少感到有点儿安慰。

英阿-斯蒂娜继续哭叫。

"你们在剪圣诞树彩色花篮吗?"流浪汉一边说一边走到餐桌跟前,"你们大概不知道,我的手艺有多高。"他继续说着并拿起剪刀和一张亮光纸。他把那张纸叠了很多次,然后开始剪。剪完了把纸打开,啊,多神奇的星星图案呀!真像变戏法一样。

"太棒了!"孩子们说,并睁大了眼睛。

后来流浪汉又做了一个圣诞树花篮。花篮很小很小,真不知道他的两只大手怎么会编出这么小的花篮!

"一个这么小这么小的花篮!"安娜说。

"把它挂在圣诞树上的时候,里边只能盛一粒葡萄干。"流浪汉说。

"想想看,流浪汉先生多能干。"斯文说。"流浪汉先生",他这样称呼他,因为他觉得客客气气是最明智的。

"我还会很多其他的东西。"流浪汉说,"我能变戏法。"

"太棒了!"孩子们说。

"往这儿看。"流浪汉说完,就从英阿-斯蒂娜的耳朵里掏出一块太妃糖。

"我另外一只耳朵里有太妃糖吗?"英阿-斯蒂娜问,这

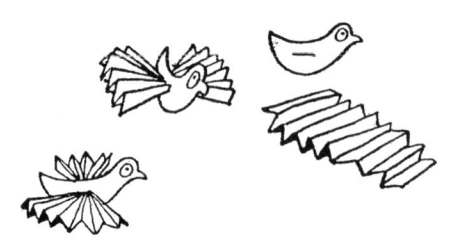

时她已经不哭叫了。

流浪汉又从她另外的一只耳朵里掏出一块太妃糖。

"太棒了!"孩子们说。

"我现在要跟我弟弟讲话了。"流浪汉随后说,"他住在美国。"

"那你怎么能跟他讲话呢?"安娜问。

"通过我的秘密发明。"流浪汉说。

"是什么秘密发明?"斯文问。

"它在我肚子里。"流浪汉说,"我肚子里有一台机器,

通过它我可以听到我弟弟说的话。"

"太棒了!"孩子们说。

"你好,查理!"流浪汉说。"查理,他是我弟弟。"他向孩子们解释说,"他住在瑞典的时候叫卡莱。"

"你好,查理!"他又喊了起来。

想想看,多神奇呀!斯文、安娜和英阿-斯蒂娜听到从流浪汉肚子里传出的声音,那声音说:

"你好,尼塞,你怎么样?"

"还可以吧。"流浪汉说,"你自己怎么样?"

"我在淘金呢。"肚子里的声音说,"今天已经挖出来十五

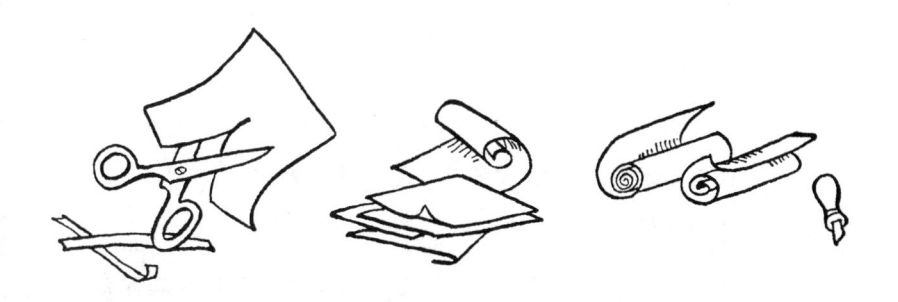

公斤。"

"非努斯普鲁斯。"流浪汉说。这话是什么意思呢?

"我明天给你寄100美元。"那个声音说。

"非努斯普鲁斯。"流浪汉又说了一遍,"钱到了以后,我要买一件上边带小玫瑰花的红格子西服。再见,查理!"

不过查理没再说什么。

"我明天就能得到100美元。"流浪汉满意地说,并带着微笑看着孩子们。

"太棒了!"斯文、安娜和英阿-斯蒂娜说。随后他们沉默了一会儿。

"流浪汉先生还会别的东西吗?"斯文讨好地问。

"我可以装作我是一个要被警察抓捕的坏蛋。"流浪汉一边说一边开始做动作。

英阿-斯蒂娜又拿了一块太妃糖,放到自己像教堂画像里

天使那样的嘴里。但是就在这个时候流浪汉做出了一个有趣的难以描述的动作,他摇摇晃晃地从地板上走过。英阿-斯蒂娜被逗得大笑起来,结果那块太妃糖一下卡在她的喉咙里。

"利利利……"英阿-斯蒂娜喊叫着,脸色变紫。她惊恐地摇摆着双手。

"快吐!"斯文和安娜高声喊叫着。但是英阿-斯蒂娜吐不出来,太妃糖卡在那里不动。

这时候流浪汉走过来,一步跳到英阿-斯蒂娜身边。此时他已经不再是摇摇晃晃的坏蛋,他把两个指头伸进英阿-斯蒂娜的嗓子里,掏出那块太妃糖。

英阿-斯蒂娜叫了一声,往蜡染的桌布上吐了一小口唾沫。然后她笑着说:

"流浪汉先生还会什么?再装一回坏蛋吧,太有意思了!"

"我还会唱歌。"流浪汉说。随后他唱了一首非常悲伤的歌,讲的是一位漂亮的小姑娘被一头狮子咬死了。

"我们也会唱歌。"安娜说。于是孩子们为流浪汉唱了一首歌:

> 你不要像先知约拿那样,
> 　受命到尼尼微①去,

---

① 尼尼微是古代亚述国的首都,在今天伊拉克北部城市摩苏尔附近。

赎罪和免遭歧视。

他走到海滨,登上一条船。

但是他看到一场风暴很快就要来临。

船受到很大威胁,看不到任何补救迹象。

流浪汉说,他不想像先知约拿那样做。

"流浪汉先生还会做什么呢?"英阿-斯蒂娜问,她开始犯困,直打哈欠。

"我能讲阿拉伯语。"流浪汉说。

"太棒了!"孩子们说。

"派特清格拉,派特清格拉,比施。"流浪汉说。

"是什么意思?"斯文说。

"意思是我饿了。"流浪汉说。

"我也饿了。"英阿-斯蒂娜说。

这时候安娜才想起来,他们还没有吃晚饭。她走到食品柜前,拿出圣诞香肠、火腿、咸肉、排骨、长面包、蜜糖面包、蜂窝面包、黄油和牛奶。

他们收拾起餐桌上的亮光纸和剪刀,摆上各类食物。

"感谢上帝赐我们食物,阿门。"英阿-斯蒂娜说。然后大家开吃,流浪汉也吃。他有很长时间没有讲话,只是吃呀吃呀。他吃香肠、火腿、咸肉、排骨和三明治,还喝了牛奶。

后来他又吃了很多香肠、火腿、咸肉、排骨和三明治,又喝了好多牛奶。太奇怪了,他吃了那么多东西。最后他吧嗒一下嘴说:

"有的时候,我用耳朵吃饭。"

"太棒了!"孩子们说。

他拿了一块香肠,塞进自己的大耳朵。

孩子们满怀期待地看着他怎么用耳朵嚼。他没有嚼,但转眼间香肠就不见了。

啊,他确实是一个很棒的流浪汉。不过后来他坐在那里很长很长时间,一句话也没说。

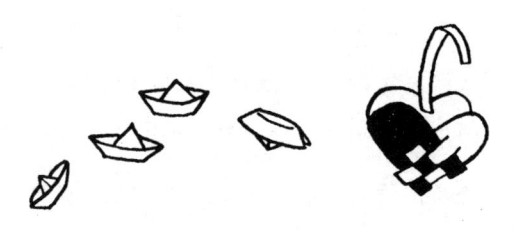

"流浪汉先生还能做什么?"英阿-斯蒂娜问。

"没有了,我的本事都拿出来了。"流浪汉用完全不同的声音说。他突然显得很累。

他站起来朝门走去。

"我现在得走了。"他说。

"你要去哪里?"斯文问,"流浪汉先生要去哪里?"

"到外边去。"流浪汉一边说一边走,但是在门口他转过身来。

"我还会回来。"他说,"一个星期有两个星期四的时候我就会回来。那时候我会带来我训练好了的能双脚一齐跳的跳蚤。"

"太棒了!"英阿-斯蒂娜说。

"能看一看那些跳蚤会很有意思。"斯文说。

孩子们一直把他送到前廊的台阶上。外面已经很黑。苹果树的树枝看起来很黑很悲凉,直指天空。马路像一条无尽头的黑色带子向很远很远的地方延伸,消失在谁也看不到的地方。

"晚安,流浪汉先生!"斯文一边说一边深深地鞠了个躬。

"晚安,流浪汉先生!"安娜和英阿-斯蒂娜说。

但是流浪汉没有回答。他只管走他的,连头也没有再回。

这时,孩子们听到山坡下马车回来的车轮声音。

没过多久就到了充满无限乐趣的平安夜。有硬的礼物包和

软的礼物包,每个角落里都点着蜡烛,到处散发着圣诞树、蜡烛和藏红花面包的味道。啊,一个如此美好的日子多来几次该多好啊,千万别很快就过去!

但是平安夜还是过去了!英阿-斯蒂娜告别了这一切,躺在大厅的沙发上睡着了。斯文和安娜站在窗子跟前往外看。

那天晚上整个斯莫兰都飘着大雪。鹅毛似的雪花降落在托姆达坡、塔贝里山、斯古吕大街、沃斯宁河和赫尔加湖上,啊,整个斯莫兰的森林、草地、坚硬的田野都落满了雪。大雪也落在所有蜿蜒和崎岖不平的路上,还沉沉地压在路旁有木桩围栏的庄园上。大雪还可能飘落到在马路上流浪的某个可怜的穷人身上。

安娜已经忘掉那个流浪汉。他走了以后她一点儿也没有想过他。但是现在,当她站在那里把鼻子贴在厨房的窗子上时,她想起了他。

"斯文,"她说,"你觉得今天晚上那个流浪汉在什么地方?"

正在嘬杏仁棍糖的斯文想了一下:

"他可能正走在洛克纳维教区的路上。"

林格伦作品选集
LINGELUN ZUOPINXUANJI

叮当响的大街

〔瑞典〕阿斯特丽德·林格伦 著
〔瑞典〕伊隆·维克兰德 画
李之义 译

叮当响的大街
Dingdangxiangdedajie

洛塔真幼稚

我哥哥，他叫尤纳斯，而我，我叫米娅-马利亚，我们的小妹妹叫洛塔。她刚四岁多一点儿。爸爸说，家里没有小孩子之前很安静。但是有了以后就变得吵闹声不断。我哥哥，他当然在我之前出生。爸爸说，他一出生家里几乎马上就开始不安宁。他稍微长大一点儿，就用拨浪鼓砸床边，搅得爸爸星期天早晨不能再睡懒觉。后来，尤纳斯闹的动静越来越大越来越大，所以爸爸叫他大噪声。他叫我小噪声，因为我制造的噪声没他那么大，有时候我好长时间都很安静。后来家里又添了一个孩子，就是洛塔。爸爸叫她小发声器，为什么我不知道。妈妈叫我们正式的名字：尤纳斯、马利亚和洛塔。不过有的时候叫我

米娅-马利亚，尤纳斯和洛塔也这样叫我。

我们住在一条小街的一栋黄色房子里，小街的名字叫陶匠街。

"可能过去有一个制造陶瓷的人住在这条街上，但是现在住在这里的是制造叮当响声的人。"爸爸说，"我认为，我们应该给这条街重新命名为叮当响大街。"他说。

洛塔生气了，因为她认为自己不像尤纳斯和我那么大。尤纳斯和我可以被允许单独走到集市去，但是洛塔不可以。尤纳斯和我每到星期六都到集市去，跟那里的摊主老太太买糖。不过我们买回家也给洛塔吃，我们必须得这样做。

有一个星期六，雨下得特别大，我们几乎无法去。但是我们举着爸爸的大雨伞还是去了，我们买了红色的糖。回家以

后，我们打着伞吃糖，太有意思了！但是洛塔连院子也不能去一下，因为雨大得太可怕了。

"为什么一定要下雨呢？"洛塔问。

"因为下雨黑麦和土豆才能长得好，我们才有饭吃。"妈妈说。

"那为什么集市也下雨？"尤纳斯说，"下了雨糖也长得好吗？"

这时候妈妈只是笑了笑。

晚上我们躺在床上睡觉的时候，尤纳斯对我说：

"你听着，米娅-马利亚，我们去外祖父、外祖母家的时候，不要在我们的小菜园里种胡萝卜，而是要种糖，这样做会更好。"

"好。尽管吃胡萝卜对牙齿更有益。"我说，"不过我们可以用我的绿色小水壶浇它们，我的意思是浇糖。"

当我想起乡下的外祖父、外祖母家地下室的架子上放着我的绿色小壶时，我一下子高兴起来。

夏天的时候，我们总是住在外祖父、外祖母家里。

你们能猜到，有一次在乡下的外祖父、外祖母家洛塔做了什么吗？在畜棚后面有一个很大的粪堆，约汉松叔叔从那里取畜粪撒在田地里，让庄稼长得更好。

"为什么要畜粪呢？"洛塔问。爸爸说："所有的庄稼只要施了肥，就能长得特别好。"

"下雨也是这样吧？"洛塔说，因为她记住了那个星期六下大雨时妈妈这样说过。

"正是。"爸爸说。

当天下午就开始下雨了。

"谁看见洛塔了？"爸爸问。

我们已经有很长时间没看见她了，大家开始找她。我们先在屋子和所有的衣帽间找，但是那里没有洛塔。爸爸不安起

来，因为他答应妈妈看着洛塔。后来我们到外边找，尤纳斯、爸爸和我，我们在畜棚、鸡舍到处找。最后我们来到畜棚后边。天啊！洛塔在那里，她正站在雨中的粪堆上，浑身上下都湿透了。

"哎呀，洛塔，我的心肝宝贝，你为什么站在那里？"爸爸说。

洛塔一边哭一边说：

"因为我想快一点儿长，长得像尤纳斯和米娅-马利亚一样大。"

哎呀，她有多么幼稚，洛塔！

我们整天做游戏

尤纳斯和我,我们整天做游戏。做呀,做呀。啊,我们做这类游戏时,如果适合洛塔的话,她也可以参加。但是有时候我们做海盗游戏时,洛塔就碍事了,因为她总是从我们当做船的桌子上掉下去。但是她不干,使劲叫,非参加不可。过了几天我们玩海盗游戏时,洛塔老闹,我们不得安宁,这时候尤纳斯说:

"玩海盗游戏时,你知道应该怎么做吗,洛塔?"

"站在桌子上,往下跳,就是海盗。"洛塔说。

"对,不过还有其他更好的办法。"尤纳斯说,"可以静静地躺在床底下的地板上……"

"为什么?"洛塔说。

"是这样,人们当海盗的时候就躺在那里,嘴里一直轻轻地说,'要吃的,要吃的,要吃的。'海盗就是这样做的。"尤纳斯说。

最后洛塔相信了,海盗就是这样做的。她钻到床底下,开始说:"要吃的,要吃的,要吃的。"

尤纳斯和我爬到儿童卧室的桌子上,扬帆出海。啊,当然我们只是做游戏。

在这段时间,洛塔躺在床底下,不断地说"要吃的",我们觉得看着她那副样子好像比我们当海盗还有意思。

"海盗们躺在床底下说'要吃的',要多长时间呀?"洛塔最后说。

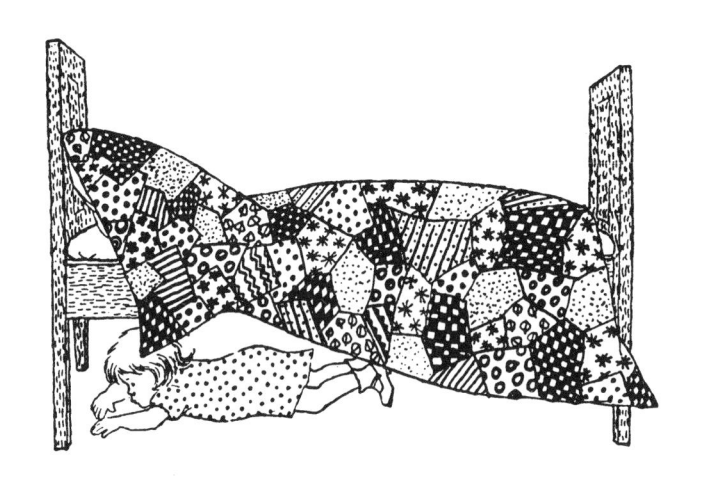

"直到圣诞节的平安夜。"尤纳斯说。

这时候洛塔从床底下爬出来,站在地板上说:

"我不想当什么海盗了,因为他们太愚蠢了。"

不过在一些游戏中,洛塔有时候也挺有用。我们玩天使的游戏,尤纳斯和我。我们扮演保护天使,所以一定要有被保护的人,这时候我们就拿洛塔当被保护者。她躺在床上,我们站在旁边,摆动两只胳膊当做天使的翅膀,飞来飞去。不过洛塔

认为这个游戏没有意思，因为她要静静地躺在那里。如果仔细想想的话，这跟让她扮演海盗的游戏几乎一样，唯一不同的是，那时她躺在床底下，不停地说"要吃的"，其他都一样。

我们也玩在医院里的游戏。这时候尤纳斯是医生，我是护士，洛塔就是一个躺在床上生病的小孩。

"我不愿意躺在床上。"当我们让她扮做病小孩的时候洛塔说，"我想当医生，把勺子伸进米娅-马利亚的喉咙里。"

"你不能当医生,"尤纳斯说,"因为你不会开处方。"

"我不能开什么东西?"洛塔说。

"处方,就是医生写的那个东西,应该怎么医治生病的孩子,知道了吧?"尤纳斯说。

尤纳斯可以写印刷体字母,尽管他还没有开始上学。他也能阅读。

最后我们终于说服洛塔躺在床上,当一个生病的孩子,尽管她不是很情愿。

"你什么地方不舒服?"尤纳斯说,那口气跟我们出麻疹后医生叔叔到我们家来时说得一模一样。

"要吃的,要吃的,要吃的。"洛塔说,"我在玩我是一个海盗。"

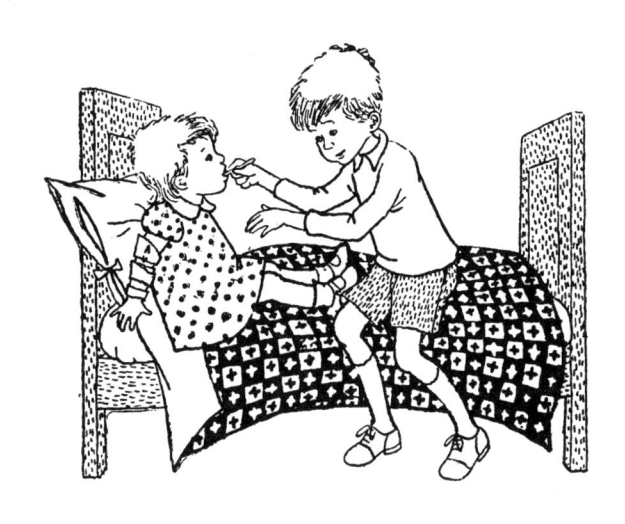

"哎呀，你真笨。"尤纳斯喊叫着，"别喊了，如果你这样笨，就别跟我们一起玩了。"

于是洛塔变成了一个生病的孩子。我们给她胳膊上包上绷带，尤纳斯拿一个大线轴当听诊器放在她胸前，然后用耳朵听，以便知道她是不是病得很厉害。他还把一个勺子伸到她的喉咙里，看她是不是病了。

"我一定要给她打一针。"尤纳斯说。因为尤纳斯那次生病，医生就在他的胳膊上打了一针，让他恢复了健康，所以他也要给洛塔打一针。他拿了一个织补针，我们假装它是医生的注射器。

但是洛塔不想打针。她一边使劲蹬腿一边喊叫：

"你们不能给我打针。"

"哎呀，你这个木头疙瘩，我们假装打针，知道吗？"尤纳斯说，"我不会真的扎你，明白了吧？"

"不管怎么说，我不愿意打针！"洛塔喊叫着。

她弄得我们几乎无法再玩在医院里的游戏。

"但是无论如何我要写一张处方。"尤纳斯说。他坐在桌子旁边，用一支蓝色的蜡笔在一张纸上开始写。他用印刷体字母写的，但是我不认识字。

尤纳斯和我认为，玩在医院里的游戏非常有意思。但是洛塔不这样认为。

生病的姑娘应该好好治疗。

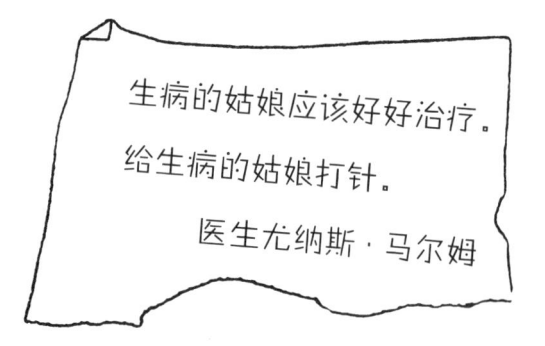

给生病的姑娘打针。

医生尤纳斯·马尔姆

洛塔拧得像一只老山羊

我们的爸爸特别幽默。他每天下班回家时,我们都站在衣帽间迎接他,尤纳斯、我和洛塔。这时候爸爸笑着说:

"啊,我有这么多孩子多好啊!"

有一次我们藏在衣帽间挂着的衣服后边,静静地站在那里,一声不吭。这时候爸爸对妈妈说:

"家里怎么没有一点儿动静,孩子们病了?"

于是我们从衣服后面跑出来,笑话他。这时候他说:

"你们可不能藏在那里

吓人。我回家的时候,家里应该叮叮当当地响,不然我就担心了。"

不过在大多数情况下他是用不着担心的。

有一次,街上有两辆卡车在我们家房子外面出了毛病,汽车的噪声把刚刚睡着了的洛塔惊醒了。她说:

"尤纳斯在做什么呢?"

因为她确信,这个世界上只有尤纳斯才能造出如此大的噪声。

洛塔长得很甜,有两条粗腿。尤纳斯和我经常找机会亲她、拥抱她,但她不愿意。洛塔有很多不愿意做的事。药她就不愿意吃,尽管她生病了,一定得吃药。上个星期洛塔咳嗽,妈妈认为洛塔应该吃止咳药。但是洛塔闭着嘴,使劲摇头。

"你有点儿不聪明,洛塔。"尤纳斯说。

"我才不是有点儿不聪明。"洛塔说。

"你当然是,你不吃止咳药,就是有点儿不聪明。"尤纳斯说,"当我一定要吃药的时候,我就下决心吃下去,没说的。"

这时候洛塔说:

"当我一定要吃药的时候,我就下决心不吃。"

然后她又闭上嘴,拨浪鼓似的摇着头。

妈妈抚摩着她说:"好吧,你就好好躺在那里咳嗽去吧,可怜的小洛塔。"

"好,一会儿也不睡觉。"洛塔满意地说。

洛塔晚上不愿意去睡觉,其实我也不愿意。我觉得妈妈很奇怪,晚上我们特精神的时候,她偏偏让我们上床睡觉,但是早晨我们睡得正香的时候,她又偏偏让我们起床。

不管怎么说,洛塔还是吃药为好,因为第二天她还是有点儿咳嗽,还流清鼻涕。妈妈说,她不能到室外去。但是当我在百货商店帮妈妈买一件东西、排队站在那里正等着交钱的时候,洛塔流着鼻涕走了进来。

"快回家。"我说。

"我当然不回家,"洛塔说,"我也想来百货商店。"

她不停地流鼻涕,流鼻涕,最后商店里的一位阿姨对她说:

"你没有手绢吗,你?"

"有,但是我不愿意把它借给我不认识的人。"洛塔说。

我一定要再给你讲一些关于洛塔的事。有一次妈妈带我们

去看牙医，尤纳斯、我和洛塔。妈妈发现洛塔的一颗牙上有一个小洞，请医生把小洞补上。

"如果你在牙医那里表现得勇敢，你就可以得到25厄尔。"妈妈对洛塔说。

我们在牙医房间的时候，妈妈在候诊室等着。牙医先看我的牙，我的牙没有洞，所以我就走出来找妈妈。我们在外面待了很长很长时间，等着尤纳斯和洛塔出来。妈妈说：

"真不错，洛塔没有使劲喊叫！"

过了一会儿门开了，洛塔走了出来。

"你表现得很勇敢吧？"妈妈说。

"那当然。"洛塔说。

"牙医做什么了？"妈妈问。

"他拔了一颗牙。"洛塔说。

"你没有喊叫？真好，你真勇敢！"妈妈说。

"是的，我没有喊叫。"洛塔说。

"好，你真是一位勇敢的姑娘。"妈妈说，"你可以得到25厄尔的硬币。"

洛塔接过25厄尔的硬币放进口袋里，显得很高兴。

"让我看看流血没有。"我说。

洛塔张开嘴，但是我没有发现她缺什么牙齿。

"医生没有给你拔牙呀！"我说。

"当然拔了……拔尤纳斯的。"洛塔说。

后来尤纳斯出来了,牙医也出来了。牙医指着洛塔说:

"这位小小姐我实在无能为力,因为她不肯张开嘴。"

"这孩子让人到处丢脸。"我们回家以后尤纳斯说。

"我不认识他,"洛塔说,"我不能对我不认识的人张大嘴。"

爸爸说,洛塔拧得像一只老山羊。

天底下最慈爱的贝里阿姨

我们家旁边那栋房子里住着贝里阿姨,我们有时候去看望她。在她家的院子和我们家的院子中间有一道木板围栏,不过

我们可以爬过去，尤纳斯和我。洛塔爬不过去，但是贝里阿姨的狗在围栏的边上挖了一个坑，洛塔可以从那里爬过去。

几天前我们去了贝里阿姨那里，玩得很开心。她有一个柜子，柜子有很多小抽屉，小抽屉里有很多好玩的东西。

"好心的贝里阿姨，我们能看一看你那些好东西吗？"尤纳斯说。

我们得到了许可。我们先看到贝里阿姨还是孩子时玩的一个娃娃。娃娃叫露萨。

贝里阿姨很老很老，但可不像洛塔想象得那么老。洛塔是这么说的：

"贝里阿姨，你把露萨带到诺亚方舟上去了吗？"

正好在前一天晚上，爸爸为我们讲了诺亚方舟的故事。他讲诺亚老头儿给自己建造了一只叫方舟的大船。后来一连几个星期下大雨，没有上这只方舟的人都被洪水淹死了。这事发生在很多很多年以前。

贝里阿姨笑着说：

"小洛塔，我可没上过诺亚方舟，你知道吧。"

"那你为什么没有被淹死？"洛塔说。

露萨躺在其中一个小抽屉里，小抽屉就是她的床。她躺在粉色的棉花上，有一小块绿色的绸布当被子，她本身穿着蓝色连衣裙。啊，在另一个抽屉里，贝里阿姨有一个很小很小的绘

着粉色玫瑰的玻璃篮子。我们可以玩娃娃露萨,她胳膊上挎着玻璃篮子,我们假装她是小红帽,带着食物和一瓶果汁去外婆家。钢琴上有一个碗,碗里有巧克力糖果。有一些糖果像小瓶子,周围包着锡纸。我们把一块这样的糖放在小红帽的篮子里,还从贝里阿姨那里拿了一点儿葡萄干和杏仁。贝里阿姨的

狗斯古迪只得当狼,我当外婆,而尤纳斯当开枪打死狼的猎人。

"啊,那我呢?"洛塔说,"我什么也不能当?"

洛塔可以抱着露萨,讲露萨应该讲的话,因为露萨自己不能讲话。但是当小红帽来到外婆家的房子——就是贝里阿姨的小客厅时,玻璃篮子里的葡萄干全没了,杏仁也没了。

"给外婆的食物哪儿去了?"尤纳斯问。

"让露萨给吃了。"洛塔说。

这时候尤纳斯不想让洛塔参加小红帽的游戏。狗狗斯古迪也不想玩了,它不愿意再装作把外婆吃掉的狼。尤纳斯抱着它,但是它使劲挣扎,挣扎,再挣扎,最后它挣脱开,并立即钻到沙发底下去了,还不时地伸出鼻子,愤怒地看看我们。狗狗斯古迪实际上不喜欢我们到贝里阿姨家里来。

但是我们玩得很开心,我们还看了贝里阿姨柜子里的其他东西。她有一个红绸布针垫,看起来就像是一颗心;还有一个金色的画框,里边有一张画,画上有一个美丽的

天使，长长的浅色头发，穿着白色睡衣，背上长着两个很大的白色翅膀。洛塔非常喜欢这幅画，我也很喜欢。

"不过她长着那么长的翅膀，怎么才能把睡衣穿上呢？"洛塔问。

尤纳斯说，睡衣背后可能有一个拉锁。

贝里阿姨摊春饼给我们吃。我们去看她的时候，她常常给我们做春饼，但不是每次都做。

"春天的天气真是好极了，我们坐到院子里去喝巧克力饮料，吃春饼。"贝里阿姨说。

贝里阿姨在厨房摊春饼时，我们单独待在起居室里玩。房间里有两个窗子，都开着，因为天气热。尤纳斯和我分别从各自面前的窗子伸出头，他用裤兜里的一个石球朝我砸过来，我捡起来回敬他。我们互相砸来砸去，最后石球从我手中脱落，掉在外面的草地上。随后尤纳斯和我进行悬窗比赛，看谁离窗子最远。我们比呀比呀，就在这个时候，尤纳斯掉下去了。我吓坏了，贝里阿姨也吓坏了。尤纳斯掉下去以后，她迅速跑到屋里，朝窗子外高声喊：

"哎呀，尤纳斯，你怎么样？"

尤纳斯坐在草地上，额头上起了一个大包。

"米娅-马利亚和我想知道谁离窗最远，我胜利了。"尤纳斯说。

不过就在尤纳斯和我进行比赛的时候，洛塔找到了贝里阿姨放在沙发上的毛线活儿。贝里阿姨以织各种女式毛衣为生。哎呀，这个愚蠢的洛塔，她把贝里阿姨好不容易织成的毛衣给

拆了。她坐在沙发上,被毛线缠在一起,急得乱拉乱扯。贝里阿姨喊叫着:

"哎呀,洛塔,你在做什么呢?"

"毛衣,"洛塔说,"毛线都瞎了。"她说。

这时候贝里阿姨说,我们最好到院子里去吃春饼,吃完我们最好回家。

我们坐在贝里阿姨的院子里,喝巧克力饮料,吃了很多带糖的春饼。沐浴在春光里,真是舒服极了。小麻雀在我们周围跳来跳去,吃我们掉下来的饼渣儿。不过后来贝里阿姨累了,她说我们一定得回家了。于是尤纳斯和我爬过围栏,洛塔钻过坑。我们回到家,走进厨房,看一看我们晚饭吃什么。

"我们吃烧鲈鱼。"妈妈说。

这时候尤纳斯说:

"真不错,可是我们肚子里已经装了很多春饼。"

"是吗,你们去了贝里阿姨那里?"妈妈说,"她高兴吗?"

"当然高兴。"尤纳斯说,"她高兴两次。第一次是我们到达的时候,第二次是我们走的时候。"

贝里阿姨是天底下最慈爱的人。

我们去野游

有一天爸爸说:"星期天我们去野游!"

"乌啦!"尤纳斯和我说。

"乌啦,我们要去野游!"洛塔说。

星期天妈妈起得很早,她做薄煎饼,做三明治,把热巧克力饮料和她与爸爸要喝的咖啡放在暖壶里。我们还带了汽水。

爸爸在发动汽车前说:

"现在我们得看一看,这辆可怜的小汽车能不能装下所有的东西。我们得看一看,我能不能把妈妈、大噪声、小噪声、小发生器、26块薄煎饼和我不知道数量的三明治……都装得进去。"

"还有巴姆森。"洛塔说。

巴姆森是洛塔的一个很大的粉色的布制玩具猪,到什么地方去她都要带着它。她认为,巴姆森是一只熊,因此她才给它起了这个名字。

"不过它是一头猪,永远不会变。"尤纳斯说。

这时候洛塔就会高声叫着说,它是一只熊。

"熊怎么可能是粉色的。"尤纳斯说,"你真的相信它是一只北极熊或者一只普通的熊?"

"它是一只猪熊。"洛塔说。

洛塔要带着这只猪熊去野游。当我们坐上汽车的时候,洛

塔问:"妈妈,猪能生小孩吗?"

"你是指巴姆森,还是指乡下外祖父、外祖母家养的真正的猪?"妈妈说。

洛塔说,她是指真正的活猪,而不是像巴姆森这样的熊。妈妈说:"真正的猪当然能生小孩。"

"它们不能。"尤纳斯说。

"当然能。"妈妈说。

"不能,它们不能生小孩,"尤纳斯说,"它们只能生小猪。"

这时候大家都笑了,爸爸说,世界上没有比大噪声、小噪声和小发生器更难对付的小孩子了。

我们来到一个小湖。爸爸把车停在一条森林小路上,我们抬着各类食品袋朝小湖走去。一个很长的码头通向湖心,尤纳斯、我和洛塔想走上码头,看水里的鱼。妈妈立即躺在草地上并对爸爸说:

"我一整天都躺在这里,千万别动我,你负责照看孩子们。"

爸爸跟着我们走上码头,我们趴在地上看水里一大群一大群迅速游动的小鱼。爸爸从森林里砍来很长的树枝给我们做鱼竿,装上线后,用针做成鱼钩。我们在鱼钩上放点儿面包渣当鱼饵。可是,我们坐在那里很长时间,也没有钓到一条鱼。

于是我们去森林玩，不过妈妈说，我们不能走得太远。

我们看到一只小鸟飞进一片树丛，然后又飞走了。我们走过去看，在紧靠地面的树枝中间有一个鸟窝，里边有四只蓝色的小鸟蛋。啊，我从来没有看见过那么可爱的鸟蛋！洛塔想停下来看鸟窝，不想再往前走，她把巴姆森放在前边，以便它也

能看到。不过尤纳斯和我认为附近肯定会有一棵好爬的树,我们想去爬树。洛塔只得跟着我们,尽管她不大愿意。

我敢爬树,尤纳斯也敢。但是洛塔不敢。我们帮着她爬了一下,但是她喊叫着:

"放下我,放下我!"

她下来以后,愤怒地看着那棵树说:

"爬这类树简直是发疯了!"

后来妈妈喊我们吃饭,我们跑回湖边。她在草地上铺了一块塑料布,上面还摆了一个玻璃杯,里面插着报春花。妈妈把所有的三明治、薄煎饼和其他吃的东西都摆了出来。

我们坐在草地上吃饭。这比在家里坐在餐桌周围吃有意思多了。薄煎饼真香,因为上面既有果酱又有糖。三明治也很好

吃。我最喜欢吃有肉丸子的三明治,尤纳斯最喜欢吃有鸡蛋和鱼子酱的三明治,我们换着吃,他吃我那份有鱼子酱的三明治,我吃他那份有肉丸子的。洛塔对各种三明治都喜欢,她不愿意跟别人换。她平时胃口很好,只有那次生病,她什么都不想吃。这可把妈妈急坏了。有一天洛塔做晚祈祷时这样说:

"亲爱的仁慈的上帝，让我重新想吃饭吧，不过别吃鱼丸子！"

我们每个人一瓶汽水，尤纳斯、洛塔和我。洛塔从湖边取来一点儿沙子放到汽水瓶里，我们问她为什么这样做，她说想尝一尝沙子的味道。

吃完饭以后，爸爸躺在草地上伸了个懒腰，并说：

"沐浴在阳光里太舒服了。我想我要睡一会儿。孩子们自己小心点儿，别到码头上去，这一点你们一定要明白。"

我们没有去码头。但是在不远的地方，紧靠湖边有一个很高的石头平台，我们去了那里。尤纳斯说，他要在这里给我们展示爸爸是怎么头朝下跳到水里的。

"他就这样。"尤纳斯一边说一边将胳膊伸向天空，轻轻一跳。哎呀，他滚到了水里，不过不是有意的。顺便说一句，妈

妈说过我们现在还不能游泳,因为湖水太凉。

尤纳斯沉下去了,洛塔和我拼命喊叫。我捡起石头平台上一根树枝,尤纳斯露出水面时,他可以抓住树枝。

这时候洛塔笑了。因为爸爸和妈妈跑过来了,爸爸把尤纳斯从水里拉上了岸。

"尤纳斯,你怎么搞的!"当尤纳斯爬上岸时妈妈说。尤纳斯浑身都湿透了。

"他想向我们展示一下爸爸是怎么做的。"洛塔一边说一边朝尤纳斯大笑,"他的裤子看起来太滑稽了!"她说。

尤纳斯不得不脱掉所有的衣服,妈妈把湿衣服晾在一棵树

上。不过当我们要回家的时候，衣服还没有干，尤纳斯只得披着一个毯子坐着。这又惹得洛塔笑起来。但随后她再也不笑了。因为就在我们准备上路的时候，我们找不到巴姆森了。我们到处找呀找呀，但就是不见巴姆森，妈妈说我们不要巴姆森了，回家吧。这时候洛塔就喊叫起来，她喊的声音比刚才看见尤纳斯掉到湖里时还大。

"可以让巴姆森一个人在森林里舒舒服服地过一夜。"爸爸说，"明天我再回来找它。"

但是洛塔只是喊叫。

"夜里可能来一个妖怪老头儿，会吓坏巴姆森的。"她说。

"如果巴姆森碰上一个妖怪老头儿，最可能被吓坏的是那个妖怪老头儿。"爸爸说。

"你记得吗，你最后什么时间还拿着它？"妈妈问。

洛塔想了想。

"12点的时候。"她说。

其实洛塔一点儿也不知道是几点钟，她只是瞎说。爸爸平时总是说，洛塔是一个随心所欲的孩子，想说什么说什么。

但是我想起来了，我们看鸟窝的时候，洛塔还拿着巴姆森。我们大家回到那棵爬过的树旁边，因为尤纳斯和我知道，鸟窝就在附近。

在那片有鸟窝的树丛旁边，巴姆森确实就在那里。洛塔拿

起它，一边亲吻它的猪嘴一边说：

"小巴姆森，你一直都在这儿看这些非常可爱非常可爱的鸟蛋呀！"

尤纳斯说，那个可怜的鸟儿妈妈一整天大概都不敢回到自己的蛋旁边，"因为猪熊是最可怕的驱鸟动物。"

这时候洛塔生气了，她说：

"巴姆森没有动任何东西，它只是坐在那里看这些非常可爱非常可爱的鸟蛋。"

然后我们回家了，尤纳斯一直披着那块毯子坐着。

跟平时一样,晚上爸爸妈妈走进儿童卧室对我们说晚安。爸爸站在洛塔床边,她躺在那里,旁边放着脏兮兮的巴姆森。

"好啦,小洛塔!"爸爸说,"今天什么最有意思?大概是最终我们找回巴姆森吧?"

"不对,最有意思的是尤纳斯掉进湖里!"洛塔说。

我们去外祖母、外祖父家

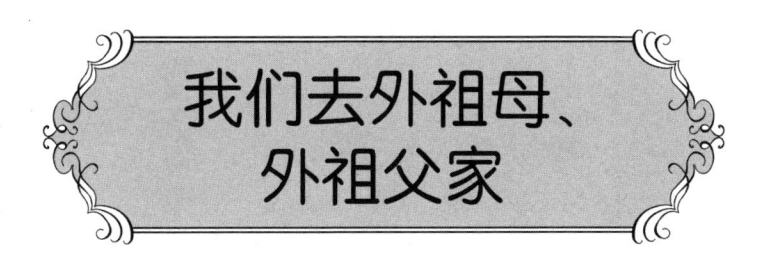

夏天的时候,我们都要和妈妈住到乡下的外祖母、外祖父家去。爸爸休假的时候也去。我们一般都乘火车,因为妈妈不会开汽车。

"你们在火车上一定要听话,免得给妈妈找麻烦。"去年夏天,要走的时候爸爸对我们说。

"我们只需在火车上听话就行吧?"尤纳斯说。

"不对,在哪儿都得听话。"爸爸说。

"你自己说的,我们在火车上要听话。"洛塔说。

但是就在这个时候,火车开动了,爸爸只来得及跟我们挥手,我们也向他挥手并喊着再见。

我们几乎坐满了一个小车厢。有一个年老的叔叔也坐在我

们的车厢里,那里只能再容下他一个人。洛塔带着巴姆森,我带着我那个最大的玩具娃娃马琳。

那位叔叔的下巴上有一个瘤子,当他到走廊靠窗子坐一会儿的时候,洛塔用相当高的声音说:

"那位叔叔下巴上有一个瘤子……"

"住嘴,"妈妈小声说,"他会听到。"

这时候洛塔露出惊奇的神色说:

"难道他自己不知道下巴上有一个瘤子吗?"

随后列车员过来剪票。只有尤纳斯和妈妈有票,因为洛塔和我还没到买票的年龄。

"这个小姑娘几岁了?"列车员指着我问。我说,我很快就满六岁了。

他没有问洛塔的年龄。因为他看得出来,她太小,不需要买票。但是洛塔说:

"我四岁,妈妈三十二。这个是巴姆森。"

这时候列车员笑了,他说这趟火车上所有的巴姆森都免费。

一开始我们都安安静静地坐着,看着窗外的景色,但是后来我们就厌倦了。尤纳斯和我走到走廊里,到其他的车厢,与我们不认识的人说话。不过我们不时地回到妈妈身边,免得她担心。妈妈坐在那里不停地给洛塔讲故事,好让洛塔静静地坐着。她不想让洛塔到走廊里去,因为妈妈说,谁也不知道洛塔

会做出什么事。

"讲一讲《公羊布鲁斯》吧，不然我就到走廊里去。"洛塔说。

我们在火车上吃三明治，喝汽水。就在这个时候，洛塔从自己的三明治上拿下一小片香肠贴在窗玻璃上。妈妈为此生气了，她说：

"你为什么把香肠贴在窗子上？"

"是这样，因为它比肉丸子贴得更结实。"洛塔说。

妈妈听了更生气了。她拿出从家里带来的清洁纸，花了很长时间才把那片香肠留下的痕迹擦干净。

有一次火车停站，尤纳斯想出一个主意，我们走下火车一会儿，去呼吸一点儿新鲜空气。当我们无法打开门的时候，有位

阿姨帮我们打开了。

"你们真的在这个车站下车吗?"她说。

"对。"我们说。

因为我们确实要下车,当然我们还要再上来。

下车以后我们一直走到最后一节车厢,就在火车开动之前,我们又跳上来了。我们穿过整个列车,回到自己的车厢。当我们走到的时候,看见妈妈和刚才帮我们开门的那位阿姨站在那里跟列车员讲话,妈妈喊叫着:

"你们一定得停下来,因为我的孩子掉站了。"

但是就在这个时候,我们走过来,尤纳斯说:

"不过我们又上车了。"

这时候妈妈哭了,列车员和帮着我们开车门的那位阿姨都责怪我们。不过,是这位阿姨帮助我们开的车门,她为什么还要责怪我们呢?

"你们现在都到车厢里挨着洛塔坐着,一动也不可以动。"妈妈说。

但是洛塔不在车厢里,她不见了。妈妈差一点儿又哭起来。我们全体出动去找洛塔。最后我们在很远的一节车厢里找到了她,她正在和一大群人说话。我们听到她这样说:

"在我们那节车厢有一位叔叔,他长着一个瘤子,但是他自己却不知道。"

妈妈一把抓住洛塔,用力把她拉到我们自己坐的车厢。我们被迫安安静静地坐在那里,一动也不许动。因为妈妈生我们的气了,她说照看我们比看一群小牛还难。

这时候我突然想起,我很快就要看到外祖母、外祖父家的小牛犊了。我高兴起来。

我们到的时候,外祖母和外祖父在前厅迎接我们。他们家的狗叫鲁卡斯,它又叫又跳的,院子里散发着夏天的气息。

"是我的心肝宝贝来了吧?"外祖母说。

"唉,哪里有什么心肝宝贝。"妈妈说。

"明天你们就可以去骑我们家的马布拉根。"外祖父说。

"跟我到库房去,你们会看到猫咪木兰下的小猫咪。"外祖母说。

洛塔拉住外祖母的围裙说:

"你那个柜子里还有糖吗,外祖母?"

"哦,很可能有。"外祖母说,"几块微不足道的糖我的柜子里大概还是有的。"她说。

这时候我才感觉到,我们终于来到外祖父和外祖母家了。

洛塔差点儿说脏话

外祖母和外祖父家有很多好玩的东西,啊,真好!在一棵大树上有一个类似小前厅的地方。在那棵树很高的位置,有一个台阶通到上面。当你顺着这个台阶往上爬的时候,就会来到这个小前厅,那里有一张桌子,周围有座位,还有一个围栏,免得谁不小心掉下去。外祖母把这个地方叫绿色奇趣屋。在所有可以坐着吃饭的地方,我最喜欢这里。

我们在外祖母和外祖父家第一天早晨醒来的时候,尤纳斯就迫不及待地说:

"外祖母,我们能天天在绿色奇趣屋上吃饭吗?"

"哎哟,哎哟,哎哟!"外祖母说,"不过你觉得玛伊根每天三次把饭沿着摇摇晃晃的梯子送到树上去,她会说什么呢?"

"那我会说 No。"玛伊根说。

玛伊根是外祖母家的女佣。她非常和善,但是非常不喜欢在树上吃饭。

"但是,外祖母,我们完全可以自己把我们要吃的饭菜拿到绿色奇趣屋上去。"我说。

"不然我们会生气的。"洛塔说。她有点儿不聪明,洛塔!

这时候外祖母说,她不希望洛塔生气,因此我们可以把煎饼带到绿色奇趣屋上去。

外祖母烙了一大摞煎饼,帮我们把煎饼、一包砂糖、一小

瓶果酱放在篮子里,把盘子和刀叉也放进去,还有一瓶牛奶和三个铁皮杯子。

然后我们爬到绿色奇趣屋上去。尤纳斯拿着篮子爬在前边,然后是我,最后是洛塔。

"如果你把篮子弄掉了,尤纳斯,那我可要看笑话了。"洛

塔说。

但是尤纳斯没有把篮子弄掉。我们把所有的东西都摆到树上那张桌子上,然后坐在靠背椅上,吃带果酱和砂糖的煎饼,喝牛奶。树叶一直在沙沙作响。煎饼太多了,洛塔吃不完自己那份。哎哟,她把剩下的煎饼挂在树枝上了!

"我在玩把煎饼当树叶的游戏。"洛塔说。

把煎饼挂在树枝上，风一吹摆来摆去，真像树叶一样。

"你小心点儿，可别让妈妈知道。"我说。

但是洛塔，她把我说的话根本不当一回事。她只是坐在那里，一边看自己的煎饼，一边唱爸爸经常唱的一首民谣，开头是这样："哎呀，树叶唱得多动听！"

她很快又饿了，于是她在每个煎饼上都咬几口，结果树枝上只剩下吃了一半的煎饼。

"我在玩，我是一只小羊羔，在森林里吃树叶。"她说。

就在这个时候，飞过来一只鸟，洛塔对鸟说：

"你可以吃我的煎饼，但是尤纳斯和米娅-马利亚不能吃。"

然而这只鸟不想吃什么煎饼，而我和尤纳斯却感到越来越饿。我向洛塔伸出一只手说：

"我是一个穷人，请给我一点儿吃的吧！"

于是洛塔给了我一个她吃过的煎饼，我在上边撒了砂糖，涂了果酱，吃掉了。尽管是半个煎饼，但显得特别香。当尤纳斯也说"我是一个穷人，请给我一点儿吃的吧"以后，他也得到了煎饼，因为洛塔觉得这样做很滑稽、有趣。最后我们把洛塔吃剩下的煎饼都吃光了。这时候洛塔说：

"现在煎饼叶都吃完了。你们现在只能吃树叶了！"

她揪了一大把绿叶，想让我们吃。但是尤纳斯和我都说已

经饱了。

"放上砂糖和果酱就可以吃了。"洛塔说。她抓了一片绿叶,在上面放了砂糖和果酱,然后吃掉了。

"小心点儿,树叶上别有虫子。"尤纳斯说。

"虫子自己会小心的。"洛塔说。

"这孩子主意特别多。"外祖父说。第二天是星期天,我们晚饭吃的是波罗的海鲱鱼。洛塔认为,这是仅次于鱼丸子的最难吃的菜之一。这天天气特别好,每次遇到好天气,外祖母和外祖父就到院子里去吃饭,那棵最大的树底下有一张桌子。我们大家坐在桌子周围,外祖母、外祖父、妈妈、尤纳斯和我,但是洛塔跟小猫玩,就是不过来,尽管妈妈叫了她很多遍。最后她过来了,但是当她看见鲱鱼的时候,她说:

"星期天吃波罗的海鲱鱼……真见鬼!"

这时候妈妈生气了,因为她对洛塔说了几千次,她不能说"真见鬼"这句近乎脏话的话。妈妈说,如果洛塔再说一次"真见鬼",她就不能再待在外祖母、外祖父家,只能回城里的家。而且洛塔不能跟我们坐在一起吃饭了,因为她说了这样的话。就在我们吃饭的时候,她一直在院子里走来走去,大喊大叫。

后来她只得一个人坐在桌子旁边吃饭了,但她还是喊叫。妈妈把尤纳斯和我赶走了,她说我们可以去玩,让洛塔单独待

在这儿,直到她变乖。不过我们就站在房角,看着洛塔喊叫呀,喊叫。最后她终于安静下来,其实这只不过是她又有了一个怪念头。她拿起自己盘子里的那条鲱鱼,走到房檐泄水槽下的水桶旁边,把鲱鱼在水里涮来涮去。这时候妈妈走过来正好看见。这时候洛塔说:

"它可以真见鬼地在这儿游一会儿泳!"

"洛塔,你记住我说的话了吗?"妈妈说。

洛塔点点头,然后走进房子,过了一会儿她又走出来,手里拿着自己的小旅行包。她走的时候,一条腰带从旅行包里耷

拉下来。洛塔要去旅行，妈妈、外祖母、外祖父、尤纳斯和我站在那里看着她。她走到外祖母、外祖父跟前行个屈膝礼后说：

"我要回家去找爸爸，因为他比妈妈好。"

她没有跟妈妈说再见，也没有跟尤纳斯和我说。洛塔走的时候，身后夺拉着腰带，我们站在那里看着她。但是，当她走到大门口的时候却停了下来。她静静地站了很长时间。这时候妈妈追上她，说：

"啊，小洛塔，你不走啦？"

洛塔说：

"走是走，妈妈，真见鬼，我不能一个人坐火车呀！"

这时候妈妈把洛塔抱起来，并且说，她最好还是待在这里，因为，如果她走了，我们大家都会伤心的。洛塔抱住妈妈的脖子哭起来，尽管尤纳斯和我想安慰她、亲吻她，但是她不想和我们说话。

晚上，我们躺在床上，这时候外祖母拿着一本漂亮的《圣经》图画书，走进来给我们讲《圣经》故事，看《圣经》里的精美照片。有一张图上的人物叫约瑟，外祖母说，约瑟从埃及国的法老①那里得到了一枚非常好非常好的戒指。

洛塔说：

"哎呀，哎呀，哎呀，你怎么说脏话呀？"

但是洛塔自己几乎再也没说过"真见鬼"这个词。

---

① "真见鬼"一词是从"法老"一词演变过来的。

洛塔的倒霉日子

在外祖母和外祖父家最好玩的地方要算妈妈和姨妈卡伊萨小时候玩的游戏屋了。游戏屋是红色的,坐落在院子的一个角

上,有一条小径通向那里。游戏屋外边有一片草地,上面长满雏菊。游戏屋里有白色的小家具:桌子、椅子和一个柜子。柜子里有一套游戏餐具,一个小饼铛,一个小熨斗和一个玻璃瓶,还有喝果汁用的玻璃杯子。游戏屋里住着妈妈和姨妈卡伊萨两个人的玩具娃娃。那里还有外祖母小时候玩的一个板凳。想想看,板凳可以活那么大岁数!

有一天我们在外祖母和外祖父家的游戏屋里玩。当时尤纳斯假装是爸爸,我是妈妈,而洛塔是我们的女仆,叫玛伊根。

"我现在要带着丽兰外出。"尤纳斯迫不及待地说。他把玩具车拉到了院子里,里边坐着卡伊萨姨妈的婴儿娃娃丽兰。

"那我该刷厨房的地板了。"洛塔说。

"不,我们先做奶酪。"我说,因为我是妈妈,我决定一切。

"我刷完地板再做奶酪吧。"洛塔说。

这时候尤纳斯和我说,如果洛塔不照我们说的做,她就不能参加我们的游戏。于是我们开始做奶酪。我们取来红醋栗和山莓,把它们放在手绢里,把汁压出来,留在手绢里的是果渣。我们用它们制作出圆圆的小奶酪,吃起来非常酸。

"现在我能刷厨房地板了吧。"洛塔说。

她拿起刷地板的水桶,到外祖母的厨房去取水。她几乎把桶里所有的水都泼在游戏屋里的地板上,开始用抹了很多肥皂

的刷子刷地板。洛塔把自己全身都弄湿了。

"你是在游泳还是在干什么?"带着丽兰外出回来的尤纳斯问。

"我在刷地板。"洛塔说,"我一定要刷地板,因为这是最有意思的事。"

但是尤纳斯和我不得不帮忙把水擦干净。洛塔不愿意。她只是站在旁边看着。

玛伊根,那个真正的玛伊根,她平时喜欢唱歌、跳舞,她扭动双腿唱"特啦啦,兰啦兰伊,那时候我多么想你……"

洛塔也学玛伊根的样子,扭动双腿唱"特啦啦,兰啦兰伊",接着却唱"那时候我用水撩你……"当她唱"用水撩"的时候,她拿起挂在游戏屋墙上的搅拌器,在桶里蘸很多水,

朝尤纳斯和我身上撩,并放声大笑。我们生气了,说,如果她还这样愚蠢,她就得自己把水擦干净。但是洛塔我行我素,继续扭双腿唱"那时候我用水撩你"。因为有肥皂,地板变得很滑,当洛塔使劲扭动双腿的时候,她摔倒了,头碰在柜子上。可怜的洛塔!她一边喊叫一边说:

"假装玛伊根真没意思!"

随后她到院子里去找猫咪玩，尤纳斯和我继续玩。我们把紫丁香叶子当菠菜，吃奶酪和菠菜，不过只是假装吃。

就在这个时候，我们听见洛塔在外边喊叫，我们往外一看，啊，洛塔在揪猫咪的尾巴，猫咪生气了，用爪子抓了她。于是她又到游戏屋找我们，她一边哭一边喊：

"我仅仅揪了它的尾巴，它就抓我！"

妈妈和外祖母不在家，我们只得去找玛伊根，想给洛塔贴上创可贴。玛伊根不在厨房。而洛塔刚才取刷地板的水时，竟忘了关水龙头。我敢说，厨房地板上流的水要比洛塔刷游戏屋地板用的水多十倍。尤纳斯蹚过水，关上水龙头。就在这个时候玛伊根回来了，她合掌并高声说：

"你在干什么,尤纳斯?"

"他在游泳!"洛塔一边说一边放声大笑。但是玛伊根想知道,是谁开的水龙头。于是洛塔说:

"是我。"

"为什么你要打开水龙头?"玛伊根问。

"因为今天是我倒霉的日子。"洛塔说。

洛塔说"倒霉的日子",她的意思是指不吉利,一切都不顺利。我觉得,洛塔几乎每天都捅娄子,都不吉利。

后来,玛伊根拖干净地板上的水,给洛塔贴上创可贴,给我们喝巧克力饮料,让我们在餐桌旁边吃小蛋糕。她一边扭动双腿一边唱"特啦啦,兰啦兰伊,那时候我多么想你……"

洛塔吃了五个小蛋糕,尤纳斯吃了四个,我吃了三个。

"这真是一个很快乐的倒霉日子。"这时候洛塔说。她使出浑身的力气拥抱玛伊根,并唱:

"特啦啦,兰啦兰伊,那时候我多么想亲吻你……"

她真的亲了玛伊根。玛伊根说,她是一个非常可爱的小姑娘。

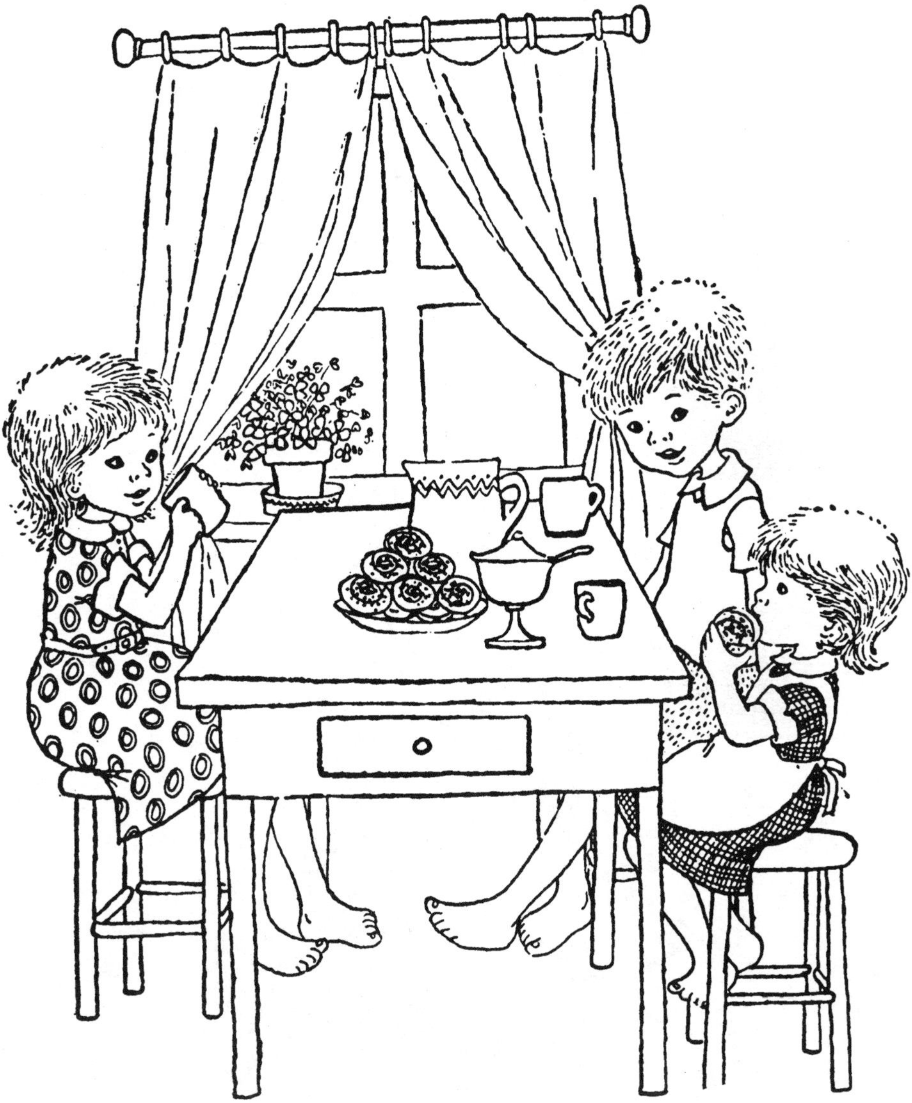

洛塔是黑奴

尤纳斯、洛塔和我,我们有两个表兄妹,他们是卡伊萨姨妈的孩子。我们住在乡下外祖母外祖父家里的时候,卡伊萨姨妈也来了,她还带着安娜-克拉拉和托特。安娜-克拉拉和尤纳斯一样大,而托特是和洛塔一样大的小不点儿。安娜-克拉

拉打得过尤纳斯,她很强壮,所以干什么由她说了算。洛塔打托特不在话下,她还真打过他,尽管妈妈说洛塔不可以那样做。

"托特那么老实听话,你为什么还打他?"妈妈问洛塔。

"因为托特一哭,显得特别可爱。"洛塔说。

在这种情况下,洛塔只得单独坐在游戏屋反省,直到变乖了。

这时候安娜-克拉拉想出一个主意,我们假装玩洛塔坐牢房,我们要设法搭救她。

"首先我们必须偷偷地给她送一点儿食物。"安娜-克拉拉说。

"因为在牢房里,人们只能得到水和面包。"

我们走进厨房,请玛伊根给我们一些凉的肉丸子。安娜-克拉拉把肉丸子放在一个我们平时采莓子用的小篮子里。然后尤纳斯和安娜-克拉拉爬到游戏屋的屋顶上,高声对洛塔说,我们通过烟囱把食物给她吊下去。但是洛塔从窗子伸出脑袋问,她为什么不可以通过窗子或者门得到食物呢。

"难道门没有锁着吗?"安娜-克拉拉反问。

"啊,这是一个没锁的破烂牢房。"洛塔说,"快把肉丸子拿过来吧!"

不过这时候安娜-克拉拉生气了。她说,人坐牢的时候,

只能从烟囱通过吊篮得到食物。

"明白了吧?"安娜-克拉拉说。

"那就开始吧。"洛塔说。

安娜-克拉拉在篮子上拴了一根长绳,把篮子从烟囱吊下

去。尤纳斯帮助往下吊,尽管起的作用不大。托特和我只能站在下边看着。

"肉丸子来了!"洛塔在游戏屋叫着,"可上面还有很多烟灰。"洛塔吃肉丸子时,托特和我从窗子往里边看。肉丸子上真有很多烟灰,洛塔的脸和手都弄黑了。安娜-克拉拉说,

这样效果更好,因为这样洛塔才能变成一个我们要搭救的黑奴。洛塔又使劲往身上抹更多的烟灰,好变成一个真正的黑奴。但是托特哭了,因为他觉得黑奴的样子很可怕。

"他们不可怕。"安娜-克拉拉说。

"但是他们看起来挺吓人的。"托特一边说一边哭,比刚才

哭得更厉害了。这时候洛塔得意起来,朝托特做了一个鬼脸儿,说:

"有一部分黑奴相当可怕。"

接着她还说:

"快救我出去,我想四处走走,吓唬吓唬人!我特别喜欢有人害怕我。"

安娜-克拉拉和尤纳斯又想出一个游戏——通过游戏屋后面的窗子救出洛塔。我们找来压压板,因为安娜-克拉拉说压压板可以当做牢房外边深沟上的一座桥梁。我们把压压板靠在窗子上,安娜-克拉拉、尤纳斯和我爬进屋里去救那位黑奴。但是托特没有进去。他只是站在旁边一边看一边哭。

当我们来到游戏屋的时候,洛塔没在那里。安娜-克拉拉生气了。

"这个小家伙跑到哪儿去了?"她喊叫着。

"我逃跑了。"当我们抓住洛塔的时候她说。她正坐在红醋栗树丛里吃红醋栗果。

"我们本来是来救你的。"安娜-克拉拉说。

"我已经自救了。"洛塔说。

"我们以后再也不跟你一起玩了。"尤纳斯说。

"哈哈!"洛塔大笑。

这时候妈妈来了,发现洛塔不在游戏屋里。

"你现在乖了吧,洛塔?"妈妈说。

"对对……不过成黑人了。"洛塔说。

妈妈好像也害怕黑奴,因为她合掌说:

"上帝呀,你怎么这个模样!"

洛塔不得不去洗衣房,用了整整半个小时把自己浑身上下洗了一遍。

下午,我们带着那个盛肉丸子的篮子去采野草莓。外祖母和外祖父家的牧场上有很多野草莓。但是,啊!我们在采草莓的时候吓坏了,我们看到一条蛇。只有托特没害怕。

"看呀,那里有一个尾巴,可是没有汪汪(狗)。"托特说。他不知道那是一条蛇。

我们回到家,安娜-克拉拉把所有的草莓分成小份,每个人得的数量都一样多。不过安娜-克拉拉那份草莓个儿最大、最红。托特和洛塔坐在前厅吃自己的那份草莓,突然我们听到托特在哭。卡伊萨姨妈从窗子伸出头来问:

"托特为什么哭呀?"

"他因为不能吃我的草莓才哭。"洛塔说。

"他自己的草莓吃完了?"卡伊萨姨妈问。

"对!"洛塔说,"他的草莓都被吃光了。我吃他的那些草莓时,他也哭。"

这时候妈妈来了,一把夺过洛塔的草莓,然后递给托特。洛塔说:

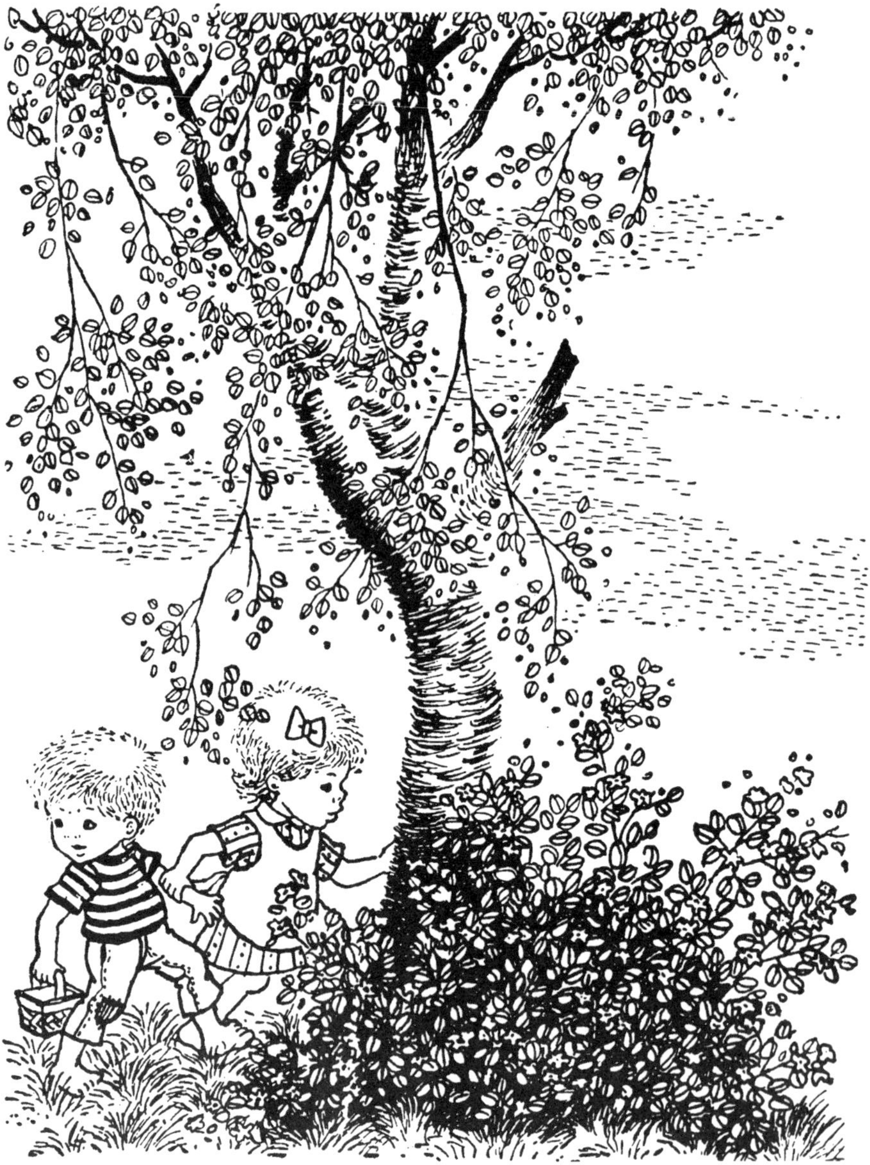

"特啦啦啦,我觉得我该睡觉去啦。"

"应该。"妈妈说,"你肯定累了,洛塔。"

"我当然不累。"洛塔说,"我腿上有的是劲儿。不过我还是睡觉去吧。"

然而那天晚上洛塔对托特特别友善。本来托特一个人要去睡那间小客房。但是他怕黑,一直哭,不让把门关上。卡伊萨姨妈说:

"好啦,小托特,你在家睡觉的时候从来不怕黑呀。"

这时候洛塔说:

"在家的时候,那是他自己的黑暗,这你大概明白,卡伊萨姨妈。他不习惯外祖母家的黑暗,这你大概明白。"

在这种情况下,托特被允许和我、尤纳斯、洛塔睡在同一间房子里。洛塔亲吻他、哄他睡觉,说:

"我现在给你唱歌,这样你就不害怕了。"

然后洛塔像妈妈平时给我们唱歌的样子唱起来:

> 上帝的小天使
> 展开翅膀,
> 围绕孩子们飞翔,
> 直到天亮。

"还有洛塔。"洛塔说,"不再是黑奴!"

快快乐乐过圣诞节

有一次尤纳斯问我:"你最喜欢什么,是太阳、月亮还是星星?"

我说我都喜欢。但可能对星星的喜欢多一点点,因为我们去做圣诞节晨祈祷时,它们闪闪发亮是那么漂亮。而圣诞节我也很喜欢。

去年要过圣诞节的时候,我希望得到的圣诞礼物是滑雪板。因此我很担心过圣诞节的时候不下雪。洛塔也希望那时候下雪,因为她希望得到一个雪橇。

在圣诞节前不久的一个晚上,我们躺在床上准备睡觉时,洛塔说:

"我已经请爸爸给我一个雪橇,现在我只请求上帝圣诞节时要下雪,不然我就没法玩滑雪橇了。"

她是这样祈祷的:

"亲爱的仁慈的上帝,请现在马上下雪吧。请你想一想那

些可怜的花吧,它们非常需要一床暖暖和和的被子,不然它们睡在大地上多寒冷呀!"

然后她目光越过床沿朝上方对我说:

"这次我很机灵,我没有说下雪对我玩雪橇有好处。"

啊,真好!第二天当我们醒来的时候,外边真的开始下雪了。尤纳斯、洛塔和我穿着睡衣站在窗子旁边,看着越来越多越来越多的雪花落在院子里,以及我们的花园和贝里阿姨的花园里。我们以最快的速度穿上衣服,跑到室外打雪仗,堆了一个非常漂亮非常漂亮的雪人。爸爸下班回家的时候,把自己的帽子给雪人戴上了。

我们一整天玩得都很开心。妈妈认为我们待在外边很好,

因为佛朗松夫人来我们家帮着布置房间,为圣诞节做准备。洛塔喜欢跟佛朗松夫人说话,对她称"你",尽管妈妈说她不可以这样说,洛塔一定要说"佛朗松夫人"。妈妈说,佛朗松夫人也喜欢跟洛塔说话,但是妈妈对佛朗松夫人说,如果洛塔对

她称"你",就不理她。

那天,就是我们堆雪人那天,当我们在屋里吃早饭的时候,洛塔对佛朗松夫人说:

"你好,你摸一摸我的手套都湿了!"

佛朗松夫人没有回答。洛塔说:

"你看到我们堆的那个雪人了吗?"

但是佛朗松夫人还是没有回答。洛塔沉默了很长时间,随后说:

"真见鬼,什么事让你生气了,佛朗松夫人?"

这时候妈妈说:

"洛塔,你要知道,你不可以对佛朗松夫人说'真见鬼'和'你'。"

"那我就什么也不跟她说了。"洛塔说。

佛朗松夫人说,不管怎么样她都愿意洛塔跟她讲话,并请求妈妈允许洛塔对她称"你"。于是妈妈一边笑一边说,洛塔可以说"你"。

"说'真见鬼'也可以吧?"洛塔问。

"不行,不能说'真见鬼'。"妈妈说。

说完妈妈就走出去了,这时候洛塔说:

"我现在知道该怎么做了。当我想说'真见鬼'的时候,我就说'佛朗松'。因为妈妈喜欢我说'佛朗松'。"

然后她就说：

"真他妈的佛朗松，圣诞节到了，太开心了！"

确实是这样，我的意思是确实太开心了。尤纳斯、我和洛塔，我们帮助妈妈忙活圣诞大扫除、清扫院子里的雪、给鸟儿们放圣诞谷穗。妈妈觉得我们特别能干。

"没有你们，我真不知道我该怎么办。"她说。

洛塔每天都把吃饭用的刀叉擦得干干净净，她说：

"没有我，我真不知道我该怎么办。不过，真他妈的佛朗松，我要干那么多活儿。"

买圣诞礼物，我们也觉得特别开心。我们把小猪储蓄罐里

存了一整年的钱都拿出来,然后三个人一起进城去买圣诞礼物。城里到处是雪,广场上摆满圣诞树,人们不停地进出商店,太有意思了。尤纳斯和我准备给洛塔买一个洗澡小娃娃,我们对她说,我们进玩具店的时候,她得站在街上等。

"你不能进去看。"尤纳斯说。

"对,不过你可以看看卡尔曼家咖啡店的橱窗。"我说。

洛塔同意了,因为卡尔曼家的橱窗里有很多猪形杏仁糖和糖果。

当尤纳斯和我买完洗澡娃娃来到大街上时,洛塔不见了。但就在这个时候,她从卡尔曼家商店的大门里走出来。

"你干什么去了?"尤纳斯问。

"为你买一件圣诞礼物。"洛塔说。

"那你买的是什么?"尤纳斯又问。

"一块奶油蛋糕。"洛塔说。

"啊!你这个笨蛋,奶油蛋糕怎么能保存到平安夜呢?"尤纳斯说。

"是不能,我也想到了这一点。"洛塔说,"所以我把它吃掉了。"

哎呀,就在这个时候我们的爸爸出现在大街上。他不知道我们三个人单独出来买圣诞礼物。

"这三个孩子,我似乎见过,在哪儿我记不得了。"爸爸

说,"不过他们的样子很可爱,我决定请他们去咖啡店。"

啊,我们听了别提多高兴了!我们喝巧克力饮料,吃奶油蛋糕,想吃多少都行。我们坐在卡尔曼家食品店的绿色沙发上,周围都是人。他们大声交谈着,手里拿着刚买的大包小包圣诞礼物。外边大街上下着雪,万物都像裹着奶油的蛋糕,这真是特别开心的一天。这时候走来一位叫弗利贝里的阿姨,开始和爸爸交谈。尤纳斯和我静静地坐着,但是洛塔,她比弗利贝里夫人的话还多。爸爸对她说:

"洛塔,大人说话的时候你不能老插话,你要等他们说完了再说。"

"哟哟!"洛塔说,"这我可试过,但是不行。因为他们说起来总是没个完。"

这时候弗利贝里夫人笑了。然后她说她得回家去烤圣诞椒盐饼干去了。

我们也烤椒盐饼干,不过是在第二天。啊,我们烤了很多很多,尤纳斯、洛塔和我,我们每个人的饼干筒都装满了,完全都是我们自己烤的。所有的饼干筒都放在儿童卧室,我们说要把椒盐饼干留到平安夜吃。不过洛塔当天就吃完了,晚饭时连土豆胡萝卜泥都不想吃了。

"它们可能放不到平安夜。"洛塔说。

后来她每天都向尤纳斯和我要椒盐饼干,还总说:

"我是一个穷人,请给我一点儿吃的吧!"

不过随后就到平安夜了,这是全年中最有意思的一天。我们是这样过的——

我们一醒来,就跑进厨房,妈妈已经在那里准备好咖啡。我们大家坐在起居室的炉火跟前喝咖啡,平时我们是不准喝咖啡的。我们吃藏红花蛋糕、椒盐饼干和油煎饼,旁边的圣诞树散发出醉人的清香。我们喝完咖啡,立即装饰圣诞树,爸爸、尤纳斯、我和洛塔。妈妈在厨房里做鲱鱼色拉。

"我们家太漂亮了!"尤纳斯说,"我相信这是全城最漂亮的家。"

"也是最香的。"洛塔说。

妈妈种了很多白色的风信子花，此时正开，幽香扑鼻。家里到处是点燃的蜡烛，看起来与平时大不一样，味道也大不相同。我喜欢圣诞节时家里散发出的各种香味。

我们一整天都吃呀吃呀，在厨房里吃，拿面包在炉火前的锅里蘸汤吃。下午我们跟妈妈到贝里阿姨家，给她送圣诞礼物。我们在那里吃太妃糖和炒杏仁。洛塔还得到贝里阿姨为她织的一顶可爱的红色帽子。

"我现在好像个圣诞老人。"洛塔说。

但她不是。因为晚上的时候，真正的圣诞老人来了。他在

前厅跺脚,敲门,然后走进来。他背了一个口袋,里边装满了圣诞礼物。

"我用不着问这里有没有听话的孩子,"圣诞老人说,"因为我一进门槛就知道了。"

随后他对洛塔说:

"你小心点儿,别让眼珠掉下来。"

因为洛塔站在那里,一直盯着他看,她的眼睛又大又圆。

圣诞老人走出去,回来时拿了一个大袋子,里边好像是我的滑雪板,另一个大袋子里装的好像是洛塔的雪橇。但是洛塔一直一动不动地站着,直到圣诞老人走了。

"你为什么这么安静,洛塔?"妈妈说。

"我看见圣诞老人的时候,紧张得不敢出气。"洛塔说,"真他妈的佛朗松,紧张得不敢出气!"

平安夜的时候我们不需要按时去睡觉,想玩到什么时候就玩到什么时候。我们在炉火前吃榛子和橘子,绕着圣诞树跳舞,一切都是那么开心。第二天是圣诞节,我们去做圣诞节祈祷。放在院子里的圣诞谷穗上积满了雪,我们摇掉上面的雪,让麻雀能够吃到谷穗。然后我们出发去做圣诞晨祈祷。这时候天上还有闪闪发亮的星星,因此我最喜欢星星,不过太阳和月亮我也喜欢。当星星照在叮当响大街上的时候,这条街变得很奇特,几乎家家都很明亮,看起来很美,也很奇特。在很远很

远的地方，在议会厅屋顶上空有一颗星星，它是我看到过的最大的星星。

"那肯定是圣诞之星。"洛塔说。

大家怎么对洛塔都不好

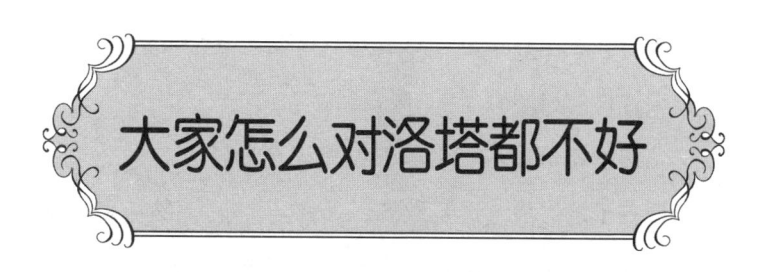

住在叮当响大街的洛塔刚刚满五岁的那一天,她早上一醒来就发脾气。她梦见一件自己不喜欢的事,她以为梦是真的,这个小笨蛋!所以她生气了。

"他们打我的巴姆森。"洛塔喊叫着。妈妈走进来,想看一看洛塔为什么坐在床上,早晨八点钟就大喊大叫。

"谁打你的巴姆森了?"妈妈问。

"尤纳斯和米娅-马利亚。"洛塔高声说。

"好孩子,洛塔,这是做梦。"妈妈说,"尤纳斯和米娅-马利亚已经上学了,他们怎么会有时间打巴姆森?"

"他们就是打了,尽管他们没有时间。"洛塔一边喊叫一边抚摩那个可怜的巴姆森。

洛塔的巴姆森是一只小胖猪玩具,洛塔三岁生日时,妈妈用一块粉色的布给她缝的。当时巴姆森干净、漂亮,粉嘟嘟的,现在它已经很脏,看起来像一头真正的小脏猪。但是洛塔认为,它是一只熊,因此给它起名巴姆森。可尤纳斯说:

"哈哈,才不是什么熊,是一头猪。"

"你愚蠢,"洛塔说,"它当然是一只熊!"

"你相信就好,"尤纳斯说,"不过我很想知道,你认为它是一只北极熊,还是一只普通的熊?"

"我认为,它是一只猪熊,"洛塔说,"想过吗,你!"

洛塔很喜欢这只猪熊,每天夜里让它睡在自己的床上。尤纳斯和米娅-马利亚不在的时候,她跟它讲很多话。不过此时它躺在枕头上,很伤心,因为尤纳斯和米娅-马利亚打了它,洛塔这样认为。她一边哭一边抚摩它,说:

"可怜的巴姆森,看我打尤纳斯和米娅-马利亚吧,我非得打他们一顿!"

尤纳斯、米娅-马利亚、洛塔、妈妈和爸爸住在叮当响大街上一栋黄色的房子里。每天早晨,尤纳斯和米娅-马利亚上学,爸爸去上班。只有妈妈和洛塔待在家里。

"我真幸运,有小洛塔陪着我。"妈妈经常这样说,"不然的话,我会整天孤零零一个人。"

"对,你真幸运,有我跟你做伴。"这时候洛塔经常会这样说,"不然的话你多可怜呀!"

但是此时她没有这样说，因为这个早晨她生气了。她什么也没有说，只是坐在那里，撅着小嘴，显得很生气。当她该穿衣服的时候，妈妈拿来外祖母为她织的那件白毛衣。

"不穿这个。"洛塔说，"它又痒痒又扎。"

"肯定不会。"妈妈说，"你摸一摸这儿，又光滑又柔软。"

"不，又痒痒又扎。"洛塔不摸就这样说，"我要穿我的灯芯绒连衣裙。"

她有一件浅蓝色的灯芯绒连衣裙，那是她最好的衣服，过节才可以穿，洛塔把它叫成灯芯绒连衣裙。现在她想穿它，尽管今天是礼拜四，是一个平平常常的礼拜四。

"礼拜天你才可以穿灯芯绒连衣裙。"妈妈说，"今天就穿这件毛衣。"

"那我宁愿什么也不穿。"洛塔说。

"那你就别穿。"妈妈说完就到楼下厨房去了。

洛塔坐在儿童卧室，生气，光着身体。啊，当然不是什么衣服也没穿。她身上穿着小背心、裤衩、袜子和鞋子。

"不过我真想什么也不穿。"她对巴姆森说——它是她唯一可以交谈的人。

"洛塔，你该下楼喝你的巧克力饮料了吧？"妈妈在楼梯旁边喊她。

"你觉得呢？"洛塔坐在那里小声说着。

"回答我，洛塔。"妈妈高声说，"你是喝，还是不喝？"

这时候，洛塔感到相当满意。妈妈总算先开口问她要不要喝巧克力饮料。洛塔不想回答，洛塔内心对于不回答妈妈的喊话感到很开心。

但是她饿了，很想喝巧克力饮料，所以她等了一小会儿就抱着巴姆森走下楼梯。她走得非常慢，每下一个台阶都要停一会儿，让妈妈不敢确定，她是想喝呢，还是不想喝。

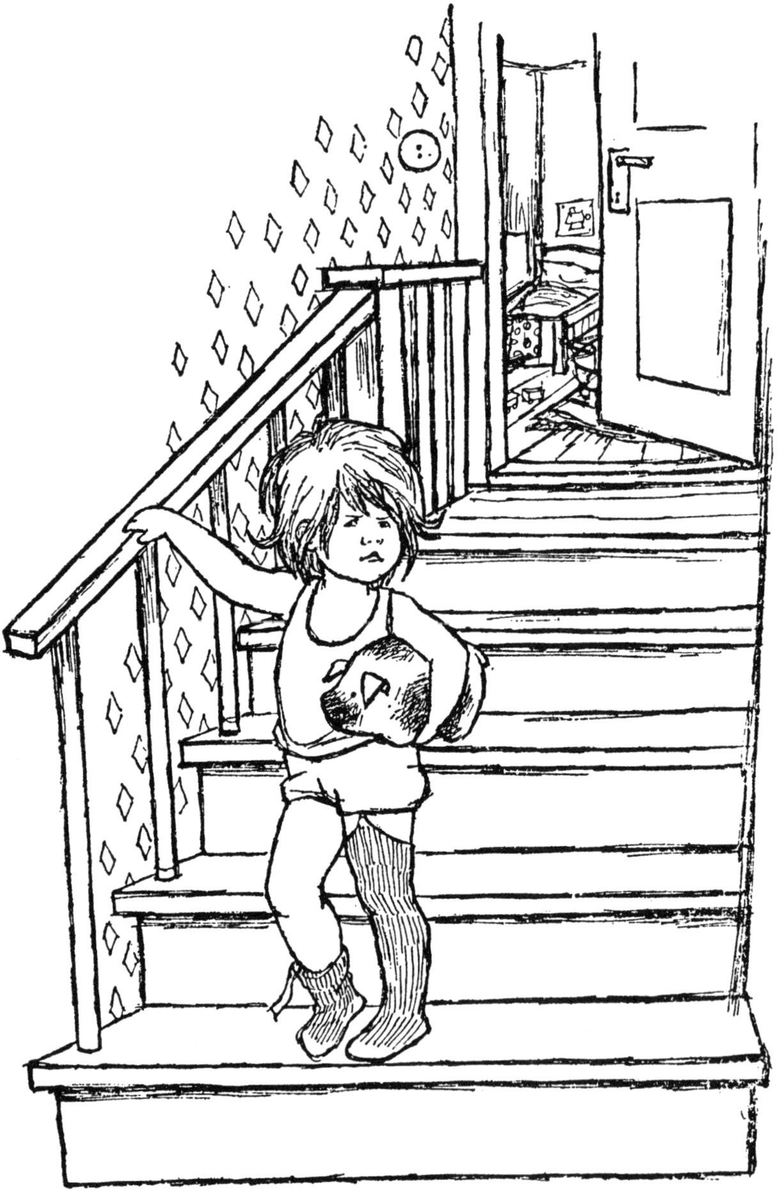

"我得看一看，我该做什么。"洛塔对巴姆森说。

就这样她走进厨房。

"哎呀，我们的洛塔来了。"妈妈说。

洛塔静静地站在门口，撅着小嘴。妈妈知道，她还没有完全消气。

妈妈和洛塔经常一起坐在厨房吃早饭，厨房的气氛总是很好，今天也不例外。太阳从窗子照射进来，桌子上放着洛塔自己专用的蓝杯子，里边装满巧克力饮料，旁边放着一个三明治。平常这时候洛塔跟妈妈有说不完的话，但是今天她一句话没有。妈妈坐在那里喝咖啡、看报纸，也一句话没有。

最后洛塔说：

"如果非喝不可的话，我大概可以喝一点儿巧克力饮料。"

"不，一点儿也没人强迫你。"妈妈说，"再说了，你应该先穿上衣服。"

本来洛塔已经相当生气了，妈妈的话真是火上加油。啊，这个臭妈妈，不给我别的衣服穿，偏让我穿那件又痒又扎人的破毛衣，现在还不让人吃饭。啊，这个臭妈妈！

"你愚蠢。"洛塔一边叫一边跺脚。

"嘿，洛塔！"妈妈说，"你不能发这么大脾气。到楼上儿童卧室去，待在那里别出来，直到你变乖了。"

洛塔大叫一声，那声音大得连住在附近的贝里阿姨都听见

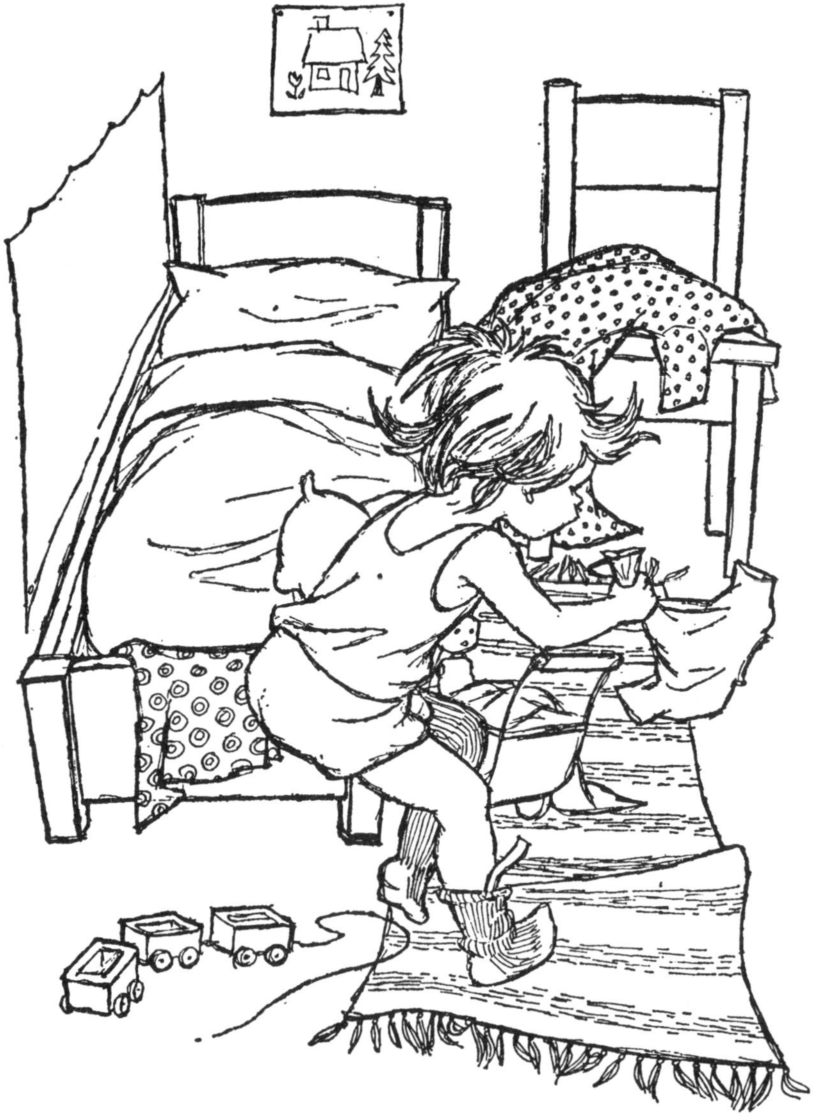

了。洛塔从厨房门里走出来,爬上楼梯,走进儿童卧室,不停地喊叫。贝里阿姨在自己家里摇头说:

"小洛塔大概肚子痛了吧!"

不过洛塔肚子一点儿也不痛,她只是发脾气。当她看见那件白毛衣时,气就更是不打一处来。毛衣挂在椅子上,看起来比任何时候显得更扎人更痒痒。洛塔大喊一声,把毛衣扔在地上。但随后她就平静下来。因为毛衣旁边的地上有一把剪子,洛塔经常用它剪纸玩具娃娃。洛塔不声不响地拿起剪子,在毛衣上剪了一个大洞。

"你罪有应得。"洛塔说,"谁让你又痒痒又扎人。"

洛塔把一只手伸进洞里。啊,这个洞真够大的。啊,真可

怕，她看到在那个不应该有手伸出来的地方可以伸出一只手。洛塔害怕了。

"我就说，有一只狗把毛衣咬坏了。"洛塔对巴姆森说。她把毛衣提起来看了老半天。她拿起剪子，又把一个袖子剪掉了。

"我就说，狗把毛衣咬得特别厉害。"洛塔说。

她把毛衣又提起来看了老半天，把另外一个袖子也剪掉了。

"我从来没有看到过这样的狗。"洛塔说。

但随后她真的害怕起来。

她把毛衣揉成一个团儿，塞到废纸篓里。她不想再多看它。就在这个时候，妈妈在楼梯旁边叫她：

"洛塔，你现在乖了吧？"

洛塔默默地哭了起来，并且说：

"没有，一点儿也

没有。"

她拿起巴姆森,把它紧紧地抱住。

"他们罪有应得,"洛塔说,"谁让他们都对我不好。"

这话可不是真的,洛塔自己也知道。但是她剪坏了一件毛衣,总得找点儿借口吧。

"真的,大家都对我不好。"洛塔对巴姆森说,"就是因为这个原因我才剪坏了东西。"

她朝远处那个放着毛衣的废纸篓看了看。

"再说啦,那是一只狗干的。"她说。

洛塔离家出走

妈妈准备去商店买东西了,所以她来到楼上儿童卧室说:

"你赶快变乖,洛塔,穿上毛衣,你就可以跟我到商店去。"

到商店去,洛塔知道,这是她最喜欢的事。但是她必须穿上那件毛衣才可以去,可那件毛衣在废纸篓里,已经被剪坏了。你想不到吧,这时洛塔又发出了一声尖叫,一直传到贝里阿姨耳朵里。

"我的天呀,你这是怎么了,洛塔?"妈妈说,"如果你一整天都这么吵闹的话,啊,那我只好一个人去商店了。"

说完妈妈走了。洛塔坐在地板上,拼命叫喊了很长时间。后来,她平静下来,开始思考。

洛塔知道,事情会变成这样:由于这件毛衣,她要一辈子待在儿童卧室里。其他的人可以去商店、去学校和去办公室,什么开心的事都可以做,但是洛塔只能光着身体坐在儿童卧室

的地板上，只能跟巴姆森在一起。

"这样的话还不如搬走好。"洛塔对巴姆森说。

对，当然可以搬走——玛娅，拉松阿姨家的女仆，她就搬走了。妈妈说，因为她不适应在拉松家生活。

"而我，我不适应在尼曼家生活。"洛塔对巴姆森说。

尼曼家的人——有妈妈、爸爸、尤纳斯、米娅-马利亚，当然还有洛塔自己。

"尼曼家的人都那么不友善。"洛塔说，"他们罪有应得，我们搬走。"

洛塔决定立即搬走。

"我们一定要赶在妈妈回家之前,"她对巴姆森说,"不然就走不了啦。"

但是她不想无声无息地搬走。她希望妈妈能知道这件事,并且为洛塔离家出走而哭一场。所以她找了纸和笔,给妈妈写了一个纸条。尤纳斯教过洛塔认字和写印刷体字母。虽然相当困难,但是还行,她在纸条上写道:

JA HA FLÖTAT TITA
I PAPERSKÅRJEN

意思是:

"我搬走了,请看废纸篓。"

"这样妈妈就知道了,我为什么要搬走。"洛塔说。

随后她拿起巴姆森走了。这时候她还只穿着小背心、裤衩、袜子和鞋。她走之前先在厨房转了一圈,喝完那杯巧克力饮料。她还拿了那个三明治,在前厅吃完。

洛塔到哪里去

只要知道到什么地方去,离家出走还是容易的。但是洛塔不知道。

"我可以问一下贝里阿姨,我能不能住在她那里。"洛塔说。

她把巴姆森从尼曼家的花园与贝里阿姨家花园之间的木板围栏上扔过去,随后自己爬过去。斯古迪——贝里阿姨家的狗看到以后叫个不停,但是洛塔不管那套。她走进贝里阿姨的房间。

"你好!"洛塔说,"我能住在这里吗?"

"你好,洛塔!"贝里阿姨说,"据我所知,你住在你妈妈和你爸爸那里。"

"对,但是我想搬走。"洛塔说,"我不适应在尼曼家生活。"

"是吗?果真如此的话,那我就明白了你为什么想搬走。"贝里阿姨说,"不过你不需要多穿一点儿衣服吗?"

"我在尼曼家既没有饭吃,也没有衣服穿。"洛塔说。

这好办,贝里阿姨是以编织男式毛衣、女式毛衣、帽子和手套为生的人。她立即走到柜子旁边,拿出一件白色女式毛衣套在洛塔的头上。这件毛衣有点儿大,穿在洛塔身上就像一件小连衣裙。

"感觉怎么样?"贝里阿姨问。

"舒服。"洛塔说,"既不痒,也不扎人。"

"那就好。"贝里阿姨说。

"对,非常好。"洛塔说。

然后洛塔朝四周看了看。

"我的床放在什么地方?"她问。

"这就比较难了。"贝里阿姨说,"你知道,洛塔,我不相信你可以住在我这里。这里没有再放床的地方。"

"上帝保佑。"洛塔说,"我总得有个地方住吧!"

贝里阿姨想了一下,然后她说:

"我觉得你应该自己单独住一个地方,洛塔。"

"但我不是没有房子吗?"洛塔说。

"你可以租用我放破烂的阁楼。"贝里阿姨说。

在贝里阿姨家花园的最边上,有一个破旧的库房,里边放着贝里阿姨的剪草机、耙子、铁锹,几袋土豆、几袋木柴和一些零七八碎的东西。库房顶上有一个阁楼,那里放着她的旧家

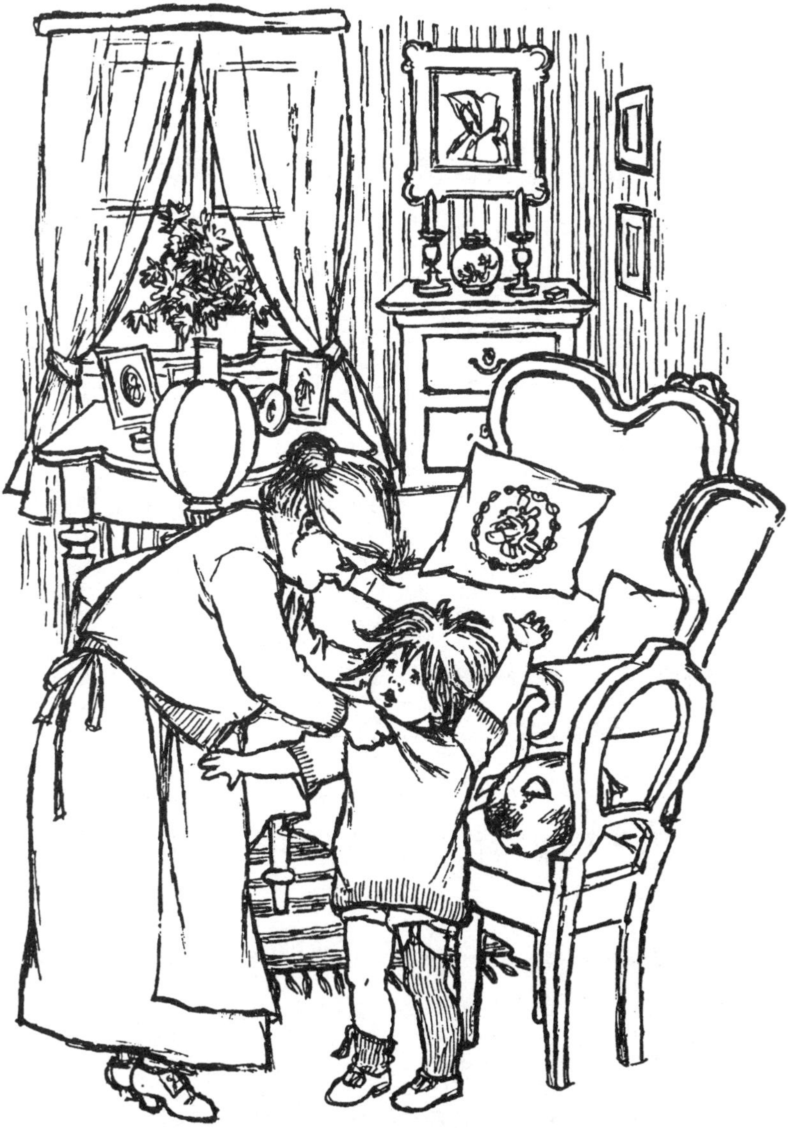

具和其他破破烂烂的东西。

"尽是一些破旧东西。"贝里阿姨说。所以她刚才说有一个放破烂的阁楼。

尤纳斯、米娅-马利亚和洛塔有时候想偷偷地爬到贝里阿姨放破烂的阁楼上去,就是想看一看那里放的东西,但总是被贝里阿姨看见。她通过窗子高声说:

"不行,你们不能到那里去!"

此时贝里阿姨坐在这里说洛塔可以租用她放破烂的阁楼,想想看,洛塔有多高兴。

"我好久没听说过有这么好的事。"她说,"我能马上搬过去吗?"

"我们得先到那里看一看情况。"贝里阿姨说。

随后洛塔和贝里阿姨一起走上放破烂的阁楼。贝里阿姨对着放在那里破破烂烂的东西直摇头。

"这么乱的地方你大概无法住吧,洛塔?"

"我当然可以。"洛塔说,"这里好极了!我感到既暖和又舒服。"

"有点儿太热、太不舒服了!"贝里阿姨一边说一边打开那扇小窗子,让屋子进来一些新鲜空气。

洛塔立即跑过去朝外面看。

"看呀,从这儿可以看见尼曼家的房子。"洛塔说。

"对,"贝里阿姨说,"他们有一栋非常漂亮的房子,还有一个漂亮的花园。"

洛塔朝尼曼家住的房子伸了伸舌头。

"但是我永远也不想再住那里。哈哈,因为我一辈子都要住在这儿!"

窗子前边挂着一个红格子窗帘。

"看呀,我已经有窗帘了,"洛塔满意地说,又用手摸着窗帘,"现在我只要摆好家具就行了。"

"一切都由你自己收拾,还是需要我帮助你?"贝里阿姨问。

"你可以帮一点儿,"洛塔说,"不过一切我说了算。"

"那就请马上说吧。"贝里阿姨说,"你要哪些家具?"

洛塔看着贝里阿姨神秘地笑了。这里比她想象得好玩多了!真愚蠢,她怎么不早一点儿离家搬到这儿来呢!

"这个柜子我想要。"洛塔一边说一边指了指一个白色小柜子。

"好,请吧。"贝里阿姨说。

"还有这个红桌子。"洛塔说。

"请吧。"贝里阿姨说。

"还要几把椅子。"洛塔说,"有椅子吗?"

"有,不过椅子都有点儿坏了。"贝里阿姨说。

"没关系。"洛塔说,"还有别的东西吗?"

"你大概得要一张床吧?"

"有吗?"洛塔问。

"有,还真有,"贝里阿姨说,"在那些纸箱子后边有一张儿童床,还有一张玩具床。床是我女儿小时候睡的。"

"她睡玩具床?"洛塔问。

"不,当然是睡儿童床。"贝里阿姨说。

"那我现在可以睡儿童床了。"洛塔说,"巴姆森可以睡玩具床,它不需要与我挤在一起了。有床具吗?"

"有,一个垫子,几个枕头,可能还有一个毯子。"贝里阿姨说,"但是没有床单。"

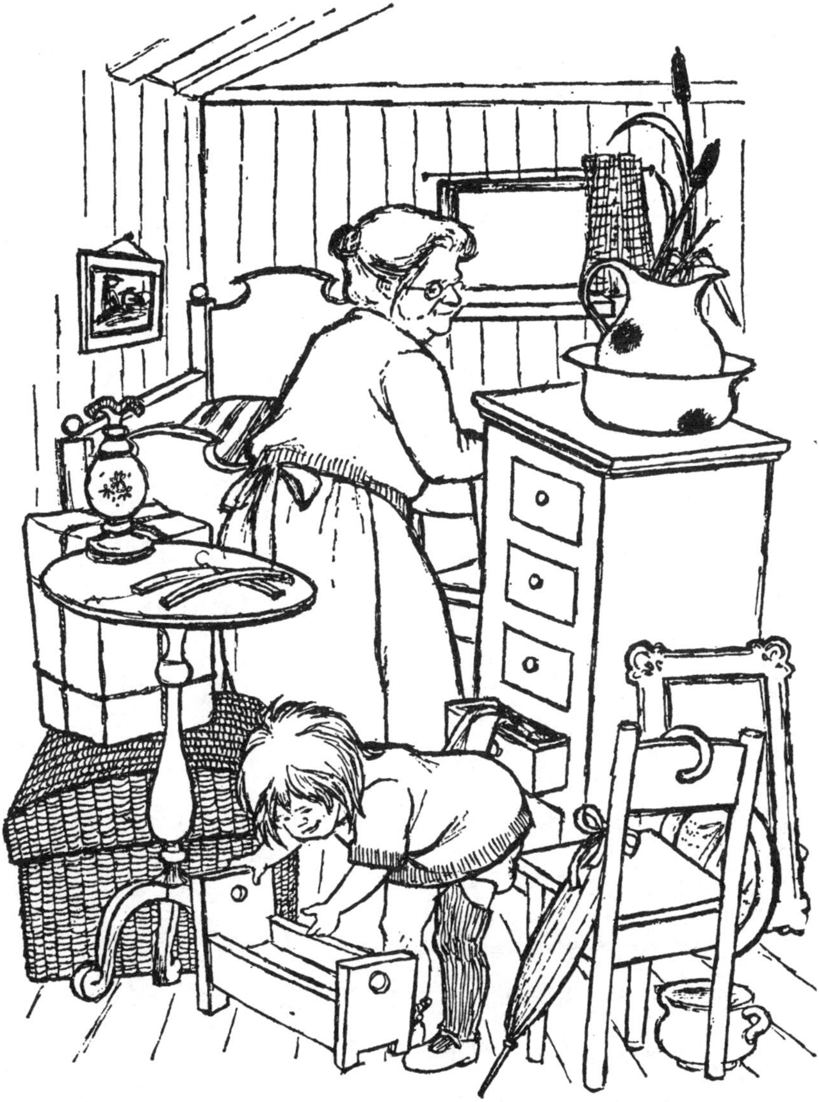

"我不在乎床单。"洛塔说,"走,我们去摆家具!"

贝里阿姨顺从地搬动家具,帮助洛塔布置一个小房间。她们把桌子和椅子摆在窗子旁边,把柜子放在一面墙下,儿童床放在另一面墙下,小玩具床放在旁边。

"跟普通的房间一模一样。"洛塔说。

贝里阿姨还找来一块旧地毯,把它铺在地板上,这就更像一间房子了。一个上面布满苍蝇屎的圆形镜子挂在柜子上方,洛塔的床上面挂着一张《小红帽与狼》的画。洛塔认为这幅画特别漂亮。

"画是必不可少的,"洛塔说,"不然就不像真正的家。"

洛塔经常说,她长大了以后,要像贝里阿姨那样脚上长鸡眼,像妈妈那样有一个"家"。此时她朝自己的小屋四周看了看,神秘地笑了。

"我已经有家了。"她说。

"啊,鸡眼大概不忙着长。"贝里阿姨说。

"什么时候长都行。"洛塔说。

随后她一连打了三个喷嚏。

"这里灰尘太大了,"贝里阿姨说,"所以你才打喷嚏。"

"没关系,"洛塔说,"我可以擦干净。有抹布没有?"

"看看柜子里边。"贝里阿姨说。

洛塔拉开柜子最上边的那个抽屉。

"啊，我的上帝，"洛塔说，"这里有一套玩具咖啡用具。"贝里阿姨也朝抽屉里看。

"对对，那是一套旧的喝咖啡的玩具，我把它给忘了。"

"真幸运，我把它找到了。"洛塔说。

她把那套玩具掏出来，摆在桌子上。这套玩具是白色的，带有蓝色小花，有杯子、盘子、托盘、咖啡壶、糖罐和奶油罐。洛塔高兴得跳起来。

"如果米娅-马利亚看到这些东西，肯定会气得发疯。"洛

塔说。

"我不太相信会这样。"贝里阿姨说,"看看其他抽屉里有没有抹布。"

洛塔拉开下一个抽屉,但是里边也没有抹布。那里有一个很大的玩具娃娃,长着蓝眼睛和黑头发。

"啊!"洛塔说,"好极了,真的!"

"确实不错,维尤拉·林尼娅躺在这里。"贝里阿姨说。

"她叫这个名字吗?"洛塔说,"她真漂亮,维尤拉·林尼

娅！啊，那巴姆森就不能睡在玩具床上了，因为维尤拉·林尼娅一定要睡在那里……我能要她吗？"

"当然，如果你知道爱护她的话。"贝里阿姨说，"很清楚，她要睡自己的玩具床，巴姆森可以单独睡。"

洛塔点点头。

"对，再说它完全可以跟我一起睡。"

"再看一看最下面那个抽屉。"贝里阿姨说，"那里肯定有一大堆玩具衣服，我记得我给那个娃娃缝过很多衣服。"

洛塔赶紧拉开最下面那个抽屉，那里有一大堆为维尤拉·

林尼娅做的连衣裙、毛衣、上衣、帽子、衬衣和睡衣。

"如果米娅-马利亚看到这些东西,肯定会气得发疯。"洛塔又说了一遍。她掏出所有的衣服,坐在地板上开始给维尤拉·林尼娅试穿。贝里阿姨正好找到一个破毛巾,洛塔可以拿它当抹布。但是洛塔说:

"我待一会儿再擦。我现在一定要想出来,哪件连衣裙她穿上最漂亮。"

这对洛塔很困难,因为那里有很多样式不同的连衣裙,红的、蓝的、白的、黄的、横格的、竖格的、带点的和带花的。

"那件白色绣花连衣裙最漂亮。"洛塔最后说,"不过只有礼拜天她才可以穿。"

"说得对。"贝里阿姨说,"别让她平常日子穿。"

随后贝里阿姨抚摩着洛塔的脸颊说:

"现在这里都收拾好了,我想我该回我的家了。"

洛塔点点头。

"随意吧。如果你看见尼曼家的人,向他们问好,说我已经住在我自己的房子里,再也不回家了。"

"我一定。"贝里阿姨说完就走了。

但是当她走到楼梯一半的时候,洛塔高声对她说:

"我说贝里阿姨,我还得要些吃的东西呀!"

"当然,当然!"贝里阿姨说。

"我能从你那里得到吗?"洛塔问。

"可以,不过你要自己来取。"贝里阿姨说,"我可没有力气楼上楼下地爬来爬去。"

就在这个时候,洛塔看见屋顶的一个钩子上挂着一个篮子,她高声说:

"你知道吗,贝里阿姨,我想出了一个好办法!"

洛塔想出的办法是,在篮子上拴一根长绳,把篮子从窗口放下去,这样贝里阿姨就可以把食物放在里边。

"然后我把它拉上来。哇,我就可以得到食物了!"洛塔说。

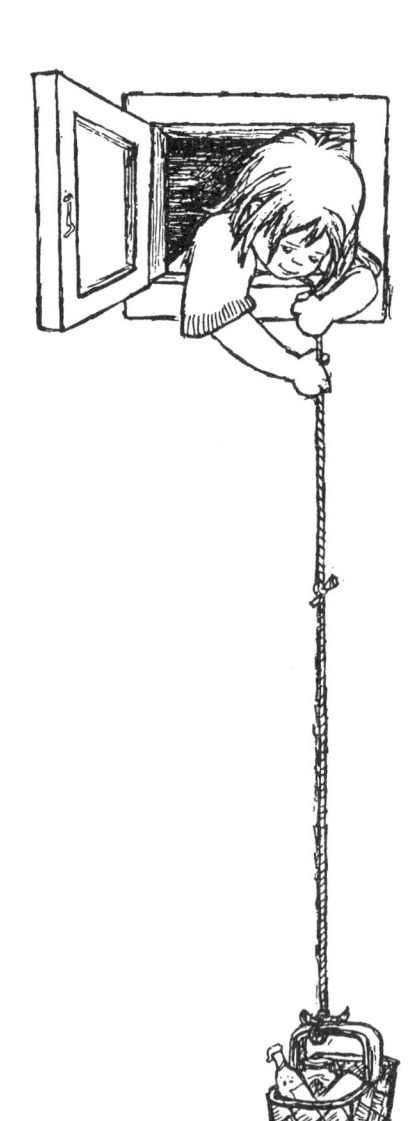

"你真是个小机灵鬼,你!"贝里阿姨说。

贝里阿姨回到自己的屋子,很友善地给洛塔取了食物。当她来到窗前的时候,洛塔已经把篮子放下来,坐在阁楼的窗前等着。

"喂,你要的食物在这儿。"贝里阿姨高声说。

"请不要告诉我是什么食物,"洛塔高声说,"我想亲自看。"

洛塔把篮子拉上去,里边有一瓶汽水、两根吸管,纸里包着一个凉煎饼和一小瓶果酱。

"比在尼曼家里吃的东西好多了。"洛塔说,"再见吧,贝里阿姨。非常感谢!"

贝里阿姨走了。洛塔把煎饼放在桌子上,往上边涂了很

多果酱，然后把它卷起来，双手拿着，大口大口地吃起来。她一边咀嚼一边用吸管喝汽水。

"要多舒服有多舒服，"洛塔说，"用不着洗碗。可还是有人说，有个家可麻烦了。"

洛塔一点儿也不觉得有家有什么麻烦，只觉得开心。当她吃完的时候，用抹布擦了擦身上。

随后她擦了自己的家具——桌子、柜子、椅子、床、玩具床，还擦了镜子和《小红帽和狼》那幅画。

然后她给维尤拉·林尼娅铺玩具床，为自己和巴姆森铺儿

童床。她非常高兴,自始至终都在哼唱她会唱的那首短歌:

  当我回到我的小房子,
  我只得一个人过夜,
  这时候我点燃我的那支小蜡烛,
  只有那只猫咪和我在一起。

"不过我连一只猫咪也没有。"洛塔说。

洛塔有客人来访

洛塔不停地玩布娃娃维尤拉·林尼娅、巴姆森和那套喝咖啡的玩具,把家具擦了五遍。但是后来她就坐在椅子上思考。

"我的上帝,"她对巴姆森说,"一个人整天待在家里做什么呢?"

她刚说完这句话就听见楼梯上有人来，是尤纳斯和米娅-马利亚。

"我已经搬家了。"洛塔说。

"我们已经知道了。"尤纳斯说，"是贝里阿姨说的。"

"我一辈子都要住在这儿。"洛塔说。

"你真的这么想吗？那好！"尤纳斯说。

但是米娅-马利亚径直地跑向那套咖啡玩具。

"哎呀呀！"她一边说一边举起杯子、糖罐和咖啡壶，"哎呀呀！"

随后她又看到了布娃娃维尤拉·林尼娅和她所有的衣服。

"哎呀呀！"米娅-马利亚一边说一边翻腾这些衣服，想看看到底有多少件。

"别动！"洛塔说，"这是我的房子，我的东西。"

"哎呀，我也可以在这儿玩一玩吧？"米娅-马利亚说。

"可以，不过只能玩一小会儿。"洛塔说。然后她又说："妈妈哭了吗？"

"她可没哭。"尤纳斯说。

"我当然哭了！"洛塔听到有人在楼梯下边说话，是妈妈站在那里，"我想我的小洛塔想得当然哭了。"

洛塔满意地点了点头。

"那没有办法。我现在已经搬家了，有了自己的房子。"

"我看到了。"妈妈说,"看起来你还挺开心的!"

"对,比家里好多了。"洛塔说。

"我带了一朵小花送给你。有人乔迁的时候,大家都这样做。"妈妈说着,把一盆红色天竺葵送给洛塔。

"真是一个好主意!"洛塔说,"我把它放在窗台上。谢谢你!"

洛塔把自己的家具又擦了一遍,以便让妈妈、米娅-马利亚和尤纳斯看到,洛塔很会操持家务。但是当她擦完的时候,妈妈说:

"你难道不和尤纳斯、米娅-马利亚一起回家吃晚饭吗?"

"不,我可以从贝里阿姨那里得到食物。"洛塔一边说一边演示,她很快地给贝里阿姨准备好篮子。

"你还不算笨。"尤纳斯说完,就坐在地板上,读着从墙角找来的旧周报。

但是妈妈说:

"那就再见吧,小洛塔。如果你想明白了,又想回家了,比如快到圣诞节的时候或者别的什么日子,你知道我们大家会很高兴的。"

"离圣诞节还有多长时间?"洛塔问。

"七个月。"妈妈说。

"啊,那我在这儿住的时间肯定要超过七个月。"洛塔说。

"你真这么想的？那好！"尤纳斯说。

随后妈妈走了。洛塔和米娅－马利亚玩布娃娃维尤拉·林尼娅，而尤纳斯坐在地板上读周报。

"在这里不开心吗，米娅－马利亚？"洛塔问。

"当然开心，没有比这更好的游戏室了。"米娅－马利亚说。

"这里不是什么游戏室，"洛塔说，"这里是我的家。"

这时候楼梯上又有人来了，原来是爸爸。

"哎呀，哎呀，哎呀，多么大的不幸！"爸爸说，"他们到城里对我说，你从家里搬走了。洛塔，是真的吗？"

洛塔点头说："对呀，我离开家了。"

"那样的话我知道有一个人晚上会哭的，他就是你可怜的爸爸。想想看，当我走进儿童卧室对我的孩子们说晚安的时候，有一个床是空的。洛塔不见了。"

"那没有办法。"洛塔说。不过她很可怜爸爸，她真是这样。

"对，这大概没有办法。"爸爸说，"不过尤纳斯和米娅－马利亚还是要跟我回家吃肉丸子和杏果酱。"

说完，爸爸、尤纳斯和米娅－马利亚走了。

"那就再见吧，小洛塔。"爸爸走的时候说。

"再见。"洛塔说。

"再见。"尤纳斯和米娅－马利亚说。

"再见。"洛塔说。

"我只得一个人过夜……"

随后就剩下洛塔一个人了。贝里阿姨给她送来了晚饭。洛塔把篮子提上来,里边又有一瓶汽水,两个吸管,还有一块凉的猪肉肉排。

"跟尼曼家的一样好。"洛塔对巴姆森说。

她吃完晚饭以后,又把自己的家具擦了一遍。然后她站在窗子旁边朝尼曼家看。尤纳斯、米娅-马利亚在花园里跟爸爸打槌球。所有的苹果树都开花了,洛塔觉得它们看起来就像一个个大花环,真是漂亮。

"打槌球非常有意思,"洛塔对巴姆森说,"但是不像有自己的房子那样有意思。"

很快天就开始黑了,爸爸、尤纳斯和米娅-马利亚走进自家黄色的房子。洛塔叹了口气,此时她已经没有什么东西可以看了。

洛塔在窗子旁边往外看了好长时间,在此期间发生了某种

与贝里阿姨放破烂东西的阁楼有关的事情,这是洛塔没有预料到的。四周变得非常黑暗,她一转过身来就看到了。远处的墙角很黑很黑,黑暗待在那里,黑糊糊的一片。它们逐渐朝洛塔的屋里爬,只剩下窗子前边有一小块亮的地方。

"我们最好上床睡觉吧,因为很快我们就什么也看不见了。"洛塔对巴姆森说。

她赶紧把维尤拉·林尼娅放在玩具床上,把巴姆森放在儿童床上。然后她自己爬到巴姆森身边,把毯子一直拉到鼻子上。

"不是我害怕黑暗,"她说,"我只是觉得很伤心。"

她叹息了几次,然后坐起来,朝黑暗处看。

"哎呀!"洛塔一边说一边重新钻到毯子底下,她让巴姆森紧紧靠在自己身边。

"现在尤纳斯和米娅-马利亚也该睡觉了。"她说,"妈妈和爸爸进来道晚安,不过不是对我……"

洛塔叹息着。这叹息是阁楼唯一能听到的声音,除此以外

非常静非常静。洛塔认为,阁楼不应该这样静,于是她开始唱歌:

> 当我回到我的小房子,
> 我只得一个人过夜。

洛塔唱道,但是随后她就沉默、叹息起来。
她试图再唱一次:

> 当我回到我的小房子,
> 我只得一个人过夜……

可怜的洛塔再也唱不下去了,她只是哭。这时候,爸爸上楼梯了,他唱道:

> 这时候我点燃我的那支小蜡烛,
> 只有那只猫咪和我在一起。

洛塔哭得更厉害了。
"爸爸!"她喊叫着,"至少我想要一只猫咪。"
这时候爸爸把洛塔从床上抱起来,把她紧紧地抱在怀里。

"你知道吗,洛塔?"爸爸说,"妈妈在家里特别伤心,你无论如何会在圣诞节时搬回家去吧?"

"我现在就想搬回家。"洛塔喊叫着。

于是爸爸把洛塔和巴姆森都抱起来,把他们带回黄色房子里的妈妈身边。

"洛塔回家来了!"他们刚走进前厅,爸爸就迫不及待地高喊着。

妈妈正坐在起居室的炉火跟前。她朝洛塔伸出双臂说:

"是真的吗?你真的搬回家了,洛塔?"

洛塔扑到妈妈怀里,哭得泪如雨下。

"对,我一辈子都要住在你身边!"洛塔说。

"那就太开心了!"妈妈说。

随后洛塔在妈妈的膝盖上坐了很长时间。只是哭呀哭呀,什么话也不说,但是最后她说:

"妈妈,我现在有了另外一件白毛衣,是贝里阿姨给的,你看好吗?"

对此妈妈没有回答。她静静地坐着,看着洛塔。这时候洛塔闭上眼睛小声说:

"我剪坏了另外那件,我本来想为这件事说对不起,但是我不能。"

"但是如果我也说对不起,"妈妈说,"如果我这样说,对

不起,小洛塔,为了我多次对待你的不明智举动。"

"好,那样的话我就能说对不起了。"洛塔说。

她双手搂住妈妈的脖子,使足了劲拥抱她,并且说:

"对不起,对不起,对不起,对不起!"

后来妈妈把洛塔抱进儿童卧室,哄她在自己舒服的床上睡觉。床上有被子和她睡觉时经常盖着的粉色毯子。爸爸也来

了，妈妈和爸爸一边亲吻洛塔，一边说：

"晚安，可爱的小洛塔。"

然后他们走了。

"他们真是可爱的人。"洛塔说。

尤纳斯和米娅-马利亚早早就上床了，但还没有睡着。尤纳斯说：

"我早就知道，你在那里连过一个夜晚也做不到。"

洛塔说：

"但是我白天可以在那里玩，就是这样。如果你们打巴姆森，你和米娅-马利亚，我就抽你们俩，就是这样。"

"我们才不理你那个老掉牙的巴姆森。"尤纳斯说。随后他就睡着了。

洛塔躺了一会儿，但是没睡着，她为自己唱了起来：

当我回到我的小房子，

我只得一个人过夜，

这时候我点燃我的那支小蜡烛，

只有那只猫咪和我在一起。

"不过这里说的不是我，是说另一个洛塔。"洛塔说。

南草地

[瑞典]阿斯特丽德·林格伦 著
[瑞典]伊隆·维克兰德 画
李之义 译

叮当响的大街
Dingdangxiangdedajie

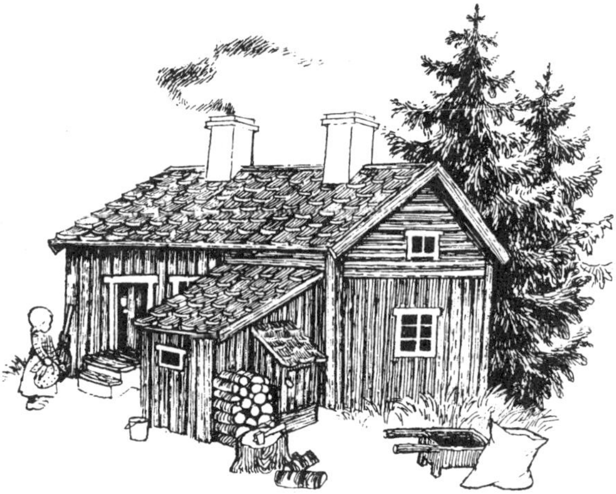

南 草 地

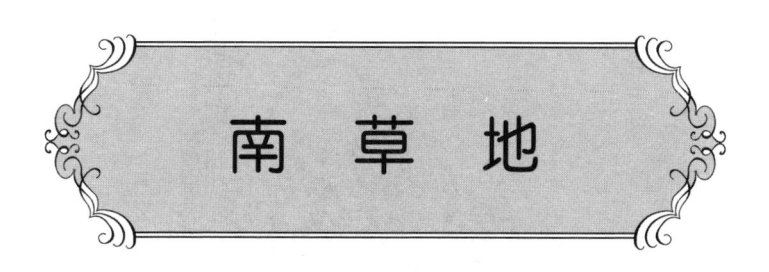

在很久以前的贫穷岁月，有一对小兄妹变成了世上无依无靠的孤儿。但是小孩子不能单独在世上生活，他们必须要到某个人家里去，因此马堤斯和安娜便离开南草地来到米拉的一位农民家里。他收留他们不是因为他们有明亮善良的眼睛、稚嫩

的小手或者担心他们在父母双亡后会伤心过度。不对，他收留他们是为自己谋取私利。孩子的手可以做很多事情，如果不让他们削树皮船、制作口笛或在台地上建玩具房子，孩子的手可以为这位米拉农民挤牛奶、清扫牛圈，只要让他们脱离树皮船、玩具房和孩子们喜欢的其他这类事情，孩子们的手什么都能干。

"我的童年生活确实没有多少快乐的事情。"安娜坐在挤牛奶的凳子上，一边说一边哭。

"是啊，在米拉所有的日子都像畜棚里的野鼠一样灰暗。"

马堤斯说。

在贫穷岁月,庄园里缺少食物,而米拉的那位农民也认为小孩子除了土豆蘸鲱鱼汤外不需要吃别的东西。

"我的小命不会太长,"安娜说,"吃土豆和鲱鱼汤我活不到冬天。"

"你一定要活到冬天,"马堤斯说,"到了冬天你就可以上学了,那时候的日子不会像畜棚里的野鼠那样灰暗。"

当春天来到米拉的时候,马堤斯和安娜没有在小河上建玩具风车磨房,没有在渠水里玩树皮船,而是给米拉那位农民的奶牛挤奶、清扫牛圈。他们吃土豆蘸鲱鱼汤,没人的时候,他们哭得很伤心。

"只要能活到冬天,我就能上学。"安娜说。

当夏天来到米拉的时候,马堤斯和安娜没有能到林间去采野草莓或者在台地上建儿童玩具房,而是给米拉那位农民的奶牛挤奶和清扫牛圈,他们吃土豆蘸鲱鱼汤,没人的时候,他们哭得很伤心。

"只要能活到冬天,我就能上学。"安娜说。

当秋天来到米拉的时候,马堤斯和安娜没能在黄昏时在房子里玩捉迷藏,也没能在晚上坐在餐桌底下小声地互相讲故事,而是给米拉那位农民的奶牛挤奶和清扫牛圈。他们依然吃土豆蘸鲱鱼汤,没人的时候,他们哭得很伤心。

"只要能活到冬天,我就能上学。"安娜说。

在贫穷岁月,孩子们在冬天只上几周课。这个时候从某个地方来了一位流动教师,他在村子里的一栋房子住下,周围的孩子去他那里学习读书和算术。那位米拉农民出于自身的利益,认为办学校是最愚蠢的行为,如果可能的话,他一定会让孩子们待在庄园里干活儿,但是这位米拉农民办不到。他可以不让孩子们玩树皮船、搭建玩具屋和到野外采野草莓,但是无法阻止孩子们上学,到时候村子里的牧师就会来说:"马堤斯和安娜必须得上学。"

冬天来到米拉,大雪纷飞,雪厚得几乎漫过了庄园的窗子。在昏暗的畜棚里,马堤斯和安娜高兴得互相拉着手跳舞,安娜说:"啊,多好呀,我总算活到了冬天。啊,多好呀,我明天就要上学了!"

马堤斯说:"再见吧,所有的畜棚野鼠,现在该结束米拉灰暗的日子了。"

那天晚上他们走进厨房的时候,米拉那位农民说:"学校?想去就去吧!但是,上帝保佑,你们一定不能耽误回家挤牛奶。"

第二天,马堤斯和安娜手拉着手朝学校走去。他们要走很长的路,在那个时代没有人关心森林里的路是长还是短。风很大,天气很冷,马堤斯和安娜被冻得脚指甲都裂了,鼻子尖红

红的。

"你的鼻子红得很好看，马堤斯，"安娜说，"你真幸运，不然你的鼻子会像畜棚里的野鼠一样灰暗。"

不管是马堤斯还是安娜，他们浑身确实像野鼠一样都是灰色的。脸是灰色的，衣服是灰色的，安娜肩上的披肩是灰色的，马堤斯身上的旧棉袄是那位米拉农民穿剩下的，也是灰色的。但此时他们在去学校的路上，安娜相信，学校肯定没有灰色，从早到晚一定都是快乐的红色。因此他们觉得，像两个灰色的小野鼠走过森林里运木材的小路和在冬天寒冷的天气里挨冻，都算不了什么。

但是上学不像他们预想的那样有意思。与村子里其他的孩子围着开口炉子坐在一起学习拼写字母确实很有意思，但是第

二天老师就打了马堤斯的手板,因为他坐着不老实。吃饭的时候马堤斯和安娜很不好意思。他们只带了几个冰冷的土豆,其他的孩子则带着猪肉、奶酪三明治;而优艾尔——那个商人的儿子带了蛋糕,一整袋蛋糕。马堤斯和安娜看着优艾尔的蛋糕,眼睛直发亮。优艾尔说:"穷孩子,你们过去从来没看见过好吃的东西吧?"这时候马堤斯和安娜叹口气,不好意思地转过头,没有回答。

不,灰色没有像他们想象的那样消失。但是他们还是每天老老实实地上学,尽管运木材小路上的积雪很厚,指甲裂得很厉害,尽管他们是没有三明治和蛋糕吃的穷孩子。

那位米拉的农民每天都说:"上帝保佑,你们一定不能耽

误回家挤牛奶。"

马堤斯和安娜不敢回家太晚以免耽误给牛挤奶。他们像两只灰色的小野鼠忙着赶回鼠洞一样,穿过森林,他们害怕回家晚了。

但是有一天,安娜站在半路上,用力拉住马堤斯的手。

"马堤斯,"她说,"上学对我们帮助不大。我的童年生活很没有意思,我真希望我活不到春天。"

她刚刚说完,他们就看见一只红色的鸟站在地上,它的红

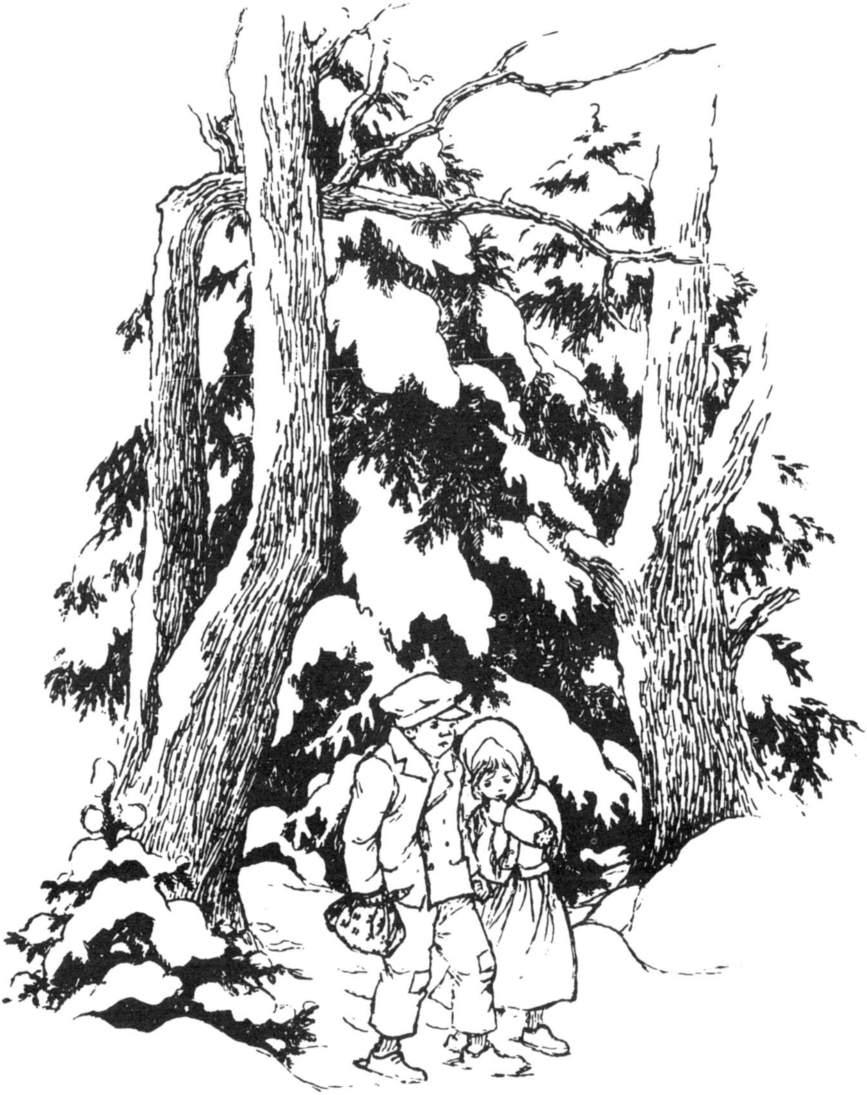

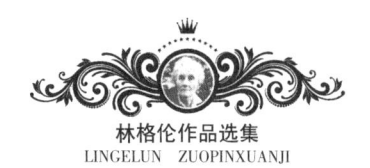

色与白雪形成鲜明的对比,红与白的反差很刺眼很刺眼。它唱得是那么清脆,杉树上的积雪立即碎成千万朵雪花,轻轻地、无声无息地落在地上。

安娜向着这只鸟伸出手,并且哭起来。

"它是红色的,"她说,"啊,它是红色的!"

马堤斯也哭了,他说:"它可能根本不知道,世界上还有灰色野鼠。"

这时候那只鸟展开红色的翅膀飞走了。

安娜用力抓住马堤斯的手说:"如果这只鸟离我而去,我就躺到雪里去死。"

马堤斯拉住她的手,一起去追那只鸟。它像最红的火炬在杉树间飞来飞去,它飞到什么地方,那里的雪花就轻轻地、无

声无息地落在地上,因为那只鸟一边飞还一边清脆地歌唱。那只鸟飞到这边飞到那边,已经进入森林很远,离路越来越远。安娜和马堤斯艰难地在积雪中跋涉,树枝打在他们脸上,藏在雪下的石头经常会绊着他们,但是他们追那只鸟的时候,两眼放射出兴奋的光芒。

鸟一下子消失了。

"如果找不到那只鸟,我就躺到雪里去死。"安娜说。

马堤斯安慰她,一边抚摩她的脸颊一边说:"我听见那只鸟在山那边歌唱。"

"我们怎么才能到山那边去呢?"安娜问。

"穿过那个幽深的山涧。"马堤斯说。他抓住她的手,把她拉过山涧。在山涧的白雪上有一根红色发亮的羽毛,他们知道走对了路。

山涧越来越窄,到最后窄得只有小孩子的身躯才能勉强通过。

"路很窄,"马堤斯说,"但是我们瘦得比它还窄。"

"对,这大概是那位米拉农民的功劳,他让我们穷孩子的身躯哪儿都挤得过去。"安娜说。

就这样他们到了山那边。

"现在我们到了山这边,"安娜说,"但是红色的鸟在哪里?"

马堤斯静静地站在冬季的森林里,仔细地听着。

"在墙后边,"他说,"它在墙后边歌唱。"

在他们前面有一道高墙,墙上有一个门。门大开着,好像刚有人走进去而忘记关上。地上覆盖着积雪,冬日天寒地冻,但是一棵樱桃树把开着白花的枝丫从墙顶伸了出来。

"我们的南草地那边也有樱桃树,"安娜说,"但冬天是不会开花的。"

马堤斯拉住安娜的手,走进大门。

这时候他们看到了那只红鸟,这是他们在这里看到的第一

样东西。它站在一棵桦树上,桦树长着翠绿的小叶子,这里正是春天。他们被春天所有美好的东西包围,成千上万只小鸟在树上歌唱欢呼,春天的小溪流水潺潺,百花竞相开放,孩子们在一块像天堂一样的绿草地上玩耍。啊,好多孩子在那里玩,他们在小河和水渠里玩自己制作的树皮船。他们吹着自己制作的口笛,听起来就像春天的椋鸟。他们穿着红色的、蓝色的和白色的衣服,漂亮得像春天草地上五颜六色的鲜花。

"他们根本不知道世界上还有灰色的野鼠。"安娜伤心地说。但就在同一瞬间,她看到马堤斯也穿上了红色的衣服,她自己也穿上了红色的衣服,他们不再是畜棚里的灰野鼠。

"这是我童年生活中发生的最奇特的事情了,"安娜说,"我们来到一个什么地方啦?"

"你来到了南草地。"在附近小河里玩的孩子们说。

"南草地,我们去米拉过着灰野鼠般的生活之前就住在那里,"马堤斯说,"但是看起来跟这儿不一样。"

这时候孩子们都笑了。

"这里是另外一个南草地。"他们说。

他们让马堤斯和安娜跟他们一起玩。马堤斯制作了一个树皮船,安娜把那根红鸟身上掉下来的红羽毛插在船上,他们把小船放到小河里,插着红色羽毛的小船顺流而下,在所有树皮船中它最抢眼。马堤斯和安娜还在小河上建了一座水轮磨房,

林格伦作品选集
LINGELUN ZUOPINXUANJI

叮当响的大街　Dingdangxiangdedajie

磨盘在阳光下转个不停。他们光脚走在小河里,脚下的石头滑溜溜的。

"我的小脚喜欢光滑的石头和柔软的青草。"安娜说。

这时候他们听到有人喊:"快来呀,亲爱的孩子们!"

马堤斯和安娜在自己的水轮磨房旁边愣住了。

"是谁在喊?"安娜问。

"我们的母亲,"孩子们说,"她叫我们回去。"

"她大概不是叫我和安娜也过去吧?"马堤斯说。

"她当然也叫你们过去,"孩子们说,"她叫所有的孩子都过去。"

"可她不是我们的母亲呀!"安娜说。

"她当然是你们的母亲,"孩子们说,"她是所有孩子的母亲。"

就这样马堤斯和安娜跟着其他孩子穿过草地来到一座小房子,母亲就在那里。看得出来,她是位母亲,有着母亲的眼睛和双手,她的眼睛和双手足够照顾挤在她身边的所有孩子。她为孩子们做蛋糕、烤面包、制作黄油和奶酪,孩子们随便吃,想吃多少就吃多少。

孩子们坐在草地上吃饭。"这是我童年里吃到的最好的食物。"安娜说。

但是马堤斯突然脸色苍白,他说:"上帝保佑,我们一定

不能耽误回家挤奶。"

这时候他们很慌张,因为他们想起来了,自己已经在很远的地方。他们感谢吃到这么多好东西,母亲抚摩着他们的面颊说:"尽快回来!"

他们把马堤斯和安娜一直送到围墙的大门口。门仍然大开着,他们能看到墙外的积雪。

"为什么不把那个大门关上?"安娜说,"雪会吹进来。"

"如果关上了,就永远不能再打开!"孩子们说。

"永远?"马堤斯问。

"对,永远,永远不能再打开!"孩子们说。

那只红色的鸟仍然站在那棵长着翠绿叶子的桦树上,像春天一般的桦树叶散发着清香。但是围墙外积雪很厚,森林在冬天的薄雾中挂满了冰霜。马堤斯拉住安娜的手,跑出了大门,很快寒冷就朝他们袭来,随之而来的还有饥饿,好像他们刚才没有吃过蛋糕和面包一样。

那只红色的鸟在前面飞,为他们指路,但是在冬的薄雾中它已经显得不是那么红。他们的衣服也不再是红色,安娜肩上的披肩又变成了灰色,马堤斯身上那件米拉农民穿剩下的旧棉袄也复原成灰色。

最后他们回到了家,赶紧去为那位米拉农民的奶牛挤奶,赶紧去清扫牛圈。他们晚上走进厨房的时候,那位米拉农民

说:"真幸运,那个学校不是没完没了地上课。"

不过马堤斯和安娜坐在漆黑的厨房一角,谈论了很长时间关于南草地的事情。

他们继续在那位米拉农民的畜棚里过着灰野鼠般的生活。但是他们每天去学校,那只红色的鸟都站在运木材路的积雪中等着,把他们引到南草地。他们在那里玩树皮船、吹口笛,在台地上建玩具房子,每天那位母亲都给他们想吃的所有好东西。

"如果没有南草地,我的童年生活就没多大意义。"安娜说。

但是他们晚上走进厨房时,那位米拉农民说:"真幸运,那个学校不是老上课。放学以后就可以在畜棚里干活儿了。"

这时候马堤斯和安娜互相看着,脸色变得煞白。

那是最后一天,最后一天上学,最后一天到南草地。

"上帝保佑,你们一定不能耽误回家挤牛奶。"那个米拉

农民最后一天像往常一样说。

他们坐在学校里的炉子周围,最后一次学习拼写字母。他们最后一次吃凉土豆,当优艾尔说"穷孩子,你们过去从来没见过好吃的东西吗"这句话时,他们笑了笑。他们笑了,因为他们想起了南草地,他们很快就可以在那里吃个饱。

他们最后一次像两只灰色的小野鼠走在运木材的路上。那是冬天最冷的一天,他们一呼气,嘴里就冒出白烟,脚指甲和手指甲冻裂得很厉害。

安娜紧紧地裹着披肩,她说:"我的童年受过冻挨过饿,但是从来没像现在这样厉害。"

天气刺骨的寒冷,他们盼望那只红色的鸟把他们带到南草地。它当然站在那里,它的红色与白雪形成鲜明对比。安娜看见它时,高兴得笑了。

"我有机会最后一次来到我的南草地。"她说。

冬季短短的白天很快就过去了,夕阳的余晖已经褪去,夜很快就要来临。但是那只像杉树间最红的火炬一样的鸟一边飞翔一边歌唱,千万朵雪花应声落在寒冷而寂静的林地上。人们只能听到这只鸟的歌声,冰冷的天气使森林沉默,林涛声被严寒窒息。

这只鸟一会儿飞到这边,一会儿飞到那边,马堤斯和安娜在积雪中跋涉,通向南草地的路很长很长。

"我的童年生活肯定要在这里结束,"安娜说,"在我到达我的南草地之前,寒冷会夺走我的生命。"

但是那只鸟一直在他们前面飞,最后到达他们认识的那个大门前。门外的雪很厚,但是樱桃树把开着花的枝从墙顶伸出来,大门敞开着。

"我的童年生活中从来没有这样热烈地期盼过。"安娜说。

"但是现在你到了,"马堤斯说,"现在你不用再盼了。"

"对,现在我没什么可盼的了。"安娜说。

马堤斯拉住她的手,把她领进大门,进入永远是春天的南草地。桦树的嫩叶散发着清香,成千上万只小鸟在树上欢呼歌唱,孩子们在春天的小河和水渠里玩着自己做的树皮船,母亲站在草地上喊:"快过来呀,亲爱的孩子们!"

在他们身后,是寒冷、挂满冰霜的森林和等待他们的冬夜。安娜透过大门朝黑暗处看,她颤抖起来。

"为什么不把那个大门关上?"她说。

"哎呀,小安娜,"马堤斯说,"如果关上了,就永远不能再打开,你难道没记住?"

"记住了,我肯定记住了,"安娜说,"永远,永远不能再打开。"

这时,马堤斯和安娜互相看着彼此,过了很长时间,他们微笑了一下。随后大门完全关上了,轻轻地,无声无息地……

我的菩提树演奏乐曲吗？
我的夜莺歌唱吗？

在很久以前的贫穷岁月，每个教区都有个穷人屋。那里住着本教区所有可怜的人：失去劳动能力的老人、赤贫者、生病的人、残疾人、无人照顾的孤儿，他们都被集中到穷人屋。

诺尔卡教区也有一个穷人屋，马琳8岁时来到那里。肺病夺去了她父母的生命，诺尔卡的农民担心她会带来传染病，不

想为了一点儿钱而收留她。通常收留孤儿的家庭会得到一些钱。因此她来到穷人屋。

这是初春一个星期六的晚上，诺尔卡穷人屋里的所有寄居者都坐在窗子旁边朝马路上看，这是这些穷人周末的唯一娱乐方式。不过现在没有多少东西可看。一辆进城晚归的农家马车过来了，几个去钓棱子鱼的长工家男孩过来了，马琳胳膊挟着包袱也过来了，他们睁大眼睛看着她。

"我真可怜，要去穷人屋。"马琳站在穷人屋的台阶上时想，"我真可怜。"

马琳打开门，碰到波姆帕都拉，她是诺尔卡穷人屋的总管，在寄居者中地位最高。

"欢迎你到穷人屋来，"波姆帕都拉说，"过去这里很挤，现在也好不了多少。不过像你这样一个小瘦孩子，也占不了多

大地方。"

马琳没有说话,她看了看地板。

"在我们这里不准蹦蹦跳跳、嘻嘻哈哈,"波姆帕都拉说,"从一开始你就应该懂得这些规矩。"

墙四面坐着寄居者,忧伤地瞪着马琳。这时候马琳想:"谁稀罕在这儿蹦蹦跳跳呢?我不会,别的人也不会。"

她很了解他们,了解诺尔卡穷人屋的寄居者,因为他们每天都在教区里拿着讨饭袋子转来转去,为了上帝的仁慈乞求人们给他们一块面包。啊,她认识这里所有的人。那位是普里泰特,他是诺尔卡教区里最丑的人,人们经常用他吓唬小孩子,尽管他心地善良,从来没动过别人一个手指头;那位是尤科·凯斯,上帝把他的智慧拿走了;那位是尤拉来的奥拉,他能吃十个面包还不饱;那位是夏-尼斯,他有一只木头假脚;那位洪斯-希尔玛,长着一双愤怒的眼睛。还有里尔-斯塔娃、心肝宝贝、佩格尔-安娜和比他们都牛气的波姆帕都拉,她是教区挑选出来管理穷人屋的。

马琳站在门边,把整个穷人屋的穷人打量了一番。想到她将在这里度过自己的少年时代,直到长大能出去挣钱为止的时候,她的心情十分沉重。她不知道自己能不能习惯这里的生活,这里没有任何漂亮和有趣的东西。她自己家很穷,但是那里既漂亮,又有趣。啊,窗外有苹果树,春天的时候苹果花盛

开；还有铃兰花圃；还有门上画着玫瑰花的柜子；蓝色的大烛台插着脂肪蜡烛；母亲制作的刚出炉的焦黄大面包；星期六厨房的地板被擦得干干净净，上面铺着砍来的杜松枝。啊！在疾病到来之前，她的家曾经既美丽又有趣。

但是这个穷人屋，到处是那么丑陋，她真想哭一场。窗外仅有一小块贫瘠的土豆地，没有开花的苹果树，也没有铃兰花

花圃。

"我真可怜,"马琳想,"现在我是诺尔卡年龄最小的寄居者,一切美好和有趣的东西都没有了。"

夜里,她睡在地板上的一个角落里,她躺在那里睡不着,听着其他寄居者咬牙、打鼾,他们每两个人睡一张床。经过一天的奔波劳碌,普里泰特、夏-尼斯、尤科·凯斯、尤拉来的奥拉、洪斯-希尔玛、心肝宝贝、里尔-斯塔娃和佩格尔-安娜都睡着了。但是波姆帕都拉单独住在楼上的阁楼里,和臭虫住在一个床上。

快到早晨的时候,马琳醒了,在冰冷、朦胧的晨曦中,她看见一大群一大群的臭虫在墙纸上爬。此时它们正赶回自己的藏身处和墙缝,但是下一个夜晚它们还会回来,吸诺尔卡贫穷寄居者的血来填饱肚子。

"如果我是臭虫,我就从这里搬走。"马琳想,"不过臭虫可能不管这里美不美,有意思没意思,只要这里有四张床睡着八个寄居者,再加上躺在地板上的小寄居者就行了。"

她躺在地板上还能看见床底下的东西。所有的东西都是诺尔卡寄居者从教区居民那里搜罗来的,他们把东西藏在袋子和箱子里。每个人都有面包,每个人都有豌豆和麦片,每个人都有一小块猪肉、干瘪的咖啡豆,还有盛着已经变酸的咖啡渣的锅。

这时候老人们一个接一个地都醒了,他们开始争吵谁第一

个煮自己的咖啡。他们拿着自己的锅挤在开口炉子周围吵闹着,但是波姆帕都拉来了。她赶走了他们,把自己的三条腿咖啡壶坐在火上。

"我和我的小女佣一定要先喝点儿。"波姆帕都拉说。

因为夜里她已经想过了,她拿着讨饭袋子外出讨饭时,有一个小女佣跟在身边可能很不错。教区的居民为了上帝的仁慈①肯定不会让无辜的孩子饿死。因此马琳被波姆帕都拉抚摩了一下脸颊,得到了咖啡和面包。现在她成了波姆帕都拉的小女佣,并将永远是。

但是马琳坐在那里很伤心,她从咖啡杯边沿把整个穷人屋用眼睛又扫了一遍,竭力想找出某些漂亮的东西,哪怕一件也好。但是没有,啊,真的没有。

然后她和波姆帕都拉开始在教区乞讨,走进所有的庄园讨要面包。而波姆帕都拉对自己的小女佣很满意,她把乞讨来的最好的几块面包给马琳,晚上她在没有小女佣的其他寄居者面前吹嘘她。

但是马琳有一副好心肠,她尽力当所有人的小女佣。当洪斯-希尔玛无法用自己残疾的手指系鞋带时,马琳帮她系上;当心肝宝贝掉了线团时,马琳替她捡起来;当尤科·凯斯总是因为听到自己脑袋里嗡嗡响而担心的时候,马琳安慰他,让他

---

① 人的仁慈都是上帝指示的,所以人行善是为上帝行善。

林格伦作品选集
LINGELUN ZUOPINXUANJI

叮当响的大街　Dingdangxiangdedajie

平静下来。但是她自己得不到任何安慰,因为对于一个没有任何漂亮外表且无法生活的人来说,她在诺尔卡穷人屋不会得到任何安慰。

在与波姆帕都拉乞讨的过程中,有一天马琳来到牧师公馆,牧师夫人为了上帝的仁慈请她们吃袋装的面包和餐桌上的粥。除此以外,马琳这一天还得到了更多的东西。就在这个时候,就在她坐在牧师家厨房时,她有了一种特别的感觉,某种漂亮的东西使她的心得到某种安慰。她坐在餐桌旁边吃着粥,

对于要发生的事一无所知,这时候从半开着的门缝传来旁边卧室里的说话声,说话的声音是那么美,她听到以后兴奋得直打战。有人在卧室里正给牧师的小孩子高声讲故事,在温馨的气氛中讲故事的声音从门缝飘出来,传进马琳的耳朵里。她过去不知道,讲故事的声音会是那么美,现在她知道了,美妙的话语就像夏季早晨草地上的露珠滴进了她的灵魂里。啊,她多么想把它们留在心里,直到时光终结,永远不忘,但是就在她与波姆帕都拉回到穷人屋时,这种美好的感觉从她的记忆中消失了。只有两句还留着,她一遍又一遍地在心里默念着:

我的菩提树演奏乐曲吗?
我的夜莺歌唱吗?

这就是她朗读的两句话,而在美妙的朗读声中穷人屋所有的穷困和苦难都消失了。她不知道为什么会是这样,但是出现这种情况让她感觉非常惬意。

生活还在继续。诺尔卡寄居者的忧伤和叹息、他们的饥饿和辛劳以及他们苦苦的期待并没有结束。但是这些话语给了马琳心灵上很大安慰,有助于她坚持生活下去。因为有很多东西在穷人屋很难看到和听到。

心肝宝贝拿着线团坐在那里,用一整天的时间把线从一个

线团绕到另一个线团上,不停地做着无用功。当她想到自己把青春耗费在无聊的绕线团上时,她默默地哭了。马琳看到了这一切……

  我的菩提树演奏乐曲吗?
  我的夜莺歌唱吗?

  尤科·凯斯听到自己脑袋里嗡嗡响,感到很担心,他用头撞墙,请求其他的寄居者与他换脑袋。这时候除了马琳,其他人都笑了……

  我的菩提树演奏乐曲吗?
  我的夜莺歌唱吗?

  当夜晚来到穷人屋,没有蜡烛可点的时候,所有寄居者都坐在自己的床上,瞪着眼睛看黑暗和沉入记忆,他们唉声叹气、呻吟不止,马琳听到了……

  我的菩提树演奏乐曲吗?
  我的夜莺歌唱吗?

随着时间的流逝,她已经不再仅仅满足于听到这两句话,它们已经变成她内心日思夜想的一个愿望。此时她已经知道她想要什么。她想要一棵会演奏乐曲的菩提树,她想要一只会歌唱的夜莺,就像童话中那位皇后一样。这种想法没有让她安宁下来,她进而想到,应该在土豆地里播下一粒种子,看它是否会长出一棵菩提树。

"只要我有一粒种子",她想,"肯定会长出一棵菩提树;只要有了菩提树,就会引来一只夜莺;只要有了一只夜莺,那时候穷人屋里一切都会变得漂亮和有趣。"

当她和波姆帕都拉一起穿过林间草地时,她问:"菩提树的种子,什么地方可以找到?"

"在秋天的菩提树林里。"波姆帕都拉说。

但是马琳不能等到秋天。春天的时候夜莺才歌唱,菩提树才演奏乐曲。春天的日子就像石头周围的水一样匆匆流逝,如果她不能得到一粒种子,那就为时过晚了。

有一天早晨她醒得比其他人都早,可能是虱子把她咬醒了,也可能是阳光透过穷人屋的窗子照进来了。她躺在那里挠痒痒,

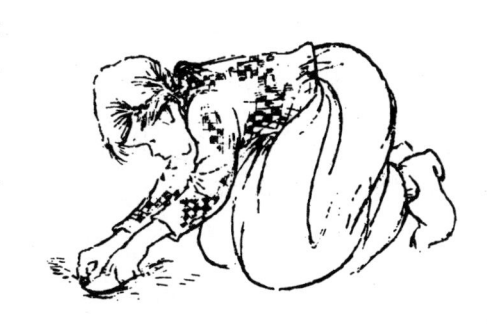

目光被阳光的走向引到夏-尼斯的床底下,这时候她看到地板上有什么东西,某种很小、黄色的圆东西。原来是从夏-尼斯的破袋子里滚出来的一粒豌豆。这使她想到,她可以用这粒豌豆代替一粒种子。可能上帝出于慈悲,破例让一棵菩提树的嫩芽从一粒豌豆里长出来。"心诚金石开。"马琳说。她走到土豆地里,用自己的手在地上挖了一个坑,把将要变成一棵菩提树的豌豆种下去。

她是那么坚信,每天早晨醒来以后她就坐在床上,全身心地听那块土豆地是否长出了会演奏乐曲的菩提树,是否飞来了会歌唱的夜莺。但是她只听到了睡在床上寄居者的鼾声和室外叽叽的麻雀叫声。

"需要一点儿时间,"马琳想,"心诚金石开。"

她为将来穷人屋一切都会变得漂亮和有趣感到高兴。

有一天,当尤科·凯斯因脑袋里嗡嗡响而用头撞墙时,马琳告诉了他即将到来的美好生活。

"当菩提树演奏乐曲、夜莺歌唱的时候,你就听不到脑袋里的嗡嗡声了。"马琳说。

"这是真的?"尤科·凯斯问。

"当然,心诚金石开。"马琳说。

尤科·凯斯立刻变得兴高采烈。他马上坚信不疑,每天早晨他都听土豆地那边的动静,是否长出了能演奏乐曲的菩提

树,是否飞来了会歌唱的夜莺。但是有一天,他告诉尤拉来的奥拉即将来临的美好生活时,奥拉怪笑起来,并且说,如果真的长出一棵菩提树,他会立即砍掉它。

"因为我们一定得吃土豆。"奥拉说,"再说了,根本长不出什么菩提树。"

这时候尤科·凯斯含着眼泪走到马琳身边说:"奥拉说我们一定得吃土豆。再说了,根本长不出什么菩提树,这是真的吗?"

"心诚金石开,"马琳说,"当菩提树演奏乐曲、夜莺歌唱的时候,奥拉就不需要再吃土豆。"

但是尤科·凯斯还是心存疑虑,他问:"什么时候会长出菩提树?"

"大概明天吧。"马琳说。

那天夜里她久久不能入睡。她坚信不疑,从来没有人的内心像她那样强烈地相信,泥土一定会裂开,所有的山坡都会长出菩提树,大地会长满森林。

最后她睡着了,等她醒来时天空的太阳已经升起很高。这时候她已经知道发生了什么事,因为诺尔卡穷人屋的寄居者都站在窗子旁边,惊奇地张着大嘴巴。土豆地里长出了一棵菩提树,千真万确,那是一棵人们难以想象的最漂亮的小树。它长着漂亮的绿色小叶子,造型优美的小树枝和笔直、挺拔的树干。马琳高兴极了,她觉得心脏都要跳出来了……千真万确,一棵菩提树长出来了!

尤科·凯斯兴奋得已经身不由己。而奥拉也不再讥笑,而是说:"诺尔卡发生了奇迹……千真万确,长出了一棵菩提树!"

对,一棵菩提树真的长出来了。但是它不演奏乐曲,一点儿也不。它静静地站在那里,叶子一动也不动。仁慈的上帝让一棵菩提树从一粒豌豆里长出,啊,他怎么忘记赋予它灵魂和生命了呢?

穷人屋所有的寄居者都聚集在土豆地里,他们等待听那棵

菩提树演奏乐曲，听夜莺歌唱，这是马琳向他们许的愿。但是菩提树静静地站在那里。马琳心急如焚地摇着那棵小树。她心里很清楚，没有菩提树演奏乐曲，就不会有夜莺来歌唱，所有的夜莺都是这样。但是那棵菩提树就是一动不动。

一整天尤科·凯斯都坐在前廊的台阶上。他倾听着，等待着，但是到了晚上他含泪走到马琳跟前说："你保证它会演奏乐曲，你说夜莺会来歌唱。"

尤拉来的奥拉也不再认为菩提树是什么奇迹。

"我们要一棵不会演奏乐曲的菩提树有什么用?"他说,"明天我就把它砍掉。因为我们需要吃土豆。"

这时候马琳哭了,因为她看不到使穷人屋变得漂亮和有趣的任何希望。

诺尔卡穷人屋的寄居者上床睡觉了,他们不再等什么夜莺,而只能等待虱子。虱子藏在暗处和墙缝里,正等待着他们。

就这样,春夜悄悄降临到诺尔卡。

但是躺在穷人屋床上的马琳久久不能入睡。她从床上起来,走到外边的土豆地里。明亮的春季夜空高悬在漆黑的穷人屋、默不做声的菩提树和沉睡的村庄上空。在整个诺尔卡教区除了马琳大家都睡了,然而她仍然感到这一夜充满了生机。春天的灵魂活跃在树叶、花朵、青草和树木里。啊,连最小的豌豆和草茎里都有灵魂和生命。只有这棵菩提树是死的。它静静地立在土豆地里,漂亮而安详,但它是死的。马琳用手抱住树干,马上意识到,它孤零零地立在那里,没有生命,也不能演奏是多么痛苦。这时她突然想到,如果把自己的灵魂献给这棵死亡的树,让生机流入它绿色的小叶子、造型优美的树枝,这棵菩提树就会欢快地演奏乐曲,所有山坡和森林里的夜莺都会听到。

马琳想:"啊,我的菩提树一演奏乐曲,我的夜莺就会歌

唱，穷人屋里的一切都会变得漂亮、有趣。"

然后她想："不过我自己也不能存在了，因为没有灵魂的人不能活在地球上。但是我活在这棵菩提树里，我会永远住在我自己凉爽的绿色房子里，春天的夜晚夜莺为我歌唱，生活会非常有趣。"

啊，她想好了，她可以把灵魂献给那棵菩提树……

整个教区的人都在睡觉,没有人知道很久以前的一个春季夜晚,在诺尔卡的穷人屋里到底发生了什么。但是有一点人们肯定知道……在黎明时分,所有的寄居者都被来自土豆地里的感人至深的优美乐曲唤醒,一棵会奏乐的菩提树和一只会歌唱的夜莺让他们内心充满快乐地迎接新的一天。因为那棵菩提树演奏的乐曲是那么美妙,那只夜莺的歌唱是那么动听,穷人屋里的一切一下子都变得漂亮、有趣。

马琳走了,她再也没有回来。他们很怀念她,不知道她去哪里了。但是那个很不聪明的尤科·凯斯说,那棵菩提树演奏乐曲时,他能听到自己脑袋里一直有个小小的声音在回响:

"我就是——马琳!"

咚，咚，咚

在很久以前的贫穷岁月，狼在瑞典随处可见。一天夜里，一只狼把卡佩拉村里的绵羊全咬死了。第二天早晨，当卡佩拉的村民醒来时，发现所有长着厚毛的绵羊和所有咩咩叫的羊羔都被撕碎了，满地鲜血。在贫穷的岁月这是让人痛不欲生的大

灾难。啊,他们在卡佩拉哭天号地,全村的人对这只狼、对这只嗜血成性的恶兽恨得咬牙切齿。全村的男人拿着毛瑟枪和捕狼网出发了,他们把这只狼从它的藏身处赶出来,逼进捕狼网,这只狼得到了报应,再也不能咬死绵羊了。但是此举于事无补,因为绵羊都死了,卡佩拉的村民悲痛欲绝。

有两个人比谁都伤心。他们是爷爷和斯蒂娜·玛丽娅,他

俩是卡佩拉村里年龄最大的和年龄最小的。他们坐在羊圈后边的草地上哭。他们过去有多少次坐在这里,看着绵羊在附近的草地上吃草,那么平静,好像世界上根本没有狼。漫长的夏日,他们经常坐在那里,就他俩。爷爷在阳光下温暖着自己冰冷的双腿,斯蒂娜在石头中间搭建玩具房子,听爷爷讲只有上了年纪的人才知道的各种事情:讲用金梳子梳头;讲背上有窟窿的森林女妖;讲如果你不想中邪风和受到其他伤害,你要多加小心,不要接近喜欢在月光下跳舞的森林女魔;讲在漆黑的河上演奏乐器的河神和在幽暗的森林里游荡的妖魔;讲阴曹地府里的故事,人们不知道他们的名字。所有这些都是爷爷跟斯蒂娜·玛丽娅在羊圈后边讲的。这一老一少比其他人对这些故事有更深的理解。

有时候也会出现这样的事情,爷爷为斯蒂娜·玛丽娅说一段顺口溜,一段与卡佩拉村一样古老的顺口溜:

咚,咚,咚,
今天和昨天,
有同样多的羊,
多亏高高的保护栏。

爷爷一边说一边用拐杖戳地,还把拐杖高高举起,以便让

斯蒂娜·玛丽娅看到,保护卡佩拉绵羊和羊羔的墙有多么高。

但此时爷爷和斯蒂娜·玛丽娅正坐在那里哭。因为今天已经没有昨天那么多羊,它们都死了,一只也没有了,没有高得足以保护大羊和小羊不被狼咬死的保护栏了。

"如果它们活着,本来我们明天要剪羊毛的。"斯蒂娜·玛丽娅说。

"对,我们本来打算明天就给它们剪毛。"爷爷说,"如果它们活着的话!"

卡佩拉剪羊毛那天可是个大喜的日子,对于斯蒂娜·玛丽娅、爷爷和所有村里的人来说是,但对于大羊和小羊羔来说可不是。这时候人们把大盆拉到羊圈外面的山坡上,取下挂在车库墙上的剪刀,卡佩拉的妇女拿来她们织的红色带子,把羊的四条腿都绑起来,免得它们跑掉。羊很害怕,它们不愿意在大盆里洗澡,不愿意被绑起来放倒在山坡上,不愿意冰冷的羊毛剪刀蹭自己的皮肤,特别不愿意把自己柔软、温暖的毛剪掉去给卡佩拉人做过冬的衣服。最害怕的是小羊羔。它们躺在爷爷的膝盖上时,绝望地叫着,它们不知道,为什么要给它们剪毛。爷爷熟练地拿着大剪子,谁也没他剪得好。爷爷剪的时候,斯蒂娜·玛丽娅用双手把着小羊羔的头,唱爷爷教给她的歌:

哎呀，小羊羔，

可怜的小羊羔！

啊，那些可怜的小羊羔，如今它们已遇害身亡。豺狼的牙齿肯定比羊毛剪更锋利，血流成河肯定比放在大盆里更难过。

"我们再也不能在卡佩拉给小羊剪毛了。"斯蒂娜·玛丽娅说。

当天晚上，爷爷走进卧室时，发现自己没有带拐杖。

"我想，拐杖可能还在羊圈后边。"他对斯蒂娜·玛丽娅说，"撒开你的小腿，给我去取拐杖。"

"不过我们马上就开饭了。"她的母亲说，"快点儿去吧，斯蒂娜·玛丽娅，如果你想吃黑麦面粥的话。"

初秋时节，天黑得早，斯蒂娜·玛丽娅跑去取拐杖时，房子和院子已经黑黝黝的，四周一片寂静，斯蒂娜·玛丽娅感到很奇怪，相当害怕。她想起了她曾经听到过的关于女妖的故事，关于魔鬼的故事，关于女魔和水神的故事以及阴曹地府里的故事。她的眼前出现了一些东西：田地里的麦捆是那么可怕和漆黑，怎么像妖魔迈着缓慢脚步朝她走来；草地上，晚间的浓雾怎么像女魔慢慢朝她滚来，越来越近，好像要向她吹妖风；长着野蛮大眼睛的女妖此时站在远处的森林里，虎视眈眈

地盯着这个孩子,"今晚她一个人在外边吧?"那些阴曹地府的妖怪在做什么?人们叫不上来他们的名字。

那根拐杖就在爷爷坐过的羊圈后边的草地上放着。当斯蒂娜·玛丽娅手里握着光滑的拐杖时,她不再害怕了。她坐在一块石头上,看着周围的田地和草场、森林和房屋。她看清了,那是她自己亲爱的卡佩拉,有能变成面粉的麦捆,有草场滚滚而来的浓雾,有森林中黢黑的树木,有被室内温馨的炉火映红的窗玻璃。当确认一切都是她自己亲爱的卡佩拉时,她不再害怕了。

她坐的那块大石头本身就是卡佩拉的一部分。爷爷平时称这块石头为"狐狸石",石头底下有一个洞。爷爷说过,那里原来是个狐狸洞,但是卡佩拉没有人记得那里住过狐狸。斯蒂娜·玛丽娅想到了狐狸,想到了狼,但是她不害怕。她像爷爷那样拿拐杖使劲戳地,嘴里说着那个跟卡佩拉庄园一样古老的顺口溜:

咚,咚,咚,
今天和昨天,
有同样多的羊,
多亏高高的保护栏。

但就在这个时候发生了一件事。一个小人突然站在她面前,不知道是从什么地方冒出来的。他浑身灰色,就像夜晚的薄雾一样飘动。他的眼神像泥土和石头一样沉稳,他的声音像小河里淙淙的流水和吹过树顶的风。他开口跟她讲话,但声音小得几乎听不清楚。

"现在该住手了,"他嘟囔着说,"别再咚咚地在我们头上戳了。现在该住手了!"

他这样说的时候,斯蒂娜·玛丽娅明白了,她面前的这个

人就是阴曹地府里的一个妖怪。一种恐惧油然而生,她从来没有这样恐惧过。她吓得讲不出话,连动都动不了,只是呆呆地坐在狐狸石上,听那个嘟嘟囔囔的声音。

"今天应该和昨天有同样多的羊,可现在一只也没有了。夜里那只狼咬死羊的时候,我们看得清清楚楚。不过,如果你保证不再咚咚地戳地,你可以从我这里得到新的羊。"

斯蒂娜·玛丽娅刚才吓得直打战,但是当她听到可以得到新绵羊时又吓了一跳,她小声对这个灰色的小人说:"是真的吗?你给我新的绵羊?"

"对,如果你去赶的话。"那个灰色小人说。

在斯蒂娜·玛丽娅还没有搞清楚怎么去赶的时候,他把她从狐狸石上抱起来,一下子把那块石头掀到一旁。他使劲抓住她的手,通过一个像黑夜一样又黑又长的甬道,他们一下子被卷到漆黑的地下。

斯蒂娜·玛丽娅想:"这真是举世无双的狐狸洞,这回我死定了!"

就这样她到了阴曹地府的妖怪王国。那里沉睡的朦胧森林永远吹不到一丝风,浓雾笼罩,永远没有太阳。月亮和星星倒映在朦胧的湖水里,那里是上帝创世前的黑暗。阴曹地府的妖怪就住在山洞里。此时它们从山洞里蜂拥而出,像阴影一样围在斯蒂娜·玛丽娅周围。那个把她从地面接到地下的灰色小人

对他们讲话:"今天和昨天有同样多的羊,她会如愿的。过来,从朦胧森林走过来,和被那只狼咬死的一样多的羊!"

这时候斯蒂娜·玛丽娅听到一阵叮当的小铃铛声,从森林里走出一群绵羊和羊羔。它们不像卡佩拉的白羊,它们是灰色的,每只羊的一个耳朵上都拴有一个金色小铃铛。

"带着它们回卡佩拉吧!"那个灰色的小人说。

阴曹地府的妖怪闪到一边,放斯蒂娜·玛丽娅和她的羊过去。但是有一个人不闪开,是一个女人。她静静地站在斯蒂娜·玛丽娅面前,像灰色的阴影一样,老得像泥土和石头。她双手抓住斯蒂娜·玛丽娅浅色的辫子。

"浅色头发的孩子,"她嘟囔着,"漂亮的孩子,我一直渴望有你这样一个孩子。"

她用自己带影子的手抚摩斯蒂娜·玛丽娅的前额,在这一瞬间斯蒂娜把过去爱的一切东西都忘了。太阳、月亮、星星她不再记得。她忘了母亲的声音和父亲的名字,忘记了她喜欢的兄弟姐妹和经常把她抱在怀里的爷爷,她已经不记得他们。她唯一知道的是,那些戴金色铃铛的羊是属于她的。她把它们赶到朦胧森林让它们喝水,她把最小的那只羊羔抱在怀里,一边哄它玩,一边唱:

哎呀,小羊羔,可怜的小羊羔!

因为歌词她还记得。她唱的时候，突然想到，她自己就是一只迷途的羔羊，这时候她掉下了几滴眼泪。但是她到底是谁，她不知道。夜里她跟那个长着带影子的手，她叫她母亲的女人一起住在山洞里。她带着自己的羊，睡在那女人身边，她喜欢在黑暗中听羊身上叮当响的铃铛声。

日夜交替，一个月又一个月、一年又一年慢慢过去了，斯蒂娜·玛丽娅在朦胧森林里放牧自己的小羊羔，在朦胧湖边做梦、唱歌，时间在流逝。

寂寞沉重地笼罩着地下王国。斯蒂娜·玛丽娅带着自己的羊走到湖边，这里除了自己轻轻的歌声、金铃发出的叮当声和浓雾中传来的鸟叫声，别的什么也听不到。

有一次,她在寂静中坐着。她在水里玩着手指,看着羊羔喝水,什么也不想。这时候突然传来一声巨响,宇宙在湖面上空强烈震荡,有一个声音把朦胧森林里的树震得弯了腰,在地下王国的上空回荡着像卡佩拉一样古老的民谣:

咚,咚,咚,

今天和昨天,

有同样多的羊,

多亏高高的保护栏。

斯蒂娜·玛丽娅从梦中惊醒。

"啊,爷爷,我在这儿!"她高声说。

此时此刻她想起来了,此时此刻她记起了一切。记起了爷爷,记起了母亲的声音和父亲的名字,记起了她是谁,知道她的家在卡佩拉。

她曾去过阴曹地府,这一点她也记得,那里既没有太阳、月亮,也没有群星闪耀,她都知道。这时候她开始奔跑。她的绵羊和小羊羔跟在她身后,像一条灰色的溪流跟着她穿过朦胧森林。

阴曹地府的妖怪听到巨响后从山洞里蜂拥而出。他们愤怒地互相耳语着,气得眼睛发黑。他们看着斯蒂娜·玛丽娅,发出一阵抱怨声。他们对她指指点点,那个把她从地面带下来的灰色小人点了点头。

"让她睡在朦胧湖吧。"他含混不清地说,"只要她的亲戚还在卡佩拉,就永远不会安宁。让她睡在朦胧湖吧。"

很快,斯蒂娜·玛丽娅周围阴曹地府的妖怪就像阴影了。他们抓住她,把她拉到浓雾弥漫的湖水旁。

那个自称是斯蒂娜·玛丽娅母亲的女人,发出一声嘶哑的叫喊,阴曹地府里没有谁这样叫喊过。

"我的漂亮孩子,"她喊叫着,"我的浅头发孩子!"

她把其他人推开,用自己带阴影的手搂住斯蒂娜·玛丽

娅。她环视了一下周围的地下人,气得眼睛都黑了。她朝他们喊叫,声音特别嘶哑:"该睡的时候,我会让她睡,用不着别人管!"

她把斯蒂娜·玛丽娅抱在怀里朝湖水走去,阴曹地府的妖怪静静地站在那里等待着。

"来,来,我的漂亮孩子,"她嘟囔着,"你去睡吧!"

朦胧湖上笼罩着浓雾。浓雾好像给斯蒂娜·玛丽娅和抱着她的那个女人披上了一层薄纱。但是斯蒂娜·玛丽娅看到脚下的湖水闪闪发亮,这时候她掉了几滴眼泪。她想:哎呀,小羊羔,可怜的小羊羔!我再也看不到卡佩拉了。

那个自称是母亲的女人用带影子的手抚摸着她的脸颊,小声说:"漂亮的孩子,跟着你的绵羊和小羊羔走吧!"

突然,斯蒂娜·玛丽娅在浓雾中变成了孤身一人。她什么也看不见,但能听到金铃的叮当声,她跟着铃声走。羊群走在她前面,穿过黑暗和迷雾,她走了很远很远,根本不知道在什么地方。走着走着,她感到脚下有青草,很短的青草,这样的草地可以放羊。

"我不知道这是什么地方,"斯蒂娜·玛丽娅想,"但是这里长着和家乡草地上同样的草。"

就在这一刻,浓雾消失了,她看到了月亮。她看到了卡佩拉上空的月亮,正好在羊圈上空。爷爷手里拿着拐杖正坐在那

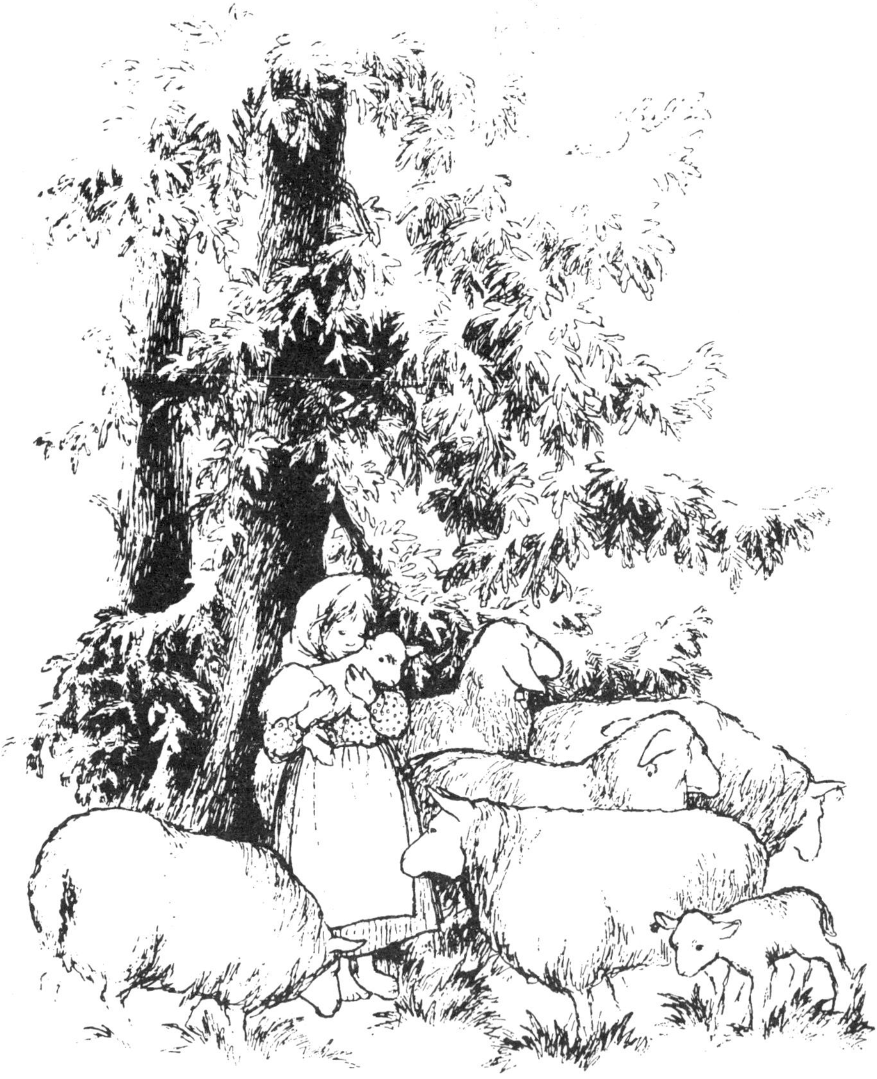

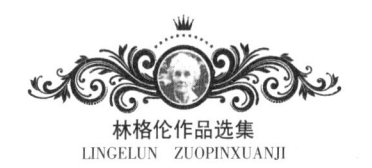

块狐狸石上。

"这么长时间,你到哪儿去了?"爷爷说,"快进屋吧,粥还热着呢。"

随后他没再说下去,因为他看见了那群羊。一群漂亮的、白色绵羊带着自己咩咩叫的小羊羔在月光下吃草。他的眼睛清清楚楚地看到了它们,听到了远方草地上清脆的小金铃的响声。

"上帝保佑我这个老人,"爷爷说,"我的耳边金铃在响,我看到了被狼咬死的羊又回来了。"

"这不是被狼咬死的那群羊。"斯蒂娜·玛丽娅说。

这时候,他从她的脸上看出了她是从哪里回来的,曾经到过阴曹地府的人一辈子都会有印记。不管在那里待的时间多么短,就算是把一锅粥煮熟了那么一点儿时间,或者月亮爬上羊

圈屋顶那么一点儿时间,你的一生也会留下印记。

爷爷把斯蒂娜·玛丽娅拉到身边,抱到膝盖上。

"哎呀,小羊羔,"他说,"你在外边待了多长时间,可怜的小羊羔?"

"我在外边待了几个月,好像是一年。"斯蒂娜·玛丽娅说,"如果你不叫我,我可能还待在外边。"

看着这群羊,爷爷的眼睛里闪耀着兴奋的目光。他数了数,跟被那只狼咬死的一样多。

"看来卡佩拉又该剪羊毛了,"他对斯蒂娜·玛丽娅说,"我今天晚上一定要磨剪刀了,如果这些月光绵羊属于你的话。"

"当然是我的。"斯蒂娜·玛丽娅说,"它们现在是白色的,过去是灰色的,而我是从……得到它们的。"

"别说!"爷爷说。

"只能意会,不能言传。"斯蒂娜·玛丽娅说。

羊圈上空的月亮越升越高,它照耀着草地,照耀着卡佩拉的绵羊和羊羔。爷爷拿着拐杖戳着地说:"咚,咚,咚……"

"别戳了。"斯蒂娜·玛丽娅说。

她对着爷爷的耳朵小声地唱着与卡佩拉村一样古老的民谣:

咚,咚,咚,
今天和昨天,
有同样的羊,
多亏高高的保护栏。

容克①尼尔斯·埃卡

在很久以前的贫穷岁月，有一个男孩子病得很厉害，整天躺在大森林深处的一个长工屋里。他叫尼尔斯，埃卡是长工屋的名字。那个时代有很多像埃卡这类的长工屋，一般都很小，灰色，除了小孩子，屋里几乎一无所有。不过像尼尔斯这类情况并不多见。

此时他病得很厉害，他的母亲担心他会死去，就把他放到那间好一些的屋子里，平时小孩子想进去看看都不行。他孤零零地躺在那里的一张床上，在他的一生中，这是第一次。他发着高烧，几乎失去知觉，但还是能感觉到，一个人睡一张床很舒服，那里对他来说真比天国还美好。他的母亲认为，他正在去天国的路上。那间好一些的屋子里很凉快也很暗，因为窗帘拉着，窗帘后边的窗子开着，他能感受到夏天的声音和芳香，

---

① 容克，一般译成容克地主，主要指普鲁士和德意志东部的地主阶级，这里的容克是一种头衔，近似绅士。

一切就像在梦中一样。此时是六月天，森林里、长工屋周围紫丁香和金莲花竞相开放，杜鹃发疯似的鸣叫。母亲听到杜鹃的叫声，内心充满哀愁。晚上父亲下班回家时，母亲脸色苍白地迎接他。

"尼尔斯将要离开我们。"她说，"听见杜鹃叫了吧，这预示家里将要有人离去。"

在那个时代，人们相信，杜鹃敢闯到墙角来，就意味着住在这里的什么人将要死去。在六月里，从来没有杜鹃在森林长工屋上空叫的声音那么高、那么疯狂。尼尔斯的弟弟妹妹也听

到了。他们站在那间好屋子紧闭的大门外面，会意地点点头。

"听，杜鹃叫了，"他们说，"我们的哥哥快要死了。"

但是尼尔斯对此一无所知。他因高烧昏迷不醒，连眼皮都抬不起来。有时候他仅仅抬起眼皮看一看，于是发现了奇迹——他躺在那间好一些的屋子里，这时候他看到了窗帘上画的那座宫殿。

它是这个贫穷长工屋里唯一的贵重物和显眼的东西，这个窗帘是长工屋的主人在一次庄园拍卖会上买来的。为了让自己

的孩子感到惊奇和快乐，把它挂在那间好一些的屋子的窗子上。窗帘上的宫殿是一座带尖顶和塔楼的骑士城堡。长工的孩子们一直生活在贫苦中，从来没看见过比这座宫殿更新奇的东西。此时谁住在这么一栋房子里？弟弟妹妹们问过尼尔斯。这座宫殿叫什么名字？他们认为作为大哥，尼尔斯大概知道。其实尼尔斯并不知道，而此时他又病了，病得很厉害，他的弟弟妹妹们已经无法问他什么了。

六月十七日晚上，尼尔斯一个人留在家里。父亲还没有下班回家，母亲还在牧场上给牛挤奶，弟弟妹妹们跑到森林里去看野草莓是不是快熟了。只有尼尔斯一个人躺在卧室里，他呼吸沉重，高烧使他昏迷。他不知道当天是六月十七日，地球是那么翠绿，好像上帝刚刚把它造完。但是在山墙外面那棵大橡树上，杜鹃站在那里鸣叫。他听到了叫声，杜鹃的叫声把他惊醒了。这时候他睁开了眼睛，他想看窗帘上的宫殿。宫殿坐落在深蓝色大海中的一个绿岛上，尖顶和塔楼直指深蓝的天空。所有深蓝色的东西都使得睡在卧室里的人感到凉爽、舒服。对，此时他很想睡觉……窗帘随风飘动，宫殿在颤抖。

啊，漆黑的宫殿充满神秘感，晚风中谁的旗帜在你的塔楼上飘动？谁住在你的大厅里？谁在里边伴着小提琴和笛子演奏的乐曲跳舞？谁被囚在西塔楼里并将在黎明前被处死？

看呀，他正从塔楼的窗洞用自己消瘦而高贵的手求救，因为他还很年轻，不愿意离开这个绿色的地球。快来呀，容克尼尔斯·埃卡，快来呀！你，国王的卫士，难道你已经忘了你的主子？

没有，容克尼尔斯什么也没忘。他知道，时间在慢慢过去，他必须解救自己的国王。快，啊，快，否则就晚了。因为今天是六月十七日，在太阳升起之前他的主人将失去生命。杜鹃早就知道了，它站在城堡院子里的一棵橡树上，发疯似的叫

着，它知道那个城堡里有人死到临头了。

但是在那个深蓝色大海的岸边，芦苇丛中隐藏着一只船。振作起精神吧，年轻的国王，你的卫士正在路上。此时六月夜晚的朦胧已经笼罩在绿色的海岸和平静的大海上。那只船慢慢地滑行在亮闪闪的水面上，船桨轻轻地划着水，不让桨发出的响声惊动任何卫兵。夜充满危险，国王的命运就掌握在划桨人的手中。现在再慢一点儿，再静一点儿，再近一点儿……啊，漆黑的宫殿，你威严地守卫着你的绿色岛屿，你把你漆黑的阴影投向大海，但是你可知道，现在一个无所畏惧的人正接近你！他就是容克尼尔斯·埃卡，请不要忘记这个名字，国王的命运就掌握在他的手中！可能黑夜中有眼睛在侦察吧？可能他们看到了你像发光风帽似的头发吧？如果你爱惜你的生命，容克尼尔斯·埃卡，那就请你把船划进塔楼的阴影，把自己隐藏在黑暗中，潜伏在国王囚牢的下边，仔细辨听和耐心等待……听啊，海浪正拍打着塔楼粗糙的石头，除此以外，一片安静。

这时从塔楼被囚者那里飞出一封信，就像最白的鸽子落在船上，信是用血写成的。

"致容克尼尔斯·埃卡"，信封上写着。

朕，受到上帝恩典的马格努斯，王国的合法国王，此生再也没有安宁和快乐，一切都是朕的亲

戚——公爵造成的。如你所知,今天夜里他准备让朕一命呜呼。因此速来救朕!采用何种方式,请你自行定夺,但绝对不可耽搁,因为朕极为担心自己的生命。

国王马格努斯六月十七日夜于蛮野山墙宫殿

容克尼尔斯拿起匕首,在自己的胳膊上划一个口子,用最鲜红的血给自己的主子回信:

请振作精神,马格努斯国王!你就是我的生命,而我为了搭救国王将万死不辞。愿上帝保佑我。

他拉满弓把一封安慰的信射向塔楼上的被囚者,那箭头像一团火掠过明亮的夜空准确地落在塔楼里。

上帝护佑你,容克尼尔斯!就算你能坚硬得像箭头一样快速飞过夜空,就算救国王很容易,可是一个卫士怎么能在国王生命的最后一天进入他的囚牢呢?公爵难道没有用残酷的死来威胁敢在黎明之前接近城堡的每一个人吗?大门已经关闭,护城河上的吊桥已经收起,夜里二百名武装人员守护着蛮野山墙宫殿。

公爵在骑士大厅跳舞,他无法睡觉。六月的夜晚很明亮,

它使心怀罪恶的人没有任何睡意。啊，黎明将很快来临，那塔楼里的囚徒将被砍头，国家将失去国王。公爵心里十分明白此后谁离王位最近。啊，他是多么渴望黎明赶快到来，但是在此之前他要跳舞。演奏吧，小提琴、笛子和牧笛！来吧，来吧，迈着轻快脚步的少女！公爵现在要跳舞，要寻欢作乐。但是罪恶多端的人一生都不会得到安宁，恐惧和不安像一条咬人的虫子在公爵的皮肤上爬行。国王虽然被囚禁在塔楼，但他有忠实的追随者。谁知道呢，说不定有成千上万的人正骑着马朝蛮野山墙宫殿奔来呢！由于心神不定，公爵离开了舞厅，他站在一个窗子旁边仔细察看、倾听夜里的动静。他是听到了马蹄声，还是看到了敌人宝剑出鞘的信号？不对，只是一个贫穷的说唱艺人，走在海滨的橡树之间，手拨琴弦，他的歌声就像鸟鸣一样清脆，飞过狭窄的蛮野山墙海峡。

> 我的路宽而长，
>
> 我看见国王的人骑着马穿过森林。
>
> 夜漫漫，杜鹃歌唱，
>
> 你听到了吗，这歌声有多悲伤？
>
> 我的路宽而长。

这时公爵的脸变得苍白。

"你过来,卑微的说唱艺人。你过来,讲清楚,今夜谁在森林中骑马?"

"哎呀,尊贵的先生,一位贫穷艺人的话轻如鸿毛,让我带着六弦琴安静地走吧。夜是那么美,水是那么静,大地鲜花盛开,杜鹃鸣叫。相信我吧,野草莓很快就会成熟,这是今夜我在森林里看到的。"

这时公爵生气了。

"你知道不知道,小艺人,蛮野山墙宫殿深深的地下有个囚牢。一位艺人在那里比野草莓在森林里成熟快很多。当他成

熟的时候，他会讲出他知道的一切。"

"哎呀，尊敬的先生，我当然愿意讲。但是你宫殿的门关了，护城河和吊桥收起了，任何喘气的都不放进蛮野山墙宫殿。"

这时公爵刻薄地点点头。

"你说得对，小艺人。但是为了你，吊桥可以放下，宫殿

大门可以打开。来吧，我的朋友，因为现在我想知道今夜在森林里骑马的是谁。"

听，锁链哗哗地响，吊桥叮叮当当地放下，沉重的橡木大门开了。艺人手拨六弦琴，奏出几首忧伤的曲子。他真可怜，衣衫褴褛，头发在黑暗中就像发光的风帽。看呀，他走进了蛮野山墙宫殿，他是所有人中唯一能进去的……上帝护佑你，容克尼尔斯！用你的破衣服盖上脖子，免得在艺人的破旧衣服底下露出金丝衣领。你要目光低垂，嘴流口水，卑躬屈膝。请记住，你是一个遭人唾弃的可怜虫，说话要语无伦次。

"尊贵的先生，据我所知有几千之众。不过我敢保证，不会有几百。他们都骑着马，马蹄嗒嗒地踏着地，不过有一部分骑牛，一部分骑猪。他们都配着宝剑和长矛，不过很多人只拿着树枝。他们有云梯可以爬上蛮野山墙宫殿，坐着面盆穿过蛮野山墙海峡。请相信我吧，尊敬的先生，野草莓很快就会成熟，今天夜里我在森林里看到的。"

这番胡言乱语把公爵气疯了，但他也极为害怕。他黑色灵魂里的不安就像在黑土地里播撒种子一样容易。只不过来了一位贫穷的说唱艺人，充其量是个男孩子，唱了一小段民谣，说今天夜里，他在森林里看到国王的人了。然而这些话就像播在公爵心里的种子，迅速长出了恐惧的野蛮树丛，做尽坏事的人一生都不会有安全感。

蛮野山墙宫殿里很快就乱成一团。全体各就各位！刀出鞘，弓上箭！滚石准备好！射击手到位，护城河吊桥加强警戒！如果艺人的话属实，一场风暴随时都可能来临。

不过，公爵先生，西塔楼的警戒怎么样，难道那里不需要加强吗？只有一个人看守着国王的囚牢，他的名字叫蒙斯·伊克萨，公爵最忠诚的走狗。

没有，公爵不想加强西塔楼的警戒，因为在他像夜一样黑的心里正在编织一个计划，他要亲手结束国王的性命，如果宫殿里出现风吹草动。他当然希望国王只活到黎明，因为议会已经按照公爵的意愿判决那位可怜的国王死刑。然而有一点肯定无疑，那就是不允许任何人将一位活的国王从西塔楼里救走。但是做坏事的人都不愿意让别人看到，因此他才让蒙斯·伊克萨单独看守这个囚徒。他必须守口如瓶，别的什么都不用管，只要不让任何敌人进入蛮野山墙宫殿就行了。

无敌的强势公爵，你的院墙内不是已经有这样一个敌人了吗？难道你真的不知道？你刚才放进城堡的那个小艺人哪里去了？你的弓箭手，你的滚石兵，你坚固的城防，这都是你吹嘘的，但是那个头发像发光风帽的陌生艺人，你把他给忘了！那个可怜鬼坐在一个角落的地板上，津津有味地吃着鸡腿。他有点儿糊涂，根本不知道为什么午夜时分警戒程度这么高。他当然也有虱子，他为什么不像平时那样在自己破衣服里挠痒痒

呢？看，他手里拿的是什么？是一只虱子吗？那个艺人大概是疯了，他把一只虱子放在啤酒杯里了。看得出来，他不是很聪明。但是谁会过问那个可怜的笨蛋，他到底在做什么或者他到哪儿去了，连炉子前面的狗都不关心他在做什么。此时他愚笨的脑袋已经想好，他要请蒙斯·伊克萨喝一杯啤酒。他不慌不忙地从大门走出去，摇摇晃晃地穿过宫殿的走廊和台阶，但是他的杯子端得很稳，遇到什么人他都微微一笑——公爵的命令，给蒙斯·伊克萨送啤酒！

蒙斯健壮如牛，能喝十杯啤酒。他要整夜都站在国王的囚牢外面，他比任何人都口渴。看呀，这时候啤酒来了，小心翼翼地双手端着。

"一个长着漂亮的浅头发的小伙子，你是谁？我过去在蛮野山墙宫殿怎么从来没见过你？"

这位长着漂亮的浅色头发的人微微一笑，他的脑子当然有点儿乱。

"公爵派我给你送啤酒，我连一滴也没洒出。尽管我有时候差一点儿摔倒，但是我紧握住酒杯，我够聪明吧！"

蒙斯·伊克萨急切地把酒杯拿到嘴边。哎呀，多好的啤酒，嗓子滋润得多舒服！他满意地打了个嗝儿，拍一拍那个长着浅色头发的脑袋。

"看你的头发，跟国王的一样。我还以为你们是兄弟。不过你还真得感谢你的创造者，幸亏你不是那个可怜家伙的兄弟，不然脑袋很快也要搬家了。"

这一夜蒙斯·伊克萨没有讲更多的话。他像死猪一样，倒在地板上就睡着了。哎呀，哎呀，那个虱子可有口福了，就是说唱艺人放到啤酒杯里的那只！

不过此时，容克尼尔斯，此时可人命关天呀！快，快，钥匙在哪儿？赶快到蒙斯·伊克萨的腰带和各个口袋去找……远处有脚步声，是不是有人来了？快，快，来不及了，拿钥匙去开那个叮当响的大门！快，快，赶快打开国王囚牢的大门！快，快……不过请慢一点儿！别出声！慢慢走到国王那里！啊，国王已经等了很久很久，异常忧伤。看呀，他正坐在窗洞旁边，面色苍白、一蹶不振，他的眼睛大而忧伤，他的头发像发光的风帽。而这时候他看见了自己的卫士，他默默地哭了。

"容克尼尔斯,我最最亲爱的朋友,在这个地球上我竟然还有一位朋友。"

容克尼尔斯眼睛已满含泪水,他跪在国王的脚下,把国王看得比亲兄弟还亲。当看到国王被摧残得骨瘦如柴、形同骷髅的时候,他的心快要碎了。马格努斯国王在这个环境极端恶劣的囚牢里已经待了长达两年,在这种情况下他的面颊苍白、目光忧伤也就不足为奇了。尼尔斯一边哭一边吻着国王的手,但是马格努斯国王扶他起来,把他拥在怀里说:"现在好了,容克尼尔斯,一切都过去了,我的死期将至。在我生命的最后时刻你愿意待在我身边吗?"

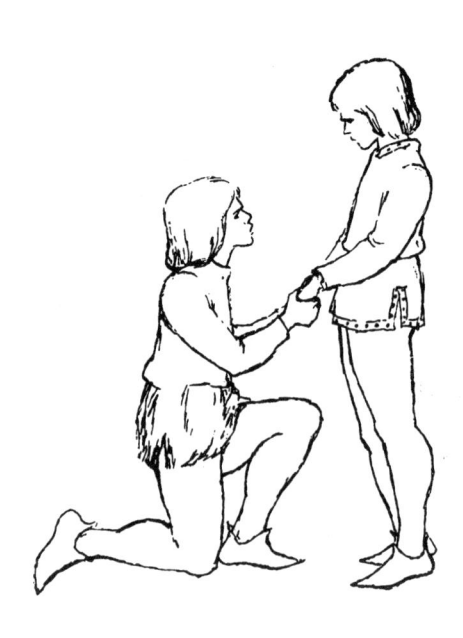

这时候容克尼尔斯虔诚地拉住自己主子的手说:"哎呀,我的国王,不要说丧气话。快走,我们远走高飞吧!"但是国王极为痛苦地摇了摇头。

"飞到哪儿去呢,容克尼尔斯?宫殿的大门紧闭,护城河的吊桥收起,公爵的人像蜂窝里的蜜蜂一样四处布岗,我们怎么

出去呢？不行，谁也出不去，一切都过去了，我的死期将至。"

看得出来，马格努斯国王并不知道那个秘密通道。但幸运的是，容克尼尔斯知道。难道他小时候没有在漆黑、荒凉的宫殿里玩过捉迷藏吗？有一段时间他的母亲不是在残暴的艾巴夫人家里当过侍者吗？艾巴就是国王的婶婶、公爵的母亲。艾巴是一个地位显赫、用铁腕治理蛮野山墙宫殿的严厉的女统治者，她遗传给儿子的就是穷兵黩武。那时容克尼尔斯还是一个少不更事的小孩子。有一天，她被残暴的艾巴关进东塔楼作为惩罚，但是她应该为此感到后悔。因为还是孩子的容克尼尔斯有一双好动的手，这双手无所不摸。突然，他找到了一个秘密通道。这个秘密通道从东塔楼穿过蛮野山墙海峡直达远处森林的一个秘密地点。

你看，马格努斯国王，并不是一切都完了。别再拖延了，看在上帝的分儿上快走！天快亮了，当太阳在绿色的地球上空升起时，你将不复存在，这是公爵和议会决定的。看，衣冠楚楚、大腹便便的先生已经在院子里集合，手拿锋利宝剑的那位刽子手已经站好，他在等着你。每一分钟都有可能来一位虔诚的神甫，听可怜的囚徒最后的遗言和忏悔。想想看，如果他找到蒙斯·伊克萨并发出在宫殿里回荡的尖叫，那时要想逃走就晚了。留给你的时间很短，马格努斯国王，如果你还想活命，赶快抓紧时间吧。啊，这是一条艰险的路，你要七拐八拐才能

穿过宫殿到达东塔楼,路上岗哨林立,但是用不着惊慌,容克尼尔斯知道怎么办!

"快,快,马格努斯国王,脱掉你红色的灯芯绒和其他华贵的衣服,换上我的破衣烂衫。如有不测,我们在穿过宫殿时遇上卫兵,他们会认为我是国王,而你是说唱艺人。那时候他们会砍死我,但是在他们弄清真相时,你已经逃走。那时候公爵站在那里,只逮着一只麻雀,而雕已经展翅高飞,飞向自由的天空!"

马格努斯国王极为痛苦地摇了摇头说:"容克尼尔斯,我最亲爱的朋友,以后你的命运会怎么样呢?公爵会怎么惩罚帮助自己的敌人逃跑的人呢?"

这时候容克尼尔斯深情地看着自己的主子说:"你就是我的生命,而我,为了营救我的国王将万死不辞。愿上帝保佑我!"

现在别犹豫啦!快,快换衣服!快,快下台阶!蒙斯·伊克萨正躺在那里呼呼大睡。他伸了伸胳膊又伸了伸腿,想醒来。别醒,睡吧,蒙斯·伊克萨,你从来没睡过这么香的觉!你这个头脑简单的狱卒,你没有注意到现在站在你面前的这位大人物是谁,你根本不知道是谁迈着国王气派的脚步从你灌满啤酒的腹腔上面跨过!那是国王在逃命。

这时从城堡的院子里传来了喊声和鼓声,城堡里一阵嘈

杂,那个时刻到了。公爵走了过来,城堡立时安静下来。他狡猾地站在那里。这个狼心狗肺的人,他装出对国王命运很伤心的样子,其实他的黑灵魂充满喜悦。当他想到,就是在这个城堡,此时正鼓声震天,他将在历史的册页上用血写上自己的名字时,不禁欣喜若狂。

但是就在这个时候,从西塔楼传来一阵惊呼——囚徒不见了,国王逃跑了!

啊,这是一个多么残酷的消息!公爵气得脸色刷白,浑身颤抖,他愤怒地喊叫:"所有的人都过来!搜遍城堡每座塔楼、每个大厅、每扇大门、每个角落,一定要抓住国王,死的活的都要!"

听,警钟敲响了。气氛凝重的宫殿里喊声阵阵,城堡的台阶上带着铁掌的靴子咚咚作响,公爵的卫兵像一队猎人一样走过来,好像在追捕一只逃命的梅花鹿。"不管他在什么地方,我们都要尽快将他缉拿归案。看呀,我们看到了他像发光的风帽似的头发;看呀,我们看到了他红色灯芯绒衣服的一角;看呀,看呀,他溜进了东塔楼!他可能在我们眼皮子底下狡猾地打开锁,不过快带着斧头和长矛来,我们一定不让这个小国王溜走!"

很早以前下令在海峡附近建造这座宫殿的一定是位高人,他肯定是一只诡计多端的狐狸。正如人们说的狡兔三窟,这位

宫殿的主人在蛮野山墙海峡底下建了一条隧道,以便在打仗被围困时逃命。这是一个很大的秘密,直到他进入坟墓时也没向任何人披露。现在他已经死了两百年。这是多么幸运,地球上有这样的男孩子,他们有好动的手指;又是多么幸运,作为一种惩罚手段,当容克尼尔斯还是孩子时,曾被锁进东塔楼里,因此发现了这个秘密。

不过现在我们要看一看,他还能不能再次找到那个秘密开关。啊,一定要快,因为通向塔楼的门正被砍凿,每砍一下,马格努斯国王的脸都要变得更苍白一点儿。啊,他小的时候没有好动的手指,也从来没找到过秘密开关,此时他站在那里,头冒冷汗,看着自己的卫士在摸镶板上的饰物和它上面所有的开关,各式各样,不计其数。他简直不敢相信,容克尼尔斯能找对开关。他听着斧子砍门的回响和厚重的门板碎裂的声音,最可怕的是,他听到了公爵愤怒的声音……一定要抓住国王,死的活的都要!

这时候马格努斯国王的脸色苍白,像被套一样白。啊,他在为年轻的生命担心。

"算了吧,容克尼尔斯,别再徒劳了。一切都过去了,我的死期将至。"

不要失望,曾经找到过秘密开关的那双男孩的手不会令人失望。看呀,看呀,通向自由大道的那扇秘密大门现在慢慢打

开了!

容克尼尔斯迅速拉住国王的手:"快过来,马格努斯国王,赶紧躲到黑暗中!"啊,下边憋气、阴冷、可怕,蛮野山墙海峡把海水变成细流压进石头缝里,脚在湿滑的通道里打滑,根本走不动。但是你可不能不动,你具有王家血统的双脚可不能不动,一秒钟比你王冠上所有的黄金都贵重。听,你背后愤怒的叫喊声!此时公爵已经发现他的猎物不见了,此时他站在塔楼里,这个坏蛋,不知道国王跑到哪儿去了。愤怒像塞子一样堵在他的喉咙里,他快要爆炸了……这时候他看到那扇秘密的门开着!上帝保佑,这是怎么回事?他怎么不知道这里有一个秘密通道?啊,他为自己的外祖父的爷爷的爷爷建造这么一条秘密通道而感到异常愤怒。但是千万别以为公爵会就此罢休。"都过来,所有人,赶快到黑暗中去!他就在里边,用宝剑砍他、撕碎他、把他拉出来!一定要抓住国王,死的活的都要!准备好,我的弓箭手,骑上你们飞

奔的骏马，放下护城吊桥，出发，出发！这条秘密通道的出口就在远方森林的某个地方。快，快去查找，如果你们看见马格努斯国王在森林中逃跑，就在他背后射箭。一定要抓住国王，死的活的都要！"

蛮野山墙海峡细浪滚滚、波光粼粼。小鱼在水中跳跃得那么开心，根本不知道在它们身下的黑暗处马格努斯国王正为自己年轻的生命担忧。

容克尼尔斯，容克尼尔斯，不要太着急！残酷的囚牢已经使你的国王身体变得很虚弱，他喘着粗气，几乎要摔倒。那条秘密通道漆黑、漫长。他听到身后钉着铁马掌的马蹄嗒嗒作响，他们越来越近，越来越近。

这时候马格努斯国王脸色苍白，就像被套一样白，啊，他在为自己年轻的生命担忧！

"算了吧，容克尼尔斯，别再徒劳了。一切都过去了，我的死期将至。"

不要绝望，国王！看这儿，快进到佛龛里，快站到黑暗中，屏住呼吸，慢慢等待！现在风暴来了，公爵的人来了。他们是一群盲人瞎马，不是什么别的。他们像猪一样跑进橡树林，用鼻子到处瞎拱。此时猪鼻子又拱到前边光线稍微亮一些的地方，那是通道的尽头。他们固执地认为，国王已经到了有阳光的地面，他本来永远不得见阳光。他们已经找遍了所能找

到的一切地方。

那些铁蹄嗒嗒而过的时候,马格努斯国王站在佛龛里,心咚咚直跳。一个人孤零零地胆战心惊地站在黑暗里真不是滋味。但是你不孤单,马格努斯国王,你有一位朋友。在黑暗中,他在你的身边,你看不到他,但能听见他的呼吸,你能摸到他放在你腰上的那只救助的手。

"在出口处先待一会儿,我的国王。因为公爵的人正在森林四处寻找,到处都是弓箭手,他们都骑着快马。不过我也有两匹马藏在附近的树丛里,我现在去拉它们!"

国王已经被关了两年囚牢……啊,能再一次骑马真是天大的幸运。啊,在翠绿的橡树底下,在六月的清晨,在朝阳中,国王又骑上了马!一切都那么安静,只有鸟儿在歌唱,黄蜂嗡嗡飞,露珠在鲜花和青草上闪亮。马格努斯国王骑马来了,他的卫士骑马来了,他们的头发在阳光中就像发光的风帽。

快马加鞭吧,马格努斯国王,让你的马口喷白沫、哈气在鼻孔周围横飞。快,快奔向高楼宫殿!到了那里你就得救了,到了那里你就到了朋友之中,国王所有的骑兵都聚集在那里。啊,当他们看到自己的国王获得自由并准备派自己的军队投入战斗时,那时候,那个压迫国家的独裁者,啊,那个魔鬼公爵的末日就到了!

啊,马格努斯国王,你高兴得太早了!听一听你身后的马

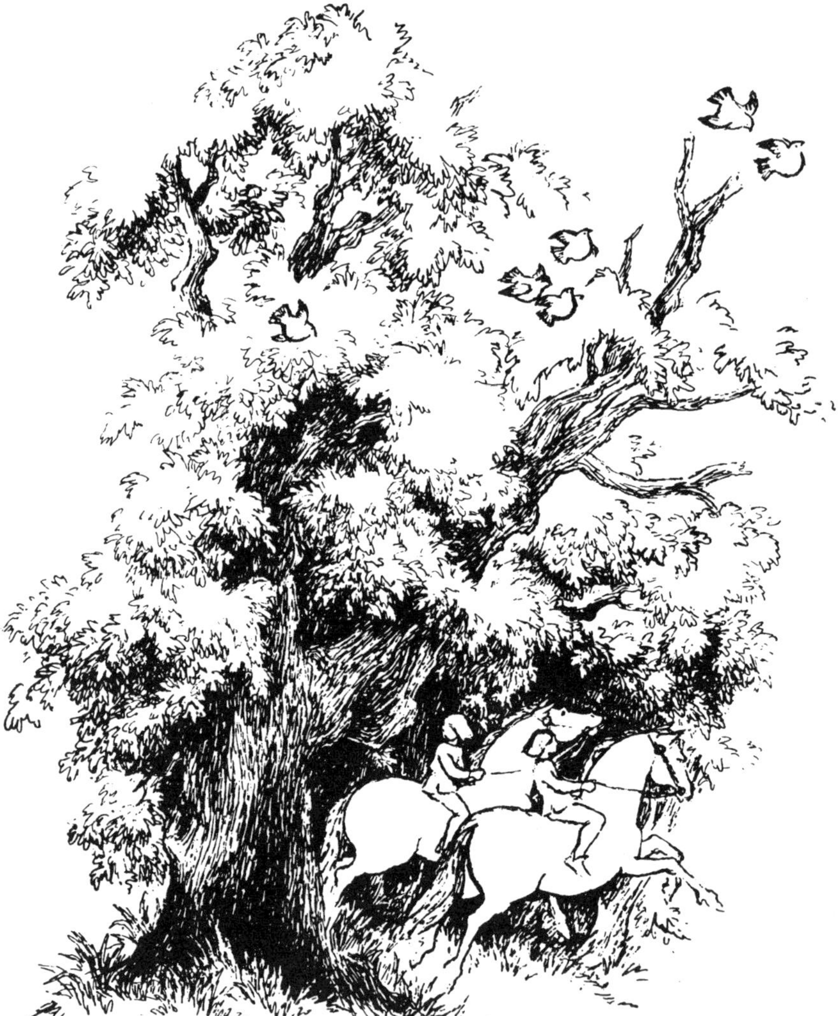

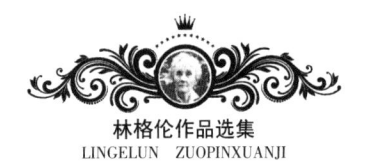

蹄声，你从来没听到过如此可怕的声音。现在骑着战马的追兵飞驰来了，他们是公爵的人，他们将用锋利的箭头阻挡你的自由。

这时候，马格努斯国王的脸色苍白，像被套一样白。啊，他为自己年轻的生命多么担忧！

"算了吧，容克尼尔斯，别再徒劳了，一切都过去了，我的死期将至。"

但是容克尼尔斯迅速拉住国王的马缰。

"远处那个山，我知道那里有一个洞。快走，我们藏到那里去！"世纪的初始，那个山洞就存在，地球年轻的时候它就存在，当时人类还没有出现。当时沉重的滚石互相撞击，在高大的石壁之间形成了一个洞。从世纪的初始以来它就没有名字，但是从这天起，"国王洞"就是它的名字。年复一年，现在发生的事情可能被忘记，但是"国王洞"这个名字将世代永存。男孩子们会经常在那里快乐地玩捉迷藏，他们把自己藏身的地方叫"国王洞"。他们不知道在很久很久以前的一个六月的早晨，有一个国王和他的卫士曾在此藏身。

此时国王站在洞里，心咚咚直跳，像打猎时被追赶的动物爬进森林地洞一样难受。但是你不孤单，马格努斯国王，你有一位朋友。在黑暗中，他在你的身边，你看不到他，但能听到他的呼吸，能摸到他放在你腰上的那只救助的手。

"我相信我们在牵着他们的鼻子走。我们现在先等一等,然后再继续前进,一个小时之内你就可以到达高楼宫。"

他还没有说完,就听见森林里传来一阵马嘶声。洞中国王的马立即回应,就这样,这个动物在不经意间出卖了自己的主人。

啊,多么可怕的命运,这时从森林里传来的声音迅速靠近。"看呀,看呀,就是这个洞,我们听见里边有马。他就在里边,我们去找。快来,我们把国王揪出来!"

这时候马格努斯国王脸色苍白,像被套一样白。啊,他多么为自己年轻的生命担忧呀!

"算了吧,容克尼尔斯,别再徒劳了,一切都过去了。我的死期将至,洞外边命运在等着我。"

容克尼斯尔含泪给自己的国王下跪,深情地吻着他的手说:"马格努斯国王,你的命运是统治一个国家,我的命运是挽救国王的生命。"

但是马格努斯国王极为痛苦地摇了摇头说:"啊,容克尼尔斯,你已经尽心尽力了。但是一切都白费了,现在我必死无疑了。再见吧,你是我在地球上最亲密的朋友!"

这时候容克尼尔斯再次吻了吻那只充满高贵王室血统的手。

"你就是我的生命,而我为了挽救国王的生命将万死不辞。愿上帝保佑我。再见了,马格努斯国王,我们永别了。在

你统治你的王国时，希望有时候能想起我。"

公爵设重金悬赏，要不惜一切代价把他的敌人重新投入囚牢。山洞外边的五名弓箭手此时欣喜若狂，他们露出凶残的目光。"没错，国王就在这里，现在该把他弄出来了！"

但是请看，他自己从山洞出来了，手里拉着那匹在山洞里嘶鸣的马。啊，所有的神灵作证，他潇洒地站在那里，头发就像发光的风帽在阳光下闪闪发亮。红色的灯芯绒上衣有点儿破，但是人们一看便知，那是一位国王的衣服。欢呼吧，弓箭手们，这就是你们的囚徒，抓住他，别站在那里羞耻地看着他。

啊，把手放到国王身上可不那么容易，他显得那么高贵，充满王室气派。他主动伸出双手："来吧，捆上我，把我押解到蛮野山墙宫殿。我相信，我的亲戚①渴望见到我。"

竟然发生了这样的事。此举是一个耻辱，有损国家声誉，公爵要背负这个耻辱！快给他送信，他的亲戚被抓住了，让刽子手准备好宝剑！宝剑两个小时前就准备好了，在这期间国王跑到森林里逃命。但是请看，他作为俘虏骑着马回来了。他直挺挺地坐在马鞍上，双手被反绑着，目光平静，额头光亮……在森林里他显得很美。

他听着鸟儿在歌唱，黄蜂嗡嗡地飞。啊，以后他再也听不

---

① 国王的婶婶是公爵的母亲，所以作者用了很多次"亲戚"一词。

到了!他看着鲜花和青草上的露珠闪闪发亮,他看到蛮野山墙海峡波光粼粼。啊,以后他再也看不到了!因为此时护城吊桥叮叮当当地放下,沉重的橡木门被打开,这时候他骑着马进入蛮野山墙宫殿。

但是公爵躲在什么地方,他为什么不见自己可爱的亲戚?不行,公爵病恹恹地躺在厚厚的床帐后边。愤怒使他大脑充血过度得了重病,他被击倒了。但是得知国王被抓他满心欢喜,得知刽子手已经作好准备,议会议员已经在院子里集合,他兴奋异常。他本来应该在历史的册页上用鲜血写上自己的名字,可是却在这个时候虚弱、可怜地躺着,这使他更加痛苦。

啊,他是多么盼望这个时刻的到来,但是还要等,因为囚

徒有权利让牧师倾听自己最后的遗言和忏悔。囚徒当然有很多严重的罪恶要忏悔,这要花很长时间,沙漏慢慢地滴着,城堡院子里一切都很安静。啊,在等待的这几个小时里,公爵躺着多么难熬,但是对于做坏事的人来说,他的一生永远都不会有安宁。

最后他总算听到了院子里的噪声和鼓声。现在他知道那个时刻到了,尽管他浑身颤抖,但是他必须站到窗前。他想最后看一看自己的亲戚马格努斯国王。

他看到城堡的院子沐浴在朝阳里,看到衣冠楚楚、大腹便便的议员们,看到举着长矛的士兵在一个穿着红衣服的人周围列成方队。他看到那个人站着——那是他的亲戚马格努斯国王。啊,他的头发像发光的风帽,看啊,头发在阳光下闪闪发亮,他看到蒙着国王双眼的黑色带子,他看到国王被反绑着的双手!此时国王会多么担心自己年轻的生命啊。我亲爱的亲戚——马格努斯国王!

不,他不担心自己年轻的生命,他穿着红衣服站在那里。他不害怕,他相当高兴,他愿意为救国王而献出自己的生命。

杜鹃在城堡院子里的橡树上高叫,震天的鼓声停了。

上帝保佑你,容克尼尔斯……你会在天堂感受到快乐。

但就在宝剑落下的那一刻,远处的森林里传来了战斗的号角声。那声音在大地和海洋周围可怕地震荡,在山谷间可怕地

回响。听，马蹄嗒嗒、战马嘶鸣；听，宝剑和长矛交锋击撞！此时骑兵来了，都是国王的人马，他们像一股盔甲猛浪从翠绿的树底下穿过，各种兵器在阳光下闪亮。现在，诡计多端的公爵准备战斗吧，请求苍天饶恕你的罪过吧！

公爵内心惊恐地看着他们，但是人们听到了他粗俗的笑声："可爱的先生们，你们来晚了，马格努斯国王已经不复存在。调转你们的战马，回家吧！现在我是这个国家的国王。"

他还没说完，就看到了能使他血液凝固的景象。众圣贤保佑，骑着乳白色战马、由众人簇拥着的人是谁呀？谁有像发光风帽似的头发？谁有那双忧伤的眼睛？他从天国又回来了？我真的看见鬼了？

是的，诡计多端的公爵，你看到的这个人就是你的亲戚——活着的马格努斯国王，就是你黑得像夜一样的灵魂里最担心的人。请求苍天饶恕你的罪过吧！

啊，残酷的战斗爆发了。啊，这是六月一个血腥的早晨，蛮野山墙宫殿结束了自己可怕的历史，公爵得到应有的报应。空中万箭齐飞、遮天蔽日，愤怒的人们架起云梯，被惊吓的战马在海峡里游泳。报警的大钟鸣响，宫殿起火，浓烟遮住了太阳。公爵胸前中箭而死——结束了他罪恶的一生！

在那天太阳落山之前，蛮野山墙宫殿就要消失。一块石头接一块石头、一段墙接一段墙地被拆掉，它将永远不复存在。

啊,黑暗的宫殿,你的故事现在结束了!你将从你的绿色岛屿上消失!

但是当战斗结束、一切都过去的时候,马格努斯国王含泪站在容克尼尔斯为救他而献出自己年轻生命的地方。

在他周围站着他自己得胜的骑兵,他含泪对他们讲话:"容克尼尔斯·埃卡,永远不会被人忘记的名字!尊敬的先生们和瑞典人,永远记住他吧!因为国王的命运曾经握在他的手中!"

有一个男孩生病躺在大森林深处的一个长工屋里。男孩叫尼尔斯,埃卡是他们家长工屋的名字。六月十七日晚上,他一个人待在家里,他病得很厉害。当他的母亲在牧场挤完牛奶回到家里时,看见他由于高烧已经失去知觉。这时候她担心他将死去,再也不会看到从绿色地球上升起的太阳。他一整夜躺在那里,好像已经去世。但是六月十八日早晨,他睁开眼睛时,完全康复了。这时那个贫穷的长工屋一下子欢乐起来。父亲、母亲和弟弟妹妹来到那间好屋子,聚集在他的床边,他们为他没有死感到非常高兴。母亲拉开窗帘,让温暖的朝阳洒进卧室。弟弟妹妹们送给他刚从森林里采来并穿成串的野草莓,虽然只有很小的几个半生的果实,但这是春天的第一茬野草莓。他们送给尼尔斯吃,他的弟弟妹妹为他能活下来,并能吃野草

莓而兴奋不已。

"我们是在紧靠'国王洞'下面的山坡上采到这些野草莓的。"他们说,"我们现在想划船到蛮野山墙岛,看看那里是不是也有成熟的野草莓。去年那里长了很多,你记得吗,尼尔斯?"

"尼尔斯大概什么也不记得了,"他的母亲说,"他病得很厉害,你们要知道。"

透过开着的窗子,夏天的声音和芳香传进卧室,因为这是六月,紫丁香和金莲花在森林里的长工屋周围开放。杜鹃发疯似的鸣叫着,但那是在大海的对岸,在远处蛮野山墙岛的上空。

~译者后记~

我完成了瑞典著名儿童文学作家林格伦作品系列的第八卷《我们都是吵闹村的孩子》的翻译工作后，心里特别高兴，回想起翻译林格伦的作品完全出于偶然。1981年我去瑞典斯德哥尔摩大学留学，主要是研究斯特林堡。斯氏作品的格调阴郁、沉闷，男女人物生死搏斗、爱憎交织，读完以后心情总是很郁闷，再加上远离祖国、想念亲人，情绪非常低落。我吃不好饭，睡不好觉，每天不知道想干什么，想要什么，有时候故意在大雨中走几个小时。几位瑞典朋友发现我经常有意无意地重复斯特林堡作品中的一些话。斯特林堡产生过精神危机，他们对我也有些担心，因为一个人整天埋在斯特林堡的有着多种矛盾和神秘主义色彩的作品中很容易受影响。他们建议我读一些儿童文学作品，换一换心情。我跑到书店，买了一本林格伦的《长袜子皮皮》，我一下子被崭新的艺术风格和极富人物个性的描写所吸引。我一边读一边笑，觉得自己浑身充满了力量。我好像跟皮皮一样，能战胜马戏团的大力士，比世界上最强壮的警察还有力量，愤怒的公牛和咬人的鲨鱼肯定不在话下。由于

职业的关系,我读完一遍以后开始翻译这本书,一个暑假就完成了。从此,翻译林格伦的书几乎成了我的主业。

我第一次见到林格伦是在1981年秋天,是由给我奖学金的瑞典学会安排的。她的家在达拉大街46号,对面是运动场,旁边有森林和草地。当时女作家还算年轻(74岁),亲自给我煮咖啡。我们谈了儿童文学和儿童教育问题。1984年我从瑞典回国,她表示希望到中国看看。这个消息传出以后,瑞典—中国友好协会和瑞典驻中国大使馆立即表示,什么时候都可以安排。不过医生认为,路途太遥远,不宜来华访问,因此未能成行。但是她对我说,由于她的作品被译成中文,她开始关注中国的事情。1997年她已经90岁高龄,并且双目失明,在一般情况下她已经不再接待来访者,但当她听说我到了斯德哥尔摩以后,一定要见一见。当时我和我的夫人都很感动,在友人的帮助下,我们一起合影留念。2000年秋我去斯德哥尔摩的时候,朋友告诉我,她的身体已经很不好,大部分记忆消失,已经认不出人了。但是圣诞节的时候,我仍然收到了以她的名义寄来的贺卡。

不知什么原因,我和林格伦女士一见如故。她曾开玩笑说,可能是我们都出生在农民家庭。1984年我回国以后一直与她保持联系,有时候她还把我写给她的信寄到报社去发表。1994年,当她得知我翻译时还用手写的时候,立即给我寄来

10000克朗，让我买一台电脑。我和她虽然相隔几千公里，但我和我的家人时刻惦记着她，希望她健康长寿。

我已经把林格伦的主要作品和一部分由她的作品改编成的电影译成中文，断断续续用了20年的时间。作品中的故事大都发生在20世纪上半叶，作家笔下的风俗、习惯、传统、民谣、器物等，现代人都比较陌生了。我在翻译中遇到的问题，除了作家本人亲自给我讲解以外，还得到很多瑞典朋友的帮助，如罗多弼和列娜夫妇、林西莉女士、韩安娜小姐、史安佳女士和隆德贝父女等，在此对他们表示深深的感谢。希望我的拙译能给小读者们和他们的父母带来愉悦，并增加对这个北欧国家儿童生活的了解。

永远的皮皮
永远的林格伦

中国少年儿童新闻出版总社隆重推出——

国际安徒生奖获得者
瑞典童话大师林格伦儿童文学全集

| 长袜子皮皮 | 淘气包埃米尔 | 小飞人卡尔松 | 大侦探小卡莱 | 米欧，我的米欧 |

| 狮心兄弟 | 吵闹村的孩子 | 疯丫头马迪根 | 绿林女儿罗妮娅 | 海滨乌鸦岛 |

| 叮当响的大街 | 铁哥们儿擒贼记 | 小小流浪汉 | 姐妹花 |

中国最著名的瑞典文学翻译家李之义先生，曾荣获瑞典国王颁发的"北极星勋章"。他用近30年的时间完成了林格伦儿童文学全集的翻译，其译作准确生动、风趣幽默，深受中国孩子喜欢。